कस्तूरी मृग

कस्तूरी मृग

शिवानी

राधाकृष्ण प्रकाशन

ISBN : 978-81-8361-130-5

कस्तूरी मृग

पहला संस्करण : 2007
चौथा संस्करण : 2019

मूल्य : ₹350

प्रकाशक
राधाकृष्ण प्रकाशन प्राइवेट लिमिटेड
जी-17, जगतपुरी, दिल्ली-110 051

शाखाएँ : अशोक राजपथ, साइंस कॉलेज के सामने, पटना-800 006
पहली मंजिल, दरबारी बिल्डिंग, महात्मा गांधी मार्ग, इलाहाबाद-211 001
36 ए, शेक्सपियर सरणी, कोलकाता-700 017

वेबसाइट : www.radhakrishnaprakashan.com
ई-मेल : info@radhakrishnaprakashan.com

मुद्रक
बी.के. ऑफसेट
नवीन शाहदरा, दिल्ली-110 032

KASTURI MRIG
Short Stories by Shivani

क्रम

कस्तूरी मृग	7
माणिक	32
तर्पण	56
जोकर	81
रथ्या	95
शर्त	129

कस्तूरी मृग

मैं दृढ़ निश्चय कर चुका था कि जिसने मेरे बचपन से लेकर यौवन तक, मुझे तिल-तिल कर मारा है, उससे सूद सहित ऋण उघाकर ही दम लूँगा। मेरे जिस अभिन्न मित्र ने मुझे उसका पता दिया था, उसी ने फर्रुखाबाद के एक ऐसे कुख्यात गिरोह का भी सूत्र थमा दिया, जो केवल दस हजार लेकर शत्रु कंटक को सदा के लिए जड़ से उखाड़ अदृश्य करने में सिद्धहस्थ था।

''तुम्हें पूरी रकम भी एकसाथ नहीं चुकानी होगी, पाँच हजार एडवांस और बकाया पाँच हजार काम पूरा होने पर।'' एकमात्र वही मित्र मेरी पूरी व्यथा-कथा जानता था, बचपन से हम साथ-साथ बड़े हुए, एक ही स्कूल में सहपाठी रहे। फिर मैं यूनिवर्सिटी चला गया और वह गाँव से चुनाव जीत एक दिन एम.एल.ए. बन गया। कोकीन और अफीम के व्यापार ने उसे वैभव के जिस तुंग शिखर पर पहुँचा दिया, वहाँ मैं अपनी इस ऊँची नौकरी के बावजूद आज तक नहीं पहुँच पाया।

''तुम्हें एक राय दूँगा नन्हे,'' उसने चलते-चलते मुझे एक सीख दी थी, ''जो हो गया सो हो गया। ऐसी बीसियों कनकें एक दिन तुम्हारे कदम चूमेंगी। क्यों परेशान होते हो? ईश्वर ने तो तुम्हें सबकुछ दिया है। मारो लात इस नौकरी को और विदेश चले जाओ। वहाँ तुम्हारा अतीत तुम्हें डसने नहीं पहुँच पाएगा।''

कितना भला था दिनेश। मनुष्य का अतीत क्या कभी उसे छोड़ सकता है? मान लूँ मेरा अतीत मुझे छोड़ भी दे, मैं क्या उसे छोड़ पाऊँगा?

''नहीं,'' मैंने कहा था—''मैं कहीं चला जाऊँ, बाप की नाक मेरा पीछा करती रहेगी।''

जीवन की पहली स्मृति मुझे माँ के पीले चेहरे और सूजी-निमग्न आँखों

की ही है। कभी, वह मुझे छाती से चिपटाए सिसक रही है, और कभी रात-आधी रात को खिड़की खोल अपने उस अलमस्त सहचर की व्यर्थ प्रतीक्षा में खड़ी, न जाने क्या बुदबुदा रही हैं। मैं डरकर चादर मुँह तक खींच लेता था, कहीं अम्माँ पागल तो नहीं हो रही हैं? पहले तो मेरे पिता घर पर रहते ही बहुत कम थे, कभी अपनी जमींदारी सँभालने गाँव चले जाते और कभी बनारस। अम्माँ, मुझे पढ़ाने तक हमारी गाजीपुरवाली कोठी में रहती थीं।

संगीत-प्रेम ने ही हमारे खानदान को हमेशा डुबोया है। मेरे संगीत-प्रेमी बाबा ने यह गाजीपुरवाली कोठी अपनी प्रसिद्ध संगीत महफ़िलों के लिए ही बनाई थी। दूर-दूर से ख्यातिप्राप्त संगीतज्ञों का नवरात्र पर इसी कोठी में दशहरा-दरबार लगता। जिस वर्ष मेरा जन्म हुआ उसी वर्ष मेरे बाबा नहीं रहे। अम्माँ बताती थीं कि मृत्यु से पूर्व आखिरी बार बाबा ने यह दशहरा-दरबार मनाया था, उसी बार पटना की प्रख्यात गायिका चन्द्रावली अपनी किशोरी पौत्री राजेश्वरी को अम्माँ की छाती पर मूँग दलने छोड़ गई। सेनिटोरियम से अस्वाभाविक सुर्खी, आँखों में जीने की ललक लेकर ही बेचारी अम्माँ लौटी थीं। उन्हें सेनिटोरियम पहुँचाने भी घोष बाबू ही गए थे और लेने भी वे ही गए, मेरे पिता को पत्नी के लिए अवकाश ही कब होता था। स्टेशन पर लेने मैं अकेला ही आया हूँ देख, एक पल को अम्माँ का चेहरा मुरझा गया था। फिर लपककर उन्होंने मुझे छाती से लगा लिया। माँ की वह विस्मृत परिचित सुगन्ध मेरे मन-प्राण पुलकित कर गई। अम्माँ, अब मुझे छोड़कर कहीं नहीं जाएँगी, मुझे लगा दुःसाहसी मृत्यु को हम दोनों माँ-बेटों ने मिलकर दूर धकेल दिया है।

घर पहुँचते ही अम्माँ ने फिर अपनी अस्तव्यस्त गृहस्थी के ओर-छोर सँभाल लिए थे। स्कूल से लौटता तो देखता भारी-भारी बक्से खोल, अम्माँ एक-से-एक कीमती रेशमी परिधान, जामेवार शॉल-दुशाले, बाबा के हैदराबादी अँगरखे, पिता के रेशमी कुरते धूप में सुखा रही हैं। मुझे नेफ्थलीन की गोलियों की वह महक बड़ी अच्छी लगती थी; मैं कभी उठा-उठाकर, अम्माँ की साड़ियाँ सूँघता, कभी लपककर बाबा का रेशमी अँगरखा पहन, उसकी ढीली निर्जीव बाँहों में, अपने लगभग खो गए हाथों को हिला-हिलाकर, उस हवेली संगीत को दुहराने लगता जिसे अपने सुरीले कंठ से परिवेशित कर मेरे पिता हमारे इसी आँगन की दीवारें कँपा देते थे। मालव राग की वह बंदिश आज, मैं भी कभी-कभी

अपनी इस जनशून्य कोठी में, ठीक वैसे ही दोहरा उठता हूँ, अन्तर यही है तब इस कोठी की दीवारें मेरे पिता के रौबीले कंठस्वर में काँपती थीं, आज स्वयं मैं काँपने लगता हूँ। कभी इसी हवेली में संगीत की प्रस्तुति मेरे पिता के संगीत के जलसे की विशेषता थी, एक-से-एक परम्परासमृद्ध गायक, हमारे गृह के राधागोविन्द मन्दिर के प्रांगण में, इसी गीत के निवेदन से देखते-ही-देखते, रहस्यमय गाम्भीर्य का चँदोवा टाँककर रख देते थे, ''जय जय लाल गोवर्धनधारी!' आज वैसी प्राणवंत अकृत्रिम गायकी के परम्परासमृद्ध गायक कहाँ खो गए! कहाँ विलीन हो गए वे परिच्छिन्न कंठ। जनाब गुलाम मुहम्मद, मेरे संगीत गुणग्राही पिता के परम मित्रों में थे, कश्मीर के अतीन्द्रियवादियों की संगीत शैली के प्रमुख गायक जनाब गुलाम मुहम्मद साहब स्वयं संतूर बजाकर अपना सूफियाना कलाम पेश करते तो मजलिस में आई एक-से-एक ख्यातिप्राप्त पेशेवर गायिकाओं की गर्वोन्नत अहंकारी ग्रीवाएँ जैसे कट-कटकर जमीन पर बिछ जातीं। केवल हारमोनियम और करताली के माध्यम से प्रदर्शित छन्दबद्ध गायकी में उस दिव्य कंठ के ईर्षणीय ऐश्वर्य की दपदपाहट का झाड़फानूस, महफिल के टिमटिमाते दीयों को श्रीहीनकर, एक ही फूँक में बुझा देता। जैसा ही दृप्त कंठस्वर, वैसा ही स्वतः सज्ञान गायकी। बाबा फरीद, बुल्लेशाह की रचनाओं को गाते-गाते वे कभी स्वयं रोने लगते। इधर मेरे पिता की रूपसी गोपिकाएँ रोते-रोते बेदम हो जातीं और उधर चिक के पीछे बैठी मेरी अम्माँ।

बाद में जब एक दिन अपने बचकाने प्रयास में बुल्लेशाह की वही बंदिश अविकल दोहरा, अम्माँ को चकित करने की चेष्टा की तो उसने घबराकर मेरा हाथ थाम लिया, ''नन्हे, तू तो एकदम अपने बाप पर जा रहा है रे। ऐसा मत होने देना बेटा।'' वह रोने लगी थीं। मैं तो सोच रहा था अम्माँ मुझे प्रशंसा से विह्वल हो छाती से लगा लेंगी कि शाबास बेटे, तेरे पिता ने उस्ताद से गंडा बँधवाया था पर तू तो बिना गंडा बँधवाए ही उनसे आगे निकल गया! बहुत बाद में समझ में आया कि अम्माँ उस दिन क्यों रोयी थीं। इसी संगीत-प्रेम ने तो हमारे खानदान की लुटिया डुबोयी थी। पहले बाबा को अँगुली पकड़कर संगीत के अमृतधाम में पहुँचाया, जहाँ से लौटे तो रक्षिता साथ लग आयी; यही मेरे पिता ने किया। अन्तर इतना ही था कि वे मेरे बाबा से कुछ समझदार निकले। अपनी प्रिय रक्षिता को, वे कभी साथ नहीं लाए। काशी में ही गंगापार उसके लिए एक आलीशान कोठी बनवा दी। वही था उनका स्थायी निवास,

हमारे लिए तो वे जीवन-भर दुर्लभ पाहुने ही बने रहे। हमारे गृह का सम्पूर्ण संचालन घोष बाबू करते थे। उनकी आकस्मिक नियुक्ति भी उनकी संगीत-प्रतिभा के बूते ही हुई थी। उनकी शिक्षा तो केवल हाईस्कूल तक ही हुई थी किन्तु उनका संगीतज्ञान था विशद्। उनके पिता राखाल घोष वर्षों तक बड़ौदा महाराज के पेशेदार रहे थे, उनके पुत्र, हमारे मैनेजर पंचानन घोष ने दिन-रात दरबारी गायकों को सुनते-सुनते समझने की योग्यता प्राप्त कर ली थी। आगरा घराने की गायकी, बोल-विस्तार-तान-प्रकार का व्याकरण कंठस्थ कर वे स्वयं अपनी सुरीली दानेदार तानमाला से श्रोताओं को स्तंभित करने लगे थे। मेरे पिता ने किसी कान्फ्रेंस में उनका गाना सुना और साथ ले आए, मेरी नींद बड़े भोर घोष बाबू के मंद्रसप्तकी रियाज से ही टूटती थी। जैसा ही गरम गला था, वैसा ही नरम मिजाज। घोर कृष्णवर्णी अमावसी रंग, गोल-मटोल चेहरे पर सब समय लगी अलमस्त दूधिया हँसी और बहुत बड़ी-बड़ी लाल डोरीदार आँखें। बातें करने का ढंग भी परिहासपूर्ण।

"घोष बाबू, आपके घर में और कोई नहीं है?" मैंने एक दिन पूछ दिया।

"अरे, घर ही नहीं हे बाबा, तो कोई के केहाँ से होगा, गिन्नी (पत्नी) होता तो हमको फजीर में रियाज करने देता?"

वे कहाँ को केहाँ और भोर को फजीर कहते थे, उन्हें बहकाने में मुझे बड़ा आनन्द आता था। सच पूछिए तो अम्माँ के जाने के बाद, उस श्रीहीन स्नेहशून्य कोठी में घोष बाबू ही थे मेरे एकमात्र आत्मीय, सखा-सहचर, पथप्रदर्शक—सबकुछ। अम्माँ की मृत्यु के तीसरे ही महीने मैं बहुत बीमार पड़ गया। भयानक मलेरिया के विवश कंप में पीपल के पत्ते-सा थरथर काँपता मैं एक दिन 'जाड़ा-जाड़ा' चिल्ला रहा था, उधर घोष बाबू मेरे ऊपर घर-भर की रजाइयाँ-कम्बल डालते-डालते हाँफने लगे थे, पर मेरा जाड़ा नहीं जा रहा था। सहसा अपनी मेरुपर्वत-सी देह मुझ पर पड़ी रजाइयों के स्तूप पर डाल, वे न जाने कब तक मुझे दबाए 'दुग्गा-दुग्गा' जपते रहे। जब तीव्र ज्वर के ताप से व्याकुल हो, मैंने रजाइयों के स्तूप को लात मारकर गिराया तो भदाम से घोष बाबू धराशायी हो गये। "मेरे फेलली रे खोका" (मार दिया रे खोका) कह वे शायद मुझे हँसाने की चेष्टा में ही दोनों हाथों से अपनी अनंत कटि की परिधि थाम, बंकिम मुद्रा में खड़े होकर कराहने लगे। मुझे हँसी आ गयी और उनका चेहरा खिल गया—"तुई हेशेछिस तो ए बार किस्सू हौबे ना।" (तूने हँस दिया अब कुछ अनिष्ट नहीं होगा।)

फिर वे मेरे तप्त ललाट को सहलाते स्वयं बड़बड़ाने लगे—"आहा रे छेले अमन असुखे भुगछे, आर उनी नौकाविहारे छाबूड़बूखाच्छेन" (आहा लड़का ऐसे बुखार में पड़ा है और वे नौकाविहार में डूबे हैं।)

स्वयं घोष बाबू ने ही मुझे बँगला सिखायी थी, काश न सिखायी होती और बीमारी में सिरहाने बैठे घोष बाबू की स्वगतोक्ति मैं न समझ पाता! मेरे पिता को, मेरी बीमारी की खबर दे दी गई थी किन्तु उन्होंने कहलवाया था कि वे किसी जरूरी काम में फँसे हैं। आना असम्भव है, रुपया भेज रहे हैं, चिकित्सा में कोई त्रुटि न हो..."कैसा जरूरी काम है, आमी सब जानी।" मेरे ललाट पर ठण्डी पट्टी रखते घोष बाबू फिर अपनी स्वगतोक्ति में चालू हो जाते। "जत सब वाजेकथा, ओई मेनका के निये काजे व्यस्त विश्वामित्र।" (सब झूठी बातें हैं। मेनका के साथ विश्वामित्र व्यस्त हैं) पूरे बीस दिन बाद मेरा ज्वर टूटा। घोष बाबू दिन-रात मुझे छाया-से घेरे रहते। अम्माँ की मृत्यु एक प्रकार से आत्महत्या ही तो थी। स्वस्थ होकर लौटी बेचारी अम्माँ का सुखद प्रत्यावर्तन क्षणस्थायी ही रहा था। थोड़े दिनों तक वे परम उत्साह से अपनी अस्तव्यस्त गृहस्थी सँभालने में जुटी रहीं, फिर जब उनके घर लौटने के दो महीने बाद भी पिताजी उन्हें देखने नहीं आए तो उनका उत्फ़ुल्ल चेहरा फिर मुरझाने लगा। अण्डा, फल-दूध सब छोड़ दिया, दवाएँ उठाकर फेंक दीं। उन्हें पता लग गया था कि पिताजी अपनी नवीन सहचरी को लेकर कश्मीर घूमने गए हैं। अम्माँ ने सब रहे-सहे हथियार भी डाल दिए। मुझे कभी-कभी उन पर बेहद गुस्सा आता। क्यों अपने अधिकारों के लिए नहीं लड़तीं? क्यों उस कुलटा का झोंटा पकड़कर बाहर निकाल, पिताजी का हाथ पकड़ यहाँ नहीं खींच लातीं? आखिर ऐसा क्या था उसमें जो मेरी सुन्दरी अम्माँ में नहीं था?

था तो बहुत कुछ। मैंने पहली बार अपनी उस विमाता को, अपनी ही चौदहवीं वर्षगाँठ के संगीतानुष्ठान में देखा था। रानी-महारानियों की-सी गरिमा, जैसा रूप वैसा ही पहनावा, वैसा ही सुकण्ठ। मुझे आज जितनी ही बार संध्या स्मरण हो आती है उतनी ही बार आठ दिन पूर्व देखे गए उसी भव्य सौन्दर्य के वीभत्स खण्डहर की क्षणिक झलक सहमा उठती है। कभी-कभी जी में आता है, चीख-चीखकर कहूँ, अम्माँ देख रही हो ना तुम? देख रही हो? मन करता है ताली बजा-बजाकर धरा पर लोटूँ, ठहाका लगा दूँ, पर नहीं। मेरे प्रतिशोध की ज्वाला, अचानक क्यों इतनी तीव्रता से विलीन हो गई है? एक भारी

बालूचरी साड़ी पहनकर वह दपदप करती सफेद चाँदनी के बीचोंबीच बैठी थी, गोलाकार घेरे में बैठे साजिन्दे। बेले-जुही का गजरा हाथ में लपेटे आमने-सामने विराजमान थे मेरे पिता रायबहादुर इकबाल नारायण बली, जिनके वैभव का सूर्य कभी अस्त नहीं होता था।

अब जब कभी ऐसे ही फ़िल्मी मुजरे का दृश्य देखता हूँ तो उनकी फूहड़ बनावटी सज्जा देखकर हँसी आती है--क्या तब मुजरा ऐसा होता था? इन फ़िल्मी नकली झाड़-फानूसों की ही भाँति, इन सिंथेटिक वार-वनिताओं के चेहरे भी मुझे निस्तेज लगते हैं। इसमें कोई सन्देह नहीं कि तब की खड़ी ठुमरी की पेशेवर गायिका के खड़े होने की, भाव बतलाने की भंगिमा में भी किसी गृहिणी की-सी ही विनम्र नमनीयता रहती थी। न पहनावे में कोई अश्लील संकेत, न हाव-भाव में। साड़ी का आँचल, राजेश्वरी बाई ने बड़े कौशल से अपनी सुराहीदार ग्रीवा में लपेट लिया था। सहसा पंखे की हवा से आँचल स्वयं ग्रीवामुक्त होकर उसकी विजयपताका-सा फहरा उठा और मैंने अम्माँ की पन्ना-मोती जड़ी कण्ठी पहचान ली। मैंने कनखियों से चिक के पीछे बैठी अम्माँ का विवर्ण चेहरा भी देख लिया था। पिछले साल ही तो अम्माँ की यह कंठी, बड़े रहस्यमय ढंग से, उनके सेफ से गायब हो गई थी। पूरी कोठी में तहलका मच गया था। मेरे पिता के क्रुद्ध गर्जन-तर्जन से घर के नौकर ही नहीं, घोष बाबू भी काँपने लगे थे :

''मैं एक-एक को देख लूँगा, अभी पुलिस को फोन करता हूँ, तुम नमक-हरामों की चमड़ी उधेड़ी जाएगी, तभी कबूलोगे हरामजादो।''

किन्तु गरजते बादल, बिन बरसे ही सिमट गए। न पुलिस ही को फोन किया गया, न चमड़ी ही उधेड़ी गई। सब समझ गए थे कि कंठी वहीं पहुँच गई है, जहाँ अम्माँ के आभूषण एक-एक कर पहुँच चुके हैं। मेरे जी में आ रहा था, उठकर बाहर चला जाऊँ किन्तु उस विलक्षण गायकी की लौह-बेड़ियों ने मुझे कसकर बाँध दिया था। वह दिव्य कंठ मुझे अम्माँ के मान-अपमान से बहुत दूर खींचे लिये जा रहा था। जोग राग उसके अपरूप सौन्दर्य में सहसा मूर्त हो उठा। मैं सबकुछ भूल गया। मेरी रग में मेरे खानदान का रक्त तेजी से दौड़ने लगा। मेरी आँखें स्वयं मुँद गईं। राग के विस्तार अंश में वह शान्त-संयमित स्वर किसी निर्दिष्ट घराने के बन्धन में नहीं बँधा था, लगता था सौन्दर्य-सृष्टि ही उसका एकमात्र लक्ष्य था। चौदह वर्ष की वयस में ही किसी गुणी जौहरी के बेटे की भाँति मैंने रत्नों को परखना सीख लिया था। जब

रात्रिव्यापी वह अनुष्ठान समाप्त हुआ तो वह भजन गा रही थी :

"तू दयालु दीन हौं तू दानि हौं भिखारी
हौं प्रसिद्ध पातकी तू पाप पुंज हारी।"

दो

नहीं, यह तो मेरी अम्माँ की सौत नहीं थी। यह वह नहीं थी जिसने मेरे पिता को मुझसे असमय ही छीन लिया था। निष्पाप-निष्कलंक चेहरा, गोदी में गिर गया आँचल, बन्द आँखें, उस विलासपूर्ण कक्ष से उड़ती वह जैसे किसी पवित्र देवालय के प्रांगण में बैठी, आँचल फैलाए क्षमा की भीख माँग रही थी। अपने समस्त कलुष-कल्मष का कैसा निष्कपट निवेदन था वह! समग्र पृथ्वी की समग्र दीनता उन सुरमेभरी आँखों में सिमट गई थी। कौन कह सकता था कि वह एक घृण्य, पेशेवर कुलटा वेश्या है। मैं एक बार उसे और एक बार अम्माँ को देख रहा था। मेरा मन प्रबल आवेग से भर गया। अम्माँ की आँखों में बहती विवश अश्रुधार को चिक की चिलमन से भी स्पष्ट देख पा रहा था। करुणा एवं ममता से विगलित अम्माँ किसी देवालय में प्रतिष्ठित साक्षात् अष्टभुजी की मूर्ति लग रही थीं। और वह पतिता लग रही थी भक्ति-रस में आपादमस्तक डूबती जा रही भक्तिन, मुग्धा, आविष्ट, एकाग्र! आज जब मैं उस स्मृति की तुरपन न चाहने पर भी उधेड़ता चला जा रहा हूँ, तो मुझे लगता है अतीत को भूलना असम्भव है।

मेरे इस कमरे से लेकर धूमिल आकाश तक एक घना जमा हुआ घुप्प अँधेरा है। मैंने जान-बूझकर ही बत्ती नहीं जलाई। पिछवाड़े पीपल के घने पेड़ की छतरी के कोटर में बैठा उल्लू चीख रहा है। अम्माँ प्रायः ही बड़बड़ाती रहती थीं, "ए घोप बाबू, बेकसूर तीतर-बटेरों को तो तुम्हारे मालिक बन्दूक का निशाना बनाते रहते हैं--इस मनहूस उल्लू को क्यों नहीं खत्म करते? दिन-रात मौत को न्योतता रहता है अभागा।"

बेचारी अम्माँ, वे शायद नहीं जानती थीं कि वह उल्लू मर भी गया तो दूसरा उल्लू पीढ़ी-दर-पीढ़ी हमारे अभिशप्त खानदान की मौत को न्योतता रहेगा। सड़क .से गुजर रहे ट्रक की तेज रोशनी मेरे पिता के चित्र पर पड़, दूसरी स्मृति-अर्गला को खटकाकर खोल देती है--वह चित्र

एक ऐसे चितेरे ने बनाया था जो केवल राजा-महाराजाओं के ही पोर्ट्रेट बनाया करता था, कभी उसने बड़ौदा महाराजा का पोर्ट्रेट बनाया था और तब ही से घोष बाबू उसे जानते थे। जब पिताजी का चित्र बनवाने उसे बुलाया गया तो उसने लिखा, "वह केवल राजा-महाराजाओं के रियासती बयाने ही स्वीकारता है। तुम्हारे मालिक क्या बयाना दे पाएँगे?" घोष बाबू ने तत्काल तार दिया था—"मेरे मालिक हैं चक्रवर्ती सम्राट्, फौरन चले आओ, मुँहमाँगा बयाना मिलेगा।"

काशी में ही मेरे पिता ने वह सिटिंग दी थी, गंगा का चौड़ा पाट, घाट पर बँधे दूल्हे-से सजे बजरे के मयूर कंठी साये में खड़े मेरे पिताश्री मुस्करा रहे थे। हवा के वेग से तरंगित पाल को अद्भुत सूक्ष्मता से चित्रित किया है चितेरे ने। चेहरे पर हैं उद्वेग और प्रत्याशा की रेखाएँ, बजरे पर शामियाना लगा है। जो गलीचा बिछा है, उसकी सूक्ष्मातिसूक्ष्म रेखाओं को ही चित्रकार ने जीवन्त बनाकर रख दिया है। रेशमी अँगरखे के दो सुनहले फीते शायद जान-बूझकर ही खोल दिए गए हैं जिससे गौर लोमश वक्षस्थल पर पड़ी यज्ञोपवीत की डोर भी स्पष्ट उभर आए—पिताजी की रहस्यमयी मुस्कान उनके पान दोख्ते से रक्तिम विलासी अधरों पर खेल रही है, दीर्घायित ग्रीवा, अनुन्नत चिबुक, गर्वोद्धत मस्तक और वह खड्ग के धार-सी नासिका, जिस पर उन्हें सर्वाधिक गर्व था और जो चिता में भस्मीभूत होने पर भी, मेरा निरन्तर पीछा करती मेरे जीवन में विष घोल रही है।

आज जिस पलँग पर लेटा मैं अपनी खिड़की से तारों की आँखमिचौनी स्पष्ट देख रहा हूँ, वह छपरखट पलँग कभी सहारनपुर से बनकर आया था। ऊँचे सिरहाने की नक्काशीदार बुनावट अभी भी ज्यों-की-त्यों धरी है, केवल कई वर्षों से निवाड़ के बिने जाने से वही पर्यंक अब हमहैमोक-सा नीचे झूल गया है। पिटकुइँया लेट में उसी के सिरहाने लगे बिल्लौरी नन्हे दर्पण में अपना प्रतिबिम्ब देखता हूँ तो सहमकर फिर सीधा लेट जाता हूँ। इतना बदल गया है मेरा चेहरा। वही चेहरा, जिसे कभी हाथों में भरकर कनक ने कहा था, "नन्हे मामा, तुम्हारा चेहरा कैसा लगता है, जानते हो? दादी के ठाकुरद्वारे में लगा रामपंचायत के राम जैसा।" दूर-दूर के रिश्ते से भी मैं उसका मामा नहीं लगता था, फिर भी वह मुझे मामा कहकर पुकारती थी।

"तू तो बुआ की ननद की लड़की है, फिर मैं तेरा मामा किस रिश्ते से

हूँ री?''

''वाह, हो कैसे नहीं! तुम अम्माँ को जीजी कहते हो ना? फिर अम्माँ ने भी कहा है कि तुम्हें मामा कहकर पुकारूँ।''

''पर मैं तो नहीं चाहता तू मुझे मामा कहकर पुकारे!''

''तब क्या कहकर पुकारूँ जी तुम्हें? हाथ की अमिया को दूसरी हथेली पर धरी नमक-मिर्च की बुकनी से चाटती, अपनी रसलोलुप जिह्वा निकालकर उसने बड़ी दुष्टता से मुस्कराकर मुझसे पूछा।

सोलह वर्ष की उस सलोनी किशोरी के उस अर्थपूर्ण प्रश्न ने मेरे संयम का दुर्ग भरभराकर गिरा दिया। ''बताऊँ?'' कह मैंने उसे लपककर बाँहों में भींच लिया।

मैं अपना नवीन रिश्ता स्पष्ट करता, इससे पूर्व ही वह पहाड़ी झरने की-सी त्वरित गति से मेरा बाहुबंधन छुड़ा अलोप हो गई।

उस क्षणिक मोहक स्पर्श के असह्य उत्ताप से मेरा सर्वांग दहक उठा।

फिर मैं यूनिवर्सिटी चला गया, जब लौटा तो बन्धनविहीन मुक्त विहंगम था; न अम्माँ, न पिताजी, न घोष बाबू। पिता की छोड़ी गई अगाध सम्पत्ति और वह निर्जन कोठी, जिसकी बीच-बीच में देखभाल फूफाजी ही करते रहते, बुआ बहुत पहले ही जा चुकी थीं। पर मैंने सोच लिया था अपना भविष्य मैं स्वयं ही बनाऊँगा—एक पल को बाँहों में सिमटे अपने सुखद भविष्य की भूमिका तो मैं उसी दिन सँजो चुका था। जहाँ छुट्टियाँ होतीं मैं फूफा से मिलने के बहाने उनके गाँव चला जाता और कहीं-न-कहीं कनक को ढूँढ़ लेता। मुझे दृढ़ विश्वास था कि कनक के माता-पिता को कभी कोई आपत्ति नहीं हो सकती, पुत्री के इस अप्रत्याशित सौभाग्य पर उन्हें गर्व ही होगा। मेरे पिता जीवित होते तो वे इस रिश्ते के प्रस्ताव से ही भड़क उठते, किन्तु अब तो मैं स्वयं ही अपना भाग्यविधाता था। मेरा खानदान, सुदर्शन व्यक्तित्व, मेरी शिक्षा—किस पर आपत्ति हो सकती थी उन्हें? किन्तु मैं स्थिर कर चुका था कि मैं इस रत्न को अपने पिता की सम्पत्ति के चुम्बक से नहीं खींचूँगा—मेरा कम्प्टीशन परीक्षा का फल निकलते ही, अपने अफसरी रथ के सप्ताश्व को हाँकता ही स्वयंवर कक्ष में पहुँचूँगा। आज वे सप्ताश्व हिनहिनाते मेरे द्वार पर खड़े हैं, अफसरी रथ भी तैयार है, किन्तु जब तक यह रथ जुटा, मेरे जीवन-सेतु के नीचे बहुत पानी बह चुका था। काश, आज घोष बाबू होते! पर वे तो एक

ही दिन की बीमारी में मुझे असहाय छोड़ गए। अभी भी कभी-कभी लगता है, आधी रात को चकित चमगादड़ों की फड़फड़ाहट को चीरते, अपने बलिष्ठ खड़ाऊँ के शब्द से पूरे कमरे को मुखरित करते, मेरे सिरहाने खड़े होकर वे पूछ रहे हैं—

"की रे खोका, ही होलो आबार?"

(क्या रे खोका, क्या हो गया अब?)

आकाश के तारे, एक के बाद एक नित्य बुझते चले जाते हैं, किन्तु मेरी स्मृति का यह उज्ज्वलतम तारा शुक्र तारे-सा भोर होने तक सदा चमकता रहेगा, यह मैं जानता हूँ।

अम्माँ की मृत्यु के बाद, मेरे पिता वर्षों तक गृहहारा बने रहे—एक बार घोष बाबू ही उन्हें ढूँढ़ने चले गए थे; वहीं, जहाँ उनका स्थायी निवास था। "हारामजादी आमाके द्वार थेकेई फिरिये दिलो-बल्लो, "अब यहाँ केहाँ आता है तुम्हारा मालिक!" (हरामजादी ने मुझे द्वार से ही लौटा दिया।)

"पर मैं जानता हूँ, तुम्हारे पिता वहीं छिपे बैठे थे।"

"आपको कैसे पता है?" मैंने पूछा दिया।

"अरे आमी तारे देहगंध पेलाम।" (मैंने उनकी देहगंध पा ली थी।)

"देहगंध?"

"हाँ रे खोका, तुम्हारे पिता को भी अपनी देहगंध का आभास है पर पहचानते नहीं—अगरु-चंदन मिली सुगन्ध। एक दिन मैंने कहा—'मालिक, आपको दूर से सूँघ लेता हूँ मैं—शिकारी कुत्ते की तरह—पर आप उसी देहगंध को ढूँढ़ने बाहर भटकते फिरते हैं—शायद आप ही जैसों के लिए लिख गए हैं रवीन्द्रनाथ—

"पागल हइया बने-बने फिरी—
आपन गंधे मम
कस्तूरी मृग सम"

(अपनी ही देहगंध को ढूँढ़ने मैं पागलों की तरह वन-जंगलों में कस्तूरी मृग-सा भटकता रहता हूँ।)

मैं कनक से फिर एक लम्बे अरसे तक नहीं मिल पाया। कहीं ऐसा तो नहीं, उसका विवाह हो गया हो? कैसा मूर्ख था मैं, अपने प्रस्ताव को मन-ही-मन तो सेंतता रहा था; जल्दी-से-जल्दी घर लौटकर फूफाजी से कहना होगा।

मेरी पहली नियुक्ति जैसलमेर में हुई थी। उस बीहड़ इलाके में मेरा जी घबराने लगा था। शायद कनक के प्रति मेरी वही छटपटाहट मुझे घर खींच लाई—घर तो बन्द पड़ा था, चौकीदार रामधनी ही के पास मैं अपने बूढ़े अन्धे कुत्ते ब्राउनी को भी रख आया था, प्रत्येक माह उसकी खुराकी के लिए अलग पैसे भेजता था।

मेरा उत्फुल्ल हृदय अपने सम्भावित प्रस्ताव को मन-ही-मन दोहराता बल्लियों उछल रहा था—मुझे क्या पता था कि भाग्य मुझे ऐसी पटखनी देगा। मैं क्या जानता था कि मेरे जीवन के निरभ्र उज्ज्वलाकाश में वर्षों से विलुप्त मेरे पिता सहसा लौट आएँगे।

दशहरे की छुट्टियाँ थीं, शायद अपनी कोठी के विस्मृत दशहरा-दरबार की स्मृति ही मुझे उधर खींच ले गई थी। एक वर्ष से वहाँ ताला पड़ा था, मैंने सोचा, अनाथ कोठी की भी सफाई हो जाएगी और फिर मैं सुस्ताकर सीधे चल दूँगा फूफा के गाँव। मैं बड़ी रात को ही घर पहुँचा तो देखा, मेरे कमरे की खिड़की से धीमा प्रकाश आ रहा है। यह तो बिजली की रोशनी नहीं थी। पर की चाबी तो मेरे पास थी, बन्द कोठी किसने खोली? तब क्या रामधनी ने ही मेरी दीर्घ अनुपस्थिति का लाभ उठा मेरे कमरे पर कब्जा कर लिया था? चरमराकर जंग लगी ड्योढ़ी खुल गई, एक ही वर्ष में कैसी बियाबान बन गई थी कोठी! चारों ओर उग आई जंगली घास को भी नहीं उखाड़ पाया रामधनी। अचानक न जाने कहाँ से चमगादड़ों का एक झुंड-का-झुंड मेरे सिर के ऊपर सर्र से निकल गया। मैं चौंककर ठिठक गया, द्वार भी तो खुला था।

"रामधनी!" मेरी व्यर्थ गुहार दीवारों से टकराकर मुझी तक लौट आई।

"कौन? भीतर चले आओ, अवध हो का?" अवध तो मेरे फूफाजी का नाम था। रामधनी तो उन्हें इस अंतरंगता से नहीं पुकार सकता था। अधखुला दरवाजा मेरे करस्पर्श से ही खुल गया। अस्पष्ट क्षीण प्रकाश की रेखा दीवार पर पड़ी। दीवार पर लगे पिता के जिन बहुमूल्य चित्रों की धूल मैं स्वयं अपने हाथों से पोंछता था, वे ही धूल से भरे; मकड़ी के जालों से सने नीचे लटक आए थे। किसी में फ्रेम नहीं, किसी का शीशा टूटकर नीचे पड़ा था, लगता था महीनों से किसी झाड़ू ने उस धरती का स्पर्श नहीं किया।

"कौन है भाई? भीतर चले आओ।"

कौन था यह, मेरे ही घर में मुझे भीतर चले आने की अनुमति देनेवाला। मैं कोई चोर-उठाईगीर भी तो हो सकता था।

मैं आगे बढ़ा—मेरे कमरे की शृंगार मेज पर कालिख से काली; मिट्टी के तेल की कुप्पी जल रही थी। मेरी पलंग पर कोई चादर ताने पड़ा था। उस कृपण प्रकाश-रेखा में मेरा चेहरा ठीक से नहीं देख पाया किन्तु सोनेवाले ने मुझे देखते ही चादर मुँह तक खींच ली।

एक पल को मैं किंकर्त्तव्यविमूढ़-सा खड़ा ही रहा, फिर मेरी चेतना त्वरित गति से लौट आई। मेरी अनुपस्थिति में ताला तोड़ कौन था यह मेरी पलँग पर लेटनेवाला दुस्साहसी दस्यु! आवेश में मेरा कंठस्वर तीखा हो गया—"कौन हो तुम?" मैंने गरजकर कहा, "बिना मुझसे पूछे मेरे कमरे में कैसे घुस आए हो तुम? जानते हो मैं इस कोठी का मालिक हूँ?"

"नहीं नन्हे, कोठी का मालिक तो अभी मैं ही हूँ।" मुँह की चादर हट गई और मैं असहाय खड़ा देखता रहा। जीवन में पहली बार मैंने वह चूक की जो आज तक कभी नहीं की थी। आगे बढ़कर अपने जनक के पैर छूना मैं भूल गया, पर मैं क्या सचमुच भूल गया था? मुझे साहस नहीं हुआ। प्रवंचना की अन्तिम नियति पराजय ही होती है, यह गहन सत्य उसी दिन समझ में आया। ओफ, आज भी उस निभृत कमरे में, मलिन जीर्ण चादर से, सहसा निकल आए उस वीभत्स चेहरे की स्मृति मुझे कँपा देती है। दोनों आँखों की पलकें झड़ गई थीं, जिन विलासी ज़ुल्फ़ पट्टियों को दर्पण के सम्मुख खड़े होकर पिता घण्टों विदेशी ब्रिलक्रीम की चिकनाई से बिठाते थे, वह सब नियति ने एक ही मूठ में न जाने कब उखाड़ लिए थे। खल्वाट पर तीन-चार बाल कुश-से काँप रहे थे और नाक? कैसे बताऊँ! केवल दो कोटर, जैसे गहन तिमिराच्छन्न गुहाद्वार हों। दोनों होंठों पर थे बड़े-बड़े छाले। दंतहीन पोपले मुँह के एकदम भीतर धँस गए कपोल और मांसहीन दुबली बाँहें। एक विचित्र दुर्गन्ध सहसा मुझे पीछ धकेल गई। क्या कहीं कोई मरी छिपकली गँधा रही थी? फिर उसी क्षण मैंने दुर्गन्ध का सूत्र स्वयं पकड़ लिया। अचानक घोष बाबू का अदृश्य छायाप्रेत ही मेरे कानों में फुसफुसाने लगा था :

पागल हइया बने-बने फिरी
आपन गंधे मम
कस्तूरी मृग सम।

तीन

पिता की वही देहगन्ध अब देहदुर्गन्ध बन गई है, यह मैं समझ गया। पहले मैं अपने पिता के एकदम बदल गए नक्की स्वर का एक शब्द भी नहीं समझ पाया, फिर उनका प्रत्येक वाक्य, मेरे हृदय में भाला घुसेड़ता मुझे धराशायी कर गया।

अपराध भावना निश्चित रूप से मनुष्य को अधिक प्रगल्भ बना देती है। मेरे पिता जो भी कह रहे थे उसमें केवल अपने ही पक्ष में दी गई कैफियत थी। उन दुर्बल दलीलों को मैं साँस रोके सुन रहा था पर जब उन्होंने मेरी मृत जननी को भी कठघरे में खड़ी कर बुरा-भला कहना आरम्भ किया तो मैं क्रोध से काँप उठा।

"मेरी इस हालत के लिए तुम्हारी मूर्खा अम्माँ ही दोषी है। वह कायदे की होती तो आज मेरी यह हालत होती! जिसे अपने ही घर में भरपेट भोजन नहीं मिलता, वही भूख लगने पर, दूसरों की जूठी पत्तलें चाटने लपकता है। बेजान, बीमार, वज्रमूर्खा तुम्हारी माँ ने मुझे दिया ही क्या? मेरे मन-प्राण संगीत में बसे थे, उसे मेरे संगीत से नफरत थी; मुझे अच्छा पहनना-ओढ़ना पसन्द था, वह दिन-रात गहने-कपड़े फेंक कैकेयी बनी कोपभवन में बिसूरती रहती; मुझे खाने-पीने का शौक था, उसे बस मूँग की खिचड़ी पसन्द थी। एकदम ठण्डी उसी मुर्दा औरत ने आज मेरी यह हालत बनाकर रख दी।"

"चुप करिए," मैं चाहने पर भी उस वीभत्स चेहरे की ओर दोबारा आँख नहीं उठा पा रहा था, "किसने आपकी यह हालत की; मेरी अम्माँ ने या उस बेहया वेश्या ने?"

छिः-छिः, कैसे निकल गया था वह शब्द मेरी सुसंस्कृत जिह्वा से! उनकी ऊँची आवाज ही शायद रामधनी को वहाँ खींच लाई थी। पिता-पुत्र के बीच वह सिर झुकाए सहमा खड़ा था। मैं बाहर आकर अम्माँ की उस धूल-भरी आरामकुर्सी पर बैठ गया जिसमें उसने अपनी न जाने कितनी नीरस पतिविरहित दुपहरें, हम बाप-बेटों के मोजे और स्वेटर बिनते-बिनते काट दी थीं। उस कमरे की असह्य दुर्गन्ध से मेरा सिर भन्ना रहा था।

"साहेब," रामधनी ने डरते-डरते कहा—"देख तो रहिन हैं आप, कोढ़ फूट गवा है मालिक को। अब हमें छुट्टी दे दिहिन जाय सरकार, हम घर जवइया हैं।"

पूरी रात मैंने उसी कुर्सी पर काट दी थी। सुबह हुई तो मेरे जी में आया, मैं भी रामधनी की ही भाँति किसी से कहूँ—'अब हमें छुट्टी दे दिहिन जाय सरकार, हम घर जवइया हैं'—पर अब कहाँ था मेरा घर? बार-बार जी में आ रहा था, चुपचाप देहरी दोबारा लाँघे बिना ही भाग जाऊँ, पर उसी दिन समझ में आया कि हिन्दू पुत्र के लिए पिता के प्रति कर्त्तव्य से विमुख होना कितना कठिन है। रात-भर बड़बड़ाकर मेरे पिता स्वयं शान्त हो गए थे। मैंने एक बार झाँककर देखा, चीकट चादर के जीर्ण नकाब में उन्होंने सिर छिपा लिया था।

मैं बाहर निकल गया। गंगा के उस पार गाजीपुर की कुछ बत्तियाँ अभी भी टिमटिमा रही थीं। सामने मृदुस्वरा गंगा की उफनती तरंगों पर आताम्र सूर्य की अरुण आभा, चाँदी की मेखला पर जड़े मूँगे-सी चमक रही थी। बार-बार पिता की हड्डियों-भरी देह और सारी देह पर भरे घावों की स्मृति मुझे बेचैन कर उठी। वीभत्स हिंस्र हँसी में सिकुड़े उनके छाले-भरे होंठ और कुरूप बैठी नाक! हे भगवान्! कैसे जाया जा सकता था उन्हें इस असहाय अवस्था में छोड़कर! फिर घावों से उठ रही उस दुर्गन्ध के भभके की याद मुझे पागल बना गई। उस पर रामधनी बता रहा था—"उठ-बईठ नाहीं सकत हैं अब मालिक, जानवरन-से रेंगत-रेंगत झल्लात रहत हैं—अइसे-अइसे माँ, बहिनिन का न्योतत हैं सरकार, कि का बताई—मुला गुस्सा अउर अईठ नहीं गई।"

मेरे आने की खबर पाते ही, दूसरे दिन दिनेश अपनी जीप धड़धड़ाता उपस्थित हो गया। शिष्टतावश ही वह मेरे पिता को देखने भीतर गया और तत्काल उलटे पाँव लौट आया।

"एक बात कहूँ नन्हे, बुरा तो नहीं मानोगे?" उसने फुसफुसाकर कहा।

"कहो।"

"इन्हें तुम अब किसी कुष्ठाश्रम में भर्ती करा दो—तुम्हारे हक में भी तो ठीक नहीं—छुतही बीमारी है।" और फिर दिन-भर न जाने कितने हितैषी आकर मुझे यही राय दे गए थे। उस राय में स्वयं उनका कितना हित है, मैं समझ गया। कोई भी नहीं चाहता था कि ऐसा रोगी वहाँ स्थायी रूप से वास कर पूरे परिवेश को दूषित करे।

देखते-ही-देखते पूरा हफ्ता बीत गया। मैं बरामदे में ही सोता, वहीं मेरा सूटकेस धरा रहता, भीतर जाता भी तो केवल खाना पहुँचाने, यहाँ तक कि अपने ही कमरे से लगे गुसलखाने में नहाने का साहस भी मैं नहीं जुटा पाया—

अँगोछा-साबुन लेकर गंगाघाट निकल जाता। खाना खाने होटल चला जाता, कभी दिनेश अपने घर खींच ले जाता और मैं पिता के लिए खाना बँधवा लाता। कभी-कभार खाना पहुँचाने में देर हो जाती तो देखता, वे पूरे कमरे में लोट-लोटकर माँ के स्तन को ढूँढ़ रहे अबोध क्षुधातुर शिशु की ही भाँति चीख-चीखकर रो रहे हैं, "हाय, मुझे भूखा मार दिया कसाइयों ने। कहाँ मर गया हरामजादा रामधनी। लाओ मेरा चाबुक, कहाँ गए सलीम, अनीस, राधे..."

उनकी व्यर्थ गुहारें कमरे की ऊँची छत से टकरा-टकराकर दुहरातीं—'कहाँ गए सलीम, अनीस, राधे?' कभी मेरे पिता ने ही कमरे की छत-दीवारें सैकड़ों रुपया बहाकर ऐसे बनवाई थीं कि प्रत्येक गुहार प्रति-ध्वनि बनकर गूँजे। आज वही दुहरी गूँज मेरे हृदय का कंटक बन रही थी।

कभी उनकी इसी हाँक से उनके ये चारों अनुचर थर-थर काँपते चरणों में गिर-गिर पड़ते थे। अकस्मात् उस जीर्ण-शीर्ण अभागे मनुष्य को मैं अपने स्मृति दर्पण में देखने लगा। सूर्य की कान्ति को भी मलिन करती देह-छटा, तीखी नाक पर उभरी क्रोध की झुर्रियाँ, रेशमी कुरते पर चमकते सोने के बटन, और शान्तिपुरी धोती की सुनहली कन्नी। कण्ठ के स्वर में सदा तारसप्तक का षड्ज ही प्रखर हो उठता था।

आज उसी व्याघ्र-विक्रम के तेजस्वी पौरुष की यह कैसी मर्मान्तक पराजय थी! फिर मैंने एक दिन दृढ़ निश्चय कर लिया—मैं निर्वीर्य भावुकता में अपने दुर्बल चित्त को नहीं बहने दूँगा। छुट्टियाँ आधी बीत चुकी थीं, मैं उन्हें उस अवस्था में साथ नहीं ले जा सकता था। जाने से पहले, उनका कुछ प्रबन्ध करना ही होगा।

"पिताजी," मैंने स्वर को यथासाध्य संयत करने की चेष्टा की, "आप जानते हैं, मुझे नौकरी पर लौट जाना होगा।"

"मैं भी चलूँगा तेरे साथ नन्हे," किसी बच्चे की भाँति वे किलक उठे।

मेरा हृदय पहली बार करुणा से विगलित हो उठा, कभी मैं उनके साथ जाने को ऐसे ही मचलता था। आज परिस्थितियों ने उन्हें अबोध पुत्र बना दिया था, मुझे हृदयहीन पिता।

"नहीं, पिताजी, मैं आपको नहीं ले जा सकता।"

"क्यों?" वे गरजे किन्तु उनकी वह गर्जना नासिकाविहीन गह्वर में व्यर्थ नक्की गूँज बनकर खो गई।

''आप जानते हैं क्यों–यहाँ सब कहते हैं कि आपको...'' मैं आगे कुछ नहीं कह पाया, नतमस्तक खड़ा ही रह गया।

''क्या है मुझे?'' अपनी लाल अंगारे-सी आँखें उन्होंने मेरे झुके चेहरे पर निबद्ध कर दी हैं, यह मैं सिर न उठाने पर भी जान गया। मुझे निरुत्तर खड़ा देख माँ की भद्दी गाली देकर कहा, ''कहता क्यों नहीं?''

''कहते हैं–कोढ़।'' मेरा स्वर इस बार उनके तीखे स्वर को भी पराजित कर गया।

''कौन साला कहता है, मुझे कोढ़ है?''

''मैं जानता हूँ पिताजी, आपको कोढ़ नहीं है,'' मैंने स्वर का पैंतरा बदल उन्हें शान्त करने की चेष्टा की, ''पर जो बीमारी आपको है, उसका इलाज हो सकता है–ऐसे एक अस्पताल में मैंने आपका प्रबन्ध कर लिया है। आप अकेले यहाँ नहीं रह सकते। रामधनी भी नौकरी छोड़कर घर चला गया है।''

उन्होंने किसी बनैले सुअर की-सी आक्रामक मुद्रा में, मुझ पर झपटने की चेष्टा की, फिर असहाय होकर पलँग पर पसर गए। सिसकियों से उनकी पूरी देह काँप उठी। मैं और नहीं देख पाया–तेजी से बाहर निकल गया। बड़ी देर तक अपने जन्मदाता का वह असहाय विलाप सुनता मैं पत्थर हो गया। एक मिशनरी अस्पताल से मेरी लिखत-पढ़त हो चुकी थी। दो-चार दिन ही में वे अपनी एम्बुलेन्स लाकर उन्हें ले जाएँगे। उनके उपचार के लिए मुझे अग्रिम धनराशि जमा करनी होगी।

''इस रोग का उपचार बहुत महँगा होता है। बहुत कष्टसाध्य। किन्तु आप निश्चिन्त रहें; आपके पिता की यहाँ पूरी देखभाल की जाएगी।''

अस्पताल जाने के पूर्व के आठ दिन मेरी कठिन अग्निपरीक्षा के दिन थे। आज जब एड्स बीमारी के विषय में कोई लेख पढ़ता हूँ तो लगता है पिता ही थे इस घातक रोग के आदिरोगी। ठीक वैसे ही लक्षण, दिन-प्रतिदिन, पल-अनुपल घुलती जा रही देह, एक कालरात्रि बीतती तो सुबह उठकर देखता एक ही रात में नृशंस यमदूत जैसे उनकी देह के मांस की परत-दर-परत तराश कर साथ ले गए हैं। देह-भर में छाले, शरीर के मुँह बाए व्रणों से आती तीव्र दुर्गन्ध। मैं तो मनुष्य ही था, हमारा अन्धा गोल्डन रिट्रीवर ब्राउनी, जो पहले पिताजी को घर पर न पा सूँघ-सूँघकर बौरा जाता था, अब शायद उसी दुर्गन्ध से त्रस्त हो, दूर पीपल तले जाकर लेट जाता था। आठवें दिन उन्हें लेने एम्बुलेन्स आ

गई, साथ में नीली कन्नी की साड़ियों से सिर बाँधे चार सिस्टर्स ऑफ मर्सी, दो वार्ड ब्वॉय और स्वयं डॉक्टर एंथोनी। एक प्रकार से बाँध-बूँधकर ही ले जाना पड़ा था पिताजी को। वे जोर-जोर से चीख रहे थे, ''मुझे यहीं मरने दे नन्हे, कहीं मत भेज। मैं जानता हूँ मैंने तेरे साथ अन्याय किया है, तू मुझे कभी माफ नहीं कर सकता पर वह बदला अपने अपाहिज बाप से मत ले—मैं अब नहीं बचूँगा नन्हे, जल्दी ही तुझे मुक्त कर जाऊँगा।'' उन्होंने ऐसे विश्वास से कहा जैसे मौत उनके इशारे से ही उठती-बैठती हो।

उनका करुण क्रन्दन मेरा कलेजा मरोड़ रहा था। सहसा उनका श्राप मेरे कलेजे में धँस गया। वे अब विवश होकर मुझ पर शापवृष्टि कर रहे थे, ''भगवान् करे तू भी कभी घर-गृहस्थी का सुख न भोगे—अंग-अंग में कीड़े पड़ें तेरे।'' फिर मृत्यु का स्पष्ट आभास पा गए श्वान की ही भाँति, वे ऊपर मुँह उठा, 'हू-हू' कर ऊर्ध्वमुखी क्रन्दन से पूरा अहाता गुँजा उठे। कौतूहली भीड़ के सम्मुख मैं धरा में धँसकर रह गया। उन्हें विदा देने आए फूफाजी की मोतियाबिन्द से लगभग अन्धी आँखों से झरझर कर आँसू बहने लगे, ''विधाता जिस उदारता से देता है वैसी ही कृपणता से सबकुछ छीन भी लेता है नन्हे—कैसी सोने की काठी-सी देह थी तेरे पिता की।''

मेरे पिता उनके प्रिय साले थे, हमारी इकलौती बुआ के इकलौते भाई। बुआ को घर-द्वार, खेत-खलिहान सबकुछ मायके से ही मिला था। फूफा के दारिद्र्य को अनदेखा कर, उनके संगीत-प्रेम पर ही रीझकर, पिता ने वहाँ रिश्ता पक्का किया था। स्वभाव में दोनों विपरीत थे, मेरे पिता दिन-भर में चार बार कपड़े बदलते, उधर निरीह फूफाजी दिनों तक एक ही कुरता पहने चले आते। निष्कपट बालसुलभ हँसी उनके होंठों से लगी रहती। पिताजी हँसना ही नहीं जानते थे। मेरे पिता थे उनके एकमात्र हीरो—जब उनके कुख्यात रोग ने सभी इष्ट मित्रों को दूर भगा दिया, फूफाजी ही एकमात्र ऐसे आत्मीय थे, जो हर तीसरे दिन मीलों इक्के पर चलकर उनकी कुशल पूछने चले आते। पिताजी ने ठीक ही कहा था, उनके जाने के दूसरे ही दिन मुझे उनकी मृत्यु का तार मिला था। गन्तव्य स्थान पर पहुँचने से पहले ही उन्होंने एम्बुलेन्स में दम तोड़ दिया—''क्या उनकी मिट्टी मेरे लिए रोक दी जाए?''

''नहीं।'' मैंने तत्काल जवाबी तार में अपना उत्तर दे दिया था। उस देह में बचा ही क्या था जो मेरे लिए उसे रोका जाए। एक तो जेठ की असह्य गरमी, उस पर प्राण रहते ही जिसकी दुर्गन्ध असह्य हो उठी थी, वह निष्प्राण

होने पर उस गरमी में कैसी बन उठेगी?

फूफाजी ने ही आकर मुझसे सब कर्म करवाए पर उनकी लाख चिरौरी करने पर भी मैंने बाल नहीं उतरवाए।

"आखिर तुम्हारे बाप थे नन्हे, तुम्हारा भी तो कोई कर्त्तव्य है उनके लिए।"

"उन्होंने अपना कौन-सा कर्त्तव्य निभाया मेरे लिए?" मैंने छुट्टियाँ बढ़ा ली थीं। पहले पूरे घर को डिसइनफैक्ट करवाया, फिर ताला मारकर फूफाजी के साथ उनके गाँव चला गया। अभी तक वह सड़क वैसी ही धरी थी। धूल-भरी ऊबड़खाबड़ सड़क पर मरियल घोड़ी जुता इक्का धीमे-धीमे चला जा रहा था। साथ-साथ चल रही थी क्रमशः क्षीण होती जा रही गंगा की धारा। अँधेरा सघन हो गया था। अमराइयों से इक्का गुजरा, तो वह आम्रकुंज मुझे एक बार फिर अतीत की ओर ले चला। अमिया चाटती रसलोलुप नन्ही जिह्वा की स्मृति प्रखर हो उठी।

'तब क्या कहकर पुकारूँ जी?'

'बताऊँ-बताऊँ।'

एक झटका लगा।

"उतरो बेटा," फूफाजी ने कहा तो मैं जैसे गहरी नींद से जागा। इतने वर्षों में वह गाँव कितना बदल गया था। खेतों में पक्के मकान बन गए थे। दीवारों पर रंगीन टेलीविजन सेटों के इश्तिहार लगे थे। एक दीवार पर काले डाबरी अक्षरों में लिखी पंक्ति, लैंपपोस्ट के उजाले में स्पष्ट होकर उभर उठी—'रिश्ते ही रिश्ते, एक बार मिल तो लें।' मुझे वही पंक्ति उसी क्षण वह प्रेरणा दे गई—यह बात अभी तक मेरे दिमाग में क्यों नहीं आई? आया हूँ तो रिश्ता पक्का कर ही क्यों न लौटूँ? पर कहीं उसका विवाह तो नहीं हो गया?

रात को डरते-डरते ही मैंने फूफाजी से पूछा, "भगौतीजी की ससुराल में सब कैसे हैं फूफाजी—कनक की शादी तो हो गई होगी?"

"अरे, कहाँ हुई बेटा—बड़ी अभागिन है बेचारी—कई जगह बात चली पर बनी नहीं। जगतनारायण की रिटायरी के बाद दुर्गत हो गई है। पिछले साल लकवा मार गया। लँगड़ा-लँगड़ाकर चलने तो लगे हैं पर कुछ काम के नहीं रहे। एक ही बेटवा था रमेश, तुम्हारे साथ ही तो पढ़ता था। उसे इंजीनियरी पढ़ाई। हमीं ने सहारा दिया। पटियाला में नौकरी भी पा गया रहा। बस नहीं

किसी पंजाबिन से शादी कर ली तो पलटके नहीं आया। जबान कुँआरी बहन की भी सुध नहीं है कपूत को।''

''क्या दहेज माँग रहे हैं फूफा?''

''और क्या, आजकल तो गाँव-देहात के लड़कों को भी पर लग गए हैं। अंग्रेजी पढ़ी लड़की चाहिए जिस पर स्कूटर-टेलीविजन-फिरिज सबकुछ--अब तो धोबी-हरिजन भी ये सब देने लगे हैं, उस पर मंगली है लड़की।''

''फूफा,'' अँधेरे में ही शायद मैं और निर्भीक हो गया था।

''क्या है नन्हे?''

''मैं करूँगा उससे शादी।''

फूफा हँस पड़े, ''काहे मजाक करते हो बचुआ।''

''नहीं फूफा, मैं मजाक नहीं कर रहा हूँ।''

''कैसी बचपने की बात कर रहे हो बेटा, तुम तो मंगले नहीं हो, तुम्हारी कुण्डली तो हमीं ने बनवाई थी।''

''मैं मंगल-वंगल नहीं मानता फूफा, आप कल ही मेरे साथ चलिए। मैं बात पक्की कर आऊँगा। मैं कनक को बचपन से जानता हूँ। सच कहूँ तो मैं बहुत पहले ही निश्चय कर चुका था कि मैं उसी से विवाह करूँ।''

''अभी तो तुम्हारे बाप का मासिक भी नहीं चुकाया नन्हे, फिर जगत पुरानी चाल के आदमी हैं, हैं भी कुछ टेढ़े। शायद राजी नहीं होंगे।''

मैं बौखला गया। पिता का अहंकारी स्वभाव एक क्षण को मेरी विवेकहीन जिह्वा को प्रगल्भ बना गया। ''क्यों राजी नहीं होंगे—वे एक साधनहीन अवकाशप्राप्त तहसीलदार ही तो हैं। ऐसे बीसियों तहसीलदार नित्य मेरे चपरासियों की जूतियाँ चाटते हैं। मैं कुछ नहीं लूँगा, मुझे बस कनक चाहिए।''

कैसे ऐसी निर्लज्ज ओछी बात मैं कह गया। पिता के घृणित रोग की स्मृति क्या मुझे चेतावनी नहीं दे पाई? एक पल को मैं भूल गया कि समृद्ध वर्तमान अतीत के दारिद्र्य को भले ही पीछे धकेल दे, अतीत का कलंक, बिल्ली की भाँति सहज में नहीं मरता। ''ठीक है, आप मत जाइए, मैं अकेले ही चला जाऊँगा। सबकुछ तो मैंने अकेले ही किया है; पढ़ाई, नौकरी, सब कुछ। मैं विवाह भी अकेले ही पक्का कर लूँगा।''

चार

दूसरे दिन सज-धजकर, मैं स्वयं वहाँ पहुँच गया—जिसने द्वार खोला, उसे देख मेरा धड़कता कलेजा मुँह को आ गया। जैसी कल्पना की थी, उससे कहीं अधिक सुन्दर! एक पल को वह मुझे आश्चर्य से देखती रही, फिर वही भुवनमोहिनी हँसी में उसके रसीले अधर फड़क उठे, "अरे, नन्हे मामा आप?"

"भगवान के लिए अब तो मुझे मामा कह मत पुकार कनक!"

"क्यों?" उसकी आँखों में परिहास की सहस्र किरणें एकसाथ झर-झर कर झरती मुझे मत्त बना गईं। जी में आया, वहीं उसे अपनी बाँहों में बाँधकर कहूँ—बताऊँ-बताऊँ?

"इसलिए कि मैं आज तुझे मामी बनाने आया हूँ।"

एक पल को वह मुझे आश्चर्य से देखती रही, फिर उसका चेहरा लाल पड़ गया।

वह त्वरित गति से पलटी—"अम्माँ, नन्हे मामा आए हैं।"

"अरे, आओ-आओ नन्हे, तुम तो अब सुना, बहुत बड़े हाकिम बन गए हो।"

मेरी छाती अहंकार से और चौड़ी हो गई। आँचल से हाथ पोंछ, चट भगौती जीजी ने पीढ़ा खींच दिया, "अजी सुनते हो, नन्हे आया है। देखो जरा, कैसा साहब बन गया है।"

जगमोहन जीजा एकदम ही बुढ़ा गए थे। घर का धुला पीड़ा पड़ा कुरता, उड़े-उड़े बाल, बार-बार नाक पर फिसलती ऐनक।

बड़े स्नेह से उन्होंने मेरी कुशलता पूछी, कनक तश्तरी में गुड़-लैया के लड्डू और एक गिलास शरबत रख गई। कितनी सलीकेवाली हो गई थी कनक। कौन कहेगा वह गाँव-देहात की लड़की है।

"प्राइवेट बी.ए. करा दिया है इसे, अब किसी तरह इसके हाथ पीले हो जाते तो हम दोनों परानी गंगा नहा लेते नन्हे। कोई अच्छा लड़का हो तो बताना बेटा।"

कनक लजाकर भीतर गई पर वह परदे की आड़ में खड़ी है, यह मैंने देख लिया।

"है तो जीजी, एक लड़का।" मैंने कहा।

"कौन? क्या करता है?" जीजी मेरे पास सरक आई।

''मैं,'' मैंने हँसकर कहा।

''क्यों मजाक करते हो नन्हे,'' जीजा बोले।

''मैं मजाक नहीं कर रहा हूँ जीजा, मुझे कुछ नहीं चाहिए। एक आदर्श विवाह करना चाहता हूँ मैं।''

जीजा का चेहरा एकाएक गम्भीर हो गया। एक क्षण को सुई भी टपकती तो बम का-सा धमाका लगती। जीर्ण सिकुड़े परदे के औदार्य से गौर चरणयुगल पर चमकती पायल मैं स्पष्ट देख रहा था।

''आप राजी हैं?'' मेरा कलेजा बुरी तरह धड़क रहा था।

''नहीं,'' जीजा का उत्तर जैसे मेरी नंगी पीठ पर चाबुक-सा पड़ा।

जगमोहन जीजा ने एक दीर्घ श्वास लेकर, पत्नी के नकारात्मक उत्तर का मौन समर्थन किया।

''आखिर क्यों? मंगली है इसलिए?'' मैं तब भी महामूर्ख बना अपना ही प्रस्ताव दोहराने लगा। ''मैं यह सब बकवास नहीं मानता,'' मैंने फिर दृढ़ स्वर में कहा।

''तुम मानो, न मानो, हम उसे जान-बूझकर कुएँ में नहीं धकेल सकते।''

मैं इस आकस्मिक व्यवहार परिवर्तन से विमूढ़ बन गया। अभी-अभी तो दोनों मुझे पान के पत्ते-सा फेर रहे थे, मैं तो सोच रहा था, जीजा मुझे बाँहों में भरकर कहेंगे, ''तुमने हमें उबार लिया नन्हे।''

''क्यों, क्या आप मुझे कनक के योग्य नहीं समझते?'' मैंने हँसने की व्यर्थ चेष्टा कर अपने स्वर को यथासम्भव विनम्र बनाने की चेष्टा की।

''नहीं,'' उस दृढ़ स्वर में कहीं भी नमनीयता नहीं थी।

''आखिर कौन-सी कमी है मुझमें?'' मैं अब अपना आपा खो बैठा था, ''न मैं सिगरेट छूता हूँ, न शराब—पिताजी की जायदाद का एकमात्र वारिस हूँ। कोठी है, खेत हैं। फिर देश की सबसे बड़ी नौकरी है मेरे पास।''

''बस चुप्पे रहो नन्हे, हमारा मुँह मत खुलवाओ।''

''नहीं; बताना ही पड़ेगा आपको!'' मैं क्रुद्ध उत्तेजना में तनकर वहीं खड़ा हो गया।

''तब सुनो, जिसका बाप ज़िन्दगी-भर वेश्या के कोठे पर डेरा डाले रहा, सड़-सड़कर कुत्ते की मौत मरा, उसके बिटवा को हम क्या, कोई भी बिटिया नहीं देगा।''

सहसा पिता का एम्बुलेन्स से शरविद्ध करता श्राप मुझे एक बार फिर

अवश बन गया।

"भगवान करे तू कभी घर-गृहस्थी का सुख न भोगे–अंग-अंग में कीड़े पड़ें तेरे..." मेरा समस्त अहंकार, ओहदे का मद, पिता के वैभव का गुमान, सबकुछ जीजी के कर्कश वाक्प्रवाह में तिनके-सा बह गया।

किसी ने कड़कड़ाती माघी विभावरी में, मुझ पर जैसे घड़ों ठण्डा पानी डाल दिया था। मैं तेजी से बाहर निकल गया। मुझे देखते ही शायद फूफा सब समझ गए। उन्होंने मुझसे एक शब्द भी नहीं पूछा–मैं भूखा ही सो गया। सुबह फूफा सो ही रहे थे कि मैं निकल गया।

अपनी उस श्रीहीन अट्टालिका में क्या फिर मुझे अशरीरी प्रेतछायाएँ घेरकर बैठ गईं? 'बदला ले ले खोका' कभी घोष बाबू कानों के पास आकर कहते–'हरामजादी के छाड़ीश ना' (उस हरामजादी को मत छोड़ना।) कभी लगता, अम्माँ सिरहाने बैठकर निःशब्द रो रही हैं। सब मेरे मन का वहम था–कहीं भी तो कोई नहीं था। सुबह उठा तो प्रतिहिंसा की उद्दाम लपटें मुझे झुलसाने लगीं।

तीसरे दिन अचानक दिनेश आ गया, न जाने किस झोंक में उसे मैं अपने अपमान की बात बता गया।

"जी में आ रहा है दिनेश, अभी जाकर उस बेहया का गला टीप दूँ, उसी ने मेरे पिताजी की यह दुर्गति की, मेरी अम्माँ को मौत के मुँह में ढकेला–और आज मेरी ज़िन्दगी में भी जहर घोल गई–क्या अधिकार है उसे जीने का..."

दिनेश तो नित्य ही ऐसे छोटे-मोटे बदले लेने का आदी था। उसी ने फिर मेरा सारा भावी कार्यक्रम बना दिया, "बस तुम जाकर एक बार दूर ही से वह जगह देख, इत्ता पता लगा आओ कि ससुरी जिन्दा है या नहीं? कहीं ऐसा न हो कि मरे साँप को मारकर ही अनवर तुमसे पैसे वसूल ले।"

वही देखने मैं गया था, अब सोचता हूँ, क्यों गया मैं? भले ही मरे साँप पर ही लाठी ठकठकाकर अनवर मुझसे रुपए वसूल लेता। पहुँचते-पहुँचते उस दिन भी रात हो गई थी। एक खूसट-से कुर्रम ने ही अता-पता बताकर कहा था–"मैं ले चलूँगा सरकार, राजेश्वरी बाई की इकलौती बेटी वृन्दा ही दुकान पर बैठती है अब–लाखों में एक है मालिक।" पर पता पूछकर मैं अकेला ही चला गया था। सघन आम्रकुंज से घिरी आलीशान हवेली का दूधिया गुम्बद दूर से चमक रहा था। दर्शनीय उद्यान के बीच एक संगमरमरी बेंच पर बैठा

नेपाली दरबान हाथ की खैनी मलता बढ़ आया।

"राजेश्वरी बाई हैं क्या?"

"जी हाँ, पर वे तो अब किसी से मिलती नहीं। वृन्दा बेबी से मिलना है क्या?" वह अर्थपूर्ण कुटिल दृष्टि से मुझे देख मुस्कराया।

"हाँ।"

"आप बैठें, मैं खबर कर आऊँ—अभी रियाज कर रही हैं, टोकने पर नाराज होती हैं?"

"ठीक है, उन्हें रियाज करने दो, हमें तो राजेश्वरी बाई से मिलना था। फिर कभी आएँगे।"

"नहीं-नहीं, आप बैठें सरकार—हम अभी कहकर आते हैं।"

"कह देना, हम एक मिनट मिलकर ही चले जाएँगे।"

उसने फिर आश्चर्य से देखा—यहाँ के अतिथि शायद एक मिनट मिलकर ही नहीं जाते थे। मैं बेंच पर बैठ गया।

द्वार खुलते ही रियाज का मधुर स्वर बाहर तक चला आया।

भोपाली के विलंबित खयाल का यह अपूर्व रियाज कौन कोकिलकंठी कर रही थी? सहसा राग-विस्तार के बीच रियाज करनेवाली पंचम से शुद्ध गांधार में ऐसे पटीयसी कौशल से उतरी कि लगा शुद्ध कल्याण का आँचल थाम रही है। यही तो मेरे पिता भी किया करते थे। ऐसे ही चतुर नट के कौशल से, वे मीड़ों की डोर थाम, शाखामृग-से एक राग से दूसरे राग की शाखा-प्रशाखा पर कूदते श्रोताओं को मुग्ध कर देते थे। तब क्या यह मेरे पिता का ही रक्त इस रियाज की धमनियों में धड़क रहा था? दरबान नहीं लौटा। इस बार बड़े अशिष्ट दुस्साहस से मैं बिना अनुमति की प्रतीक्षा किए बेधड़क भीतर चला गया।

एक सँकरी सुरंग-सी गैलरी से गुजरकर मैं उस कमरे में पहुँचा, जहाँ कोई क्षीण स्वर में पूछ रहा था, "कौन मिलना चाहता है हमसे? अरे, नाम तो पूछकर आ।"

मैं परदे की आड़ में दुबक गया, दरबान मेरा नाम पूछने चला गया। सहसा उस चर्महीन कंकाल पर मेरी दृष्टि पड़ी। सींक-से पतले, किसी पोलियाग्रस्त बालक के-से अवश हाथों को छाती पर धरे, वह कराह उठी, "अरी वृन्दा, देख तो कौन आया है बाहर। जाने से पहले थोड़ा पानी पिलाती जा री, गला सूख रहा है।"

मेरे दबे पैरों की आहट को शायद उसने वृन्दा की आहट समझा था।

अपने पपड़ी पड़े तृषार्त अधरों पर जीभ फेरती वह जिस असहायता से मेज पर सामने धरा गिलास टटोलने लगी उसे देख मैं समझ गया, वह दृष्टिहीन है। अचानक उसके सिरहाने लगे अपने पिता के चित्र पर मेरी दृष्टि पड़ी—मखमली पायदान पर धरे उनके चमकते पंपशू—विलासी अधरों की वही मुस्कान। अब तक सुप्त पड़ी प्रतिहिंसा की दावाग्नि मुझे फिर झुलसाने लगी। उस मुष्टिका प्रमाण की बटेरी गर्दन दबाने में तो पल-भर भी नहीं लगेगा। कर दे खतम, ले ले बदला मूर्ख। मेरा अविवेकी चित्त मुझे फिर उकसाने लगा। पास ही ह्वील चेयर रखी थी, लगता था विधाता ने आँखें ही नहीं छीनीं, हाथ-पैर भी छीन लिए थे। आज मेरी अम्माँ की वह रूपगर्विता सौत पददलिता होकर पल-पल ही तो फाँसी की टिकटी पर लटक रही थी, मरे को मारकर क्या लाभ?

आज तक यही सुना था कानून के हाथ बहुत लम्बे होते हैं पर उस दिन समझ में आया, दीर्घबाहु विधाता के हाथ उससे भी लम्बे होते हैं। कानून तो कभी-कभी गवाह न मिलने पर जघन्य अपराधी को भी छोड़ देता है—पर विधाता स्वयं ही उसका साक्षी है, स्वयं ही न्यायाधीश—इसी से उसका न्याय होता है त्रुटिहीन।

मैं न जाने कब परदे की आड़ से निकल सीधे कमरे में खड़ा हो गया था।

"कौन हैं आप? इस कमरे में आने की हिम्मत कैसे हुई?" मैं चौंककर मुड़ा।

मेरे सामने क्या मेरा ही प्रतिबिंब खड़ा था? मेरा ही-सा लम्बा कद, वैसा ही नैन-नक्श और मेरा ही-सा नाक पर मक्खी न बैठने देनेवाला गुस्सा! कोई हम दोनों को एकसाथ देखता तो निश्चय ही जुड़वाँ समझता।

"कौन हैं आप—इस कमरे में ये कैसे आया नरबहादुर? आखिर आप हैं कौन?"

"कौन है, कौन है?" चिढ़ाई गई खीजी कोयल-सी ही वह कंकाल देह पुत्री का ही प्रश्न दोहराती चली जा रही थी।

अब पुत्री का स्वर क्रोध से काँप उठा—"नरबहादुर! नरबहादुर!" उसकी पुकार का प्रत्युत्तर नरबहादुर देता, इससे पूर्व ही मैं तीर-सा बाहर निकल गया और एक प्रकार से दौड़ता-भागता ही सामने आ रहे स्कूटर को रोक सीधे

स्टेशन पहुँच गया।

मेरा प्रतिशोध तो स्वयं विधाता ले चुका है फिर भी मेरा चित्त इतना उद्वेलित क्यों है? आठ दिन बाद मैं अपनी नौकरी पर लौट जाऊँगा। मेरे मातहत हाथ बाँधे पूर्ववत् मेरी ताबेदारी में खड़े रहेंगे। पर कौन-सी फाँस साल रही है मुझे? मैंने प्रतिशोध की जो योजना बनाई थी उसमें तो वह एक ही झटके में मुक्त हो जाती—किन्तु दयालु न्यायाधीश तो उसे पल-पल मृत्युदंश दे रहा था। सहस्रों वर्ष पूर्व मिस्र की किसी कब्र से निकली, ममी की-सी देह, जो प्राण रहते भी निष्प्राण बन चुकी थी; अंधी आँखों में तैरती अभिशप्त अतीत की दुर्वह स्मृतियाँ, पक्षाघात से पंगु बन गई देह—फिर वेश्या का अखण्ड अहिवात ही तो दे पाई है इकलौती पुत्री को।

क्या यह सब मेरे दग्ध हृदय में शीतल फाहा रखने के लिए पर्याप्त नहीं था? पर मैं अभी रात-रात-भर बेचैन करवटें बदलता रहता हूँ। पिता का श्राप मुझे कभी-कभी पागल बना देता है। कभी परदे की ओट में दुबके गौर चरणों पर पायल की झलक, कभी मेरे सामने तनकर खड़ी क्रोध से काँपती वृन्दा का वह प्रश्न—कौन हैं आप? आखिर हैं कौन? क्या उस प्रश्न का उत्तर मैं कभी दे पाऊँगा? मैं स्वयं नहीं जानता मैं क्या करना चाहता हूँ। कभी-कभी लगता है, घोष बाबू जो पंक्ति कभी मेरे पिता के लिए दोहराते थे, वही आज मेरी भी नियति बन गई है।

"पागल हइया बने-बने फिरी
आपन गंधे मम
कस्तूरी मृग सम।"

माणिक

हरी-भरी 'वाटिका' सहसा ऐसे उजड़ जाएगी, यह कभी किसी ने सोचा भी नहीं था। दूर से ही जिसके पाटल-प्रसूनों की सुगन्ध राह-चलते को भी मोहकर पल-भर को ठिठका देती थी, उसी की सूखी झाड़ियों के झंखाड़ पर धूल उड़ रही थी। पीतल की कील ठुके किसी प्राचीन दुर्गद्वार-से गेट पर ताला लटका था। बरामदे में रखे क्रोटन के गमलों पर लगी धूल की मोटी परत पर फागुनी बयार एक ताज़ी दोहरी परत जमा गई थी।

श्मशान-सी नीरव इसी सहमी 'वाटिका' के द्वार पर ठीक एक वर्ष पूर्व, कामप्रेरित उस दुबली युवती ने घंटी बजाई थी। द्वार खुलने से पूर्व मधुर नम्र कंठस्वर ने पूछा था, "कौन?"

"आप मुझे नहीं जानतीं। द्वार खोलेंगी क्या, बहुत भीग गई हूँ!"

तत्काल द्वार खुला और विराट दीवानखाने का वैभव देखकर आगंतुका सहमकर खड़ी ही रह गई थी।

"बाहर पानी बरस रहा है, एकदम भीग गई हूँ। भोगी चप्पलों को भीतर कैसे लाऊँ? आपका कालीन..."

"अरे, आइए-आइए, आप चिन्ता मत करिए!" उसे बीच ही में टोक, नलिनी मिश्रा उसे एक प्रकार से हाथ पकड़कर ही भीतर खींच लाई थी।

"लक्ष्मी, जल्दी दो प्याला चाय बनाकर ले आओ," कह उसने उस अपरिचिता युवती को ध्यान से देखा। कौन थी यह? उसकी किसी प्राक्तन छात्रा की आत्मीया या रम्भा की कोई परिचिता? किसलिए ऐसी वर्षा में भीगती, पैदल इतनी दूर चली आई थी? नलिनी मिश्रा का आवास 'वाटिका' शहर से इतनी दूर था कि बिना फोन किए कोई कभी आता ही नहीं था। चारों ओर गन्ने के खेत और उनसे सटे छोटे-से गाँव की टिमटिमाती बत्तियों

के सिवा दूर-दूर तक कहीं कुछ नहीं दिखता था। एकान्तप्रिया नलिनी ने जान-बूझकर ही यहाँ वानप्रस्थ लिया था।

"अरे राम-राम, आप तो बुरी तरह भीग गई हैं! पहले कपड़े बदल लीजिए।" 'लक्ष्मी-लक्ष्मी' कहती फिर नलिनी अधीर होकर स्वयं ही कपड़े लेकर आ गई थी।

उस वर्षा-स्नात रात्रि में कपड़ों के इसी आदान-प्रदान ने नलिनी मिश्रा के नीरस जीवन को एक पलक में झटककर मोड़ दिया था। कुछ ही देर में वह अपरिचिता नलिनी के अल्लम-खल्लम ब्लाउज़ और सफेद साड़ी में खिसियायी-सी हँसी हँसती उसके सामने की कुर्सी पर बैठ गई थी।

"बहुत ढीला है आपका ब्लाउज़!" उसने आँचल खींचकर ब्लाउज़ की बेतुकी बाँहें ढँकने का प्रयास किया।

"मुझे टाइट पेट दिखानेवाले ब्लाउज़ पहनने का अभ्यास नहीं है।" पल-भर के परिचय में भी स्कूल इंस्पेक्ट्रेस नलिनी मिश्रा अपरिचिता के क्षण-भर पूर्व उतारे गए बाँहहीन ह्रस्व परिधान पर व्यंग्य-बाण छोड़ने में नहीं चूकी। शहर में कौन नहीं जानता था नलिनी को! न जाने कितनी छात्राओं के टाइट कुर्ते-सलवारों की वह अपने खूँखार इंस्पेक्शन के दौरान कक्षा की भरी सभाओं में आलोचना कर चुकी थी। जब प्रिंसिपल थी, तब मजाल थी कि उसके कॉलेज की कोई छात्रा छुट्टी के बाद भी बेलबॉटम या वैसा ही कोई उल्टा-सीधा परिधान तो पहन ले! स्वयं उसे भी कभी किसी ने रंगीन चटख साड़ी पहने नहीं देखा। बहुत हुआ तो कभी सफेद टैटिंग की लेस लगी साड़ी पहन लेती, किन्तु ब्लाउज़ की बाँहें हमेशा बड़ी शालीनता से कोहनी तक उतरी रहतीं। सपाट बाँधे गए जूड़े का एक-एक बाल भी उसकी छात्राओं की ही भाँति काँटों के कठोर बंधन में कसा रहता। जिस ज़िले में उसकी नियुक्ति होती, हफ्ता बीतते न बीतते वहीं उसकी बदली की मनौतियाँ मनाने में छात्राएँ और मास्टरनियाँ मन्दिर-मज़ारों में दुहरी होने लगतीं। न कभी किसी ने उसे हँसते देखा था, न मुस्कराते। फिर जब पदोन्नति होकर वह इंस्पेक्ट्रेस बनी तो स्वभाव और उग्र हो गया।

अवकाश-प्राप्ति से पहले ही वह अपनी यह 'वाटिका' बनवा चुकी थी। देखनेवालों को कभी-कभी आश्चर्य भी होता था कि नलिनी मिश्रा जैसी शुष्क महिला ने अपनी इस कोठी का ऐसा अद्‍भुत नक्शा बनाया कैसे होगा! वह नक्शा उसी के उर्वर मस्तिष्क की उपज था। छोटी बहन रम्भा ने तो कह भी

दिया था, "जीजी, लगता है, तूताँखामेन के पिरामिड का ही नक्शा उतार लाई हो!" दूर से देखने पर 'वाटिका' सचमुच पिरामिड-सी ही लगती थी। चारों ओर विशाल शिलाखण्डों का शिलोच्चय, मेहराबदार दरवाज़े और गुम्बदनुमा छतरी। वास्तव में 'वाटिका' की प्रतीकात्मकता एवं अलंकरण कौशल की छटा दर्शनीय थी। उस पर अंडाकार छत पर चार मीनारें खड़ी करवा नलिनी ने एक अनोखा ही प्रयोग किया था। फारसी-परम्परा के उन गुम्बदों की बनावट, मेहराबदार आले, कला की घुमावदार गोलाइयों की गति को ऐसी अद्‌भुत अभिव्यक्ति प्रदान करने के लिए नलिनी मिश्रा ने रात-रात-भर बैठकर जिमेर, कुमारस्वामी, ब्राउन आदि भारतीय कला के रसविज्ञ पंडितों की कितनी पुस्तकें छानी हैं, यह उसके सिवा जानता ही कौन था!

पाँच वर्षों के कठिन परिश्रम के पश्चात् कोठी बनकर तैयार हुई, तो उसका शरीर खोखला बन गया था। मधुमेह, उच्च रक्तचाप और अपनी वृद्धा नौकरानी लक्ष्मी को लेकर वह उस निभृत प्रसार में रहने आई, तो उसे एक क्षण को स्वयं उसी की दुर्बलता भयत्रस्त कर गई थी। यह क्या कर बैठी थी वह! कैसे रहेगी यहाँ अकेली! लक्ष्मी ने कहा भी था, "नई धरती को बिना पूजे ऐसे आना नहीं चाहिए मालकिन! कहते हैं, नई कोठी रूठने पर बलि ले लेती है।" पर जिद्‌दी, सनकी नलिनी को समझाने की व्यर्थता भी वह खूब समझती थी। जिसने कभी किसी मन्दिर में एक बताशा तक नहीं चढ़ाया, वह भला क्या धरती पूजेगी!

नलिनी मिश्रा के मिलनेवाले नहीं के बराबर थे। आत्मीयों में केवल छोटी बहन रम्भा रह गई थी। वह साल में एक-आध बार आती, पर दिल्ली की चहल-पहल के बाद, बड़ी बहन की उस मकबरे-सी कोठी में वह बुरी तरह ऊबने लगती। "पता नहीं, क्या सोचकर तुमने यहाँ कोठी बनवाई जीजी!" वह कभी-कभी खीझकर कहती, "इतना ही रुपया लगाकर दिल्ली में बनवाई होती तो रिटायर होने पर पाँच हज़ार महीना किराया उघा सकती थीं। यहाँ किराये पर कौन आएगा रहने?"

पर नलिनी को न अपने एकान्तवास का दुःख था, न किराये की चिन्ता। भगवान का दिया उसके पास सबकुछ था। अपने सुसज्जित दीवानखाने में बैठी, वह दिन-भर पुस्तकें पढ़ती रहती। कभी अपने हरे-भरे बाग में झूमते टोकरे से गुलाबों को सहलाती, कभी पानी का पाइप हाथ में थामे क्यारियाँ सींचती रहती।

दो

अपने एकान्तवास की वह अब इतनी अभ्यस्त हो चुकी थी कि कभी-कभार कोई पुरानी छात्रा या शिक्षिका, यहाँ तक कि स्वयं सगी छोटी बहन रम्भा भी मिलने चली आती, तो वह फिर अपने प्रिय एकान्त के लिए तरसने लगती। इसी से उस दिन उस अपरिचिता के आगमन से वह प्रसन्न नहीं हुई थी। ''क्षमा कीजिएगा, मैं ऐसे आपके यहाँ बिना किसी पूर्व-सूचना के ही चली आई। अपना परिचय दे दूँ। मेरा नाम दीना है—दीना बाटलीवाला। अभी दो दिन पहले बम्बई से आई हूँ। बस से कानपुर जा रही थी। यह शहर कुछ ऐसा मोहक लगा कि यहीं उतर गई। एक होटल में टिकी हूँ। आज घूमते-घूमते इधर भटक गई। आपकी यह कोठी दिखी तो सोचा, शायद लोधी वंश के किसी सम्राट का स्मारक है।''

बहुत दिनों बाद नलिनी ठठाकर हँसी थी, ''खूब पहचाना आपने राजस्थानी खानों के इन लाल-सफेद पत्थरों को! मैंने यही सोचकर तो मँगाया था। चलिए, इसी बहाने आपसे इस मकबरे के माध्यम से परिचय तो हो गया।''

''बात यह है जी, कि मैं भी कभी आर्किटेक्ट थी,'' उसने एक लम्बी साँस खींचकर कहा, ''अब बम्बई में इन्टीरियर डेकोरेटर हूँ। फिल्मी तारिकाओं की आवास सज्जा से छुट्टी पाती हूँ तो ऐसे ही मन्दिर-मकबरों की धूल फाँकती नए-नए आइडिया बटोरती फिरती हूँ।'' वह हँसी और उस उज्ज्वल सुन्दर हँसी ने उसी क्षण नलिनी मिश्रा के कठोर हृदय को नवनीत-सा पिघला दिया। बहुत दिनों बाद जैसे किसी ने उसके मकबरे की ज़ंग लगी खिड़की को खोल, ताज़ी बयार के मदिर झोंके से उसे उल्लसित कर दिया था।

''सच कहती हूँ,'' दीना बाटलीवाला ने चाय की चुस्की लेकर कहा, ''मैंने आज तक पिंकी सैंडस्टोन और मार्बल की ऐसी अद्भुत मिलावट नहीं देखी। क्या मैं पूछने की धृष्टता कर सकती हूँ कि आपका आर्किटेक्ट कौन था?'' बड़ी नम्रता से उसने पूछा।

''स्वयं मैं।'' नलिनी मिश्रा की निर्विकार मुद्रा ने दीना बाटलीवाला को चौंका दिया। अविश्वास से उसने सम्मुख बैठी नलिनी के ढीलमढाल व्यक्तित्व को देखा—कसकर बाँधा गया नन्हा-सा जूड़ा, चेहरे पर सुदीर्घ कौमार्य की अस्वाभाविक झुर्रियाँ, पतले दृढ़ता से भिंचे होंठ और बुद्धिप्रदीप्त झकझक

करता प्रशस्त ललाट। इस वयस में नानी या दादी बनने पर कितनी तेजोमय लग सकती थी वह नारी! नाक-नक्शा, रूप-रंग, सब बेजोड़ था; किन्तु वर्षों से खाली पड़ी, मानव-स्पर्श से वंचित किसी भव्य सूनी अट्टालिका जैसे खँडहर बनने पर भुतही लगने लगती है, ऐसी ही अमानवीय आकृति बन गई थी नलिनी की।

शायद आगन्तुका की सन्दिग्ध दृष्टि देखकर ही फिर उसने स्वयं ही कैफियत दे दी थी, "मैंने ही वर्षों जग-जगकर इसका नक्शा बनाया था बहन! कभी-कभी सोचती हूँ, किसी बड़े शहर में इसे बनवाया होता तो शायद आप जैसे कलापारखी इसे कभी सराह लेते। मैंने भी कभी बड़ी मूर्खता से फतेहपुर सीकरी के शेख सलीम चिश्ती की सीप से बनी दरगाह की टक्कर की इमारत बनाने का सपना देखा था। देख तो रही हैं, ये संग-तराशियाँ, बेल-बूटे-नक्काशी, सब अधूरी ही रह गईं। न मेरे पास लोदी, खिलजी, गुलाम सम्राटों का-सा वैभव है, न इस रोगी बूढ़े शरीर में शक्ति।"

"कौन कहता है आप बूढ़ी हैं! आई बेट, यू आर इन युअर थर्टीज़!" (मैं बद सकती हूँ, आप अपनी तीसी में हैं।)

"नहीं बहन, थर्टीज़ में कोई रिटायर नहीं होता। फिर रही-सही शक्ति इस कोठी को बनवाने में चुक गई।"

"सच कहती हूँ," दीना बाटलीवाला अपने कटे केशगुच्छ की एक सुकोमल भीगी लट को अपनी गोरी चम्पकवर्णी अन्तराल अँगुली से हटाकर मुस्कराई, "जैसे तैमूर भारत के अद्भुत कारीगरों को बन्दी बनाकर समरकन्द ले गया था, मेरे जी में आ रहा है, आपको भी बंदिनी बनाकर बम्बई ले चलूँ। यू आर ए जीनियस!"

दीना बाटलीवाला नलिनी मिश्रा को बंदिनी बनाकर बम्बई तो नहीं ले गई, तीसरे दिने स्वयं ही होटल से अपना हवाई सूटकेस लेकर वहाँ रहने चली आई थी।

नलिनी मिश्रा, जिसके सुदीर्घ कौमार्य ने उसे अस्वाभाविक रूप से शंकालु बना दिया था और जो अपनी 'वाटिका' में एक परिन्दे को भी बिना बीसियों जाँच-दलीलों के पर भी नहीं फड़फड़ाने देती थी, उसने उस सर्वथा अपरिचिता पारसी युवती को बिना उसका अतीत टटोले कैसे अपने साथ रहने का निमन्त्रण दे दिया, इसकी कैफियत यदि वह स्वयं भी अपने हृदय से माँगती तो नहीं पा सकती थी। एक तो दीना के मोहक व्यक्तित्व का सम्मोहन ही

विकट था, उस पर उसकी लच्छेदार अंग्रेज़ी, उसकी कला-मर्मज्ञता, उसका गहन अध्ययन—सबकुछ ने मिलकर उसे लाखों में एक बना दिया था। जीवन-भर नलिनी को शुष्क कलहप्रिया कुंठिता मास्टरनियों का ही साहचर्य मिला था। आज तक उसने ऐसी विलक्षण प्रतिभाशालिनी नारी कभी नहीं देखी थी। कितना कुछ सीख सकती थी उससे! जीवन की म्लान गोधूलि में ही क्या विधाता ने उसे नलिनी के कलातृषित चित्त की तृषा बुझाने इस अरण्य में भेजा था? पहले उसने दीना के लिए अपना अतिथिकक्ष खोला था, पर तीसरे ही दिन फिर वह उसे अपने निजी शयनकक्ष में ले आई थी।

तीन

''बाप रे बाप, यहाँ तो आठ ही बजे आधी रात हो जाती है! सियारों की ऐसी हू-हू सुनने का मुझे अभ्यास नहीं है। नलिनी, मुझे डर लगता है।'' वह दूसरे ही दिन से बड़ी अन्तरंगता से उसे नाम लेकर पुकारती 'आप' से 'तुम' पर उतर आई थी। ''सुना, पिछले साल सामनेवाले गाँव में डाका भी पड़ा था! तुम्हें डर नहीं लगता नलिनी?''

''डर किस बात का? तुम्हें निश्चय ही उस करमजली लक्ष्मी ने डराया होगा, क्यों? डाकू आएँगे भी तो क्या ले जाएँगे? जो है, वह बैंक के लॉकर में धरा है; पर तुम्हें डर लगता हो तो मैं लक्ष्मी से कह दूँगी, तुम्हारा पलँग आज से मेरे कमरे में लगेगा।''

उसी दिन दीना का पलँग वहीं लग गया था। और फिर कभी-कभी आधी-आधी रात तक दीना अपनी नवीन सखी को यूनान के प्राचीन मन्दिरों के वैभव-द्वार खोलती समझाने लगती—डोरिक, आयोनिक, और नलिनी मिश्रा उसे भारतीय वास्तु-विकास का इतिहास पढ़ाती—ध्वज-स्तम्भ, कीर्ति-स्तम्भ, स्कन्दकान्त, पद्मकान्त, विष्णुकान्त।

''ओह नलिनी!'' कभी-कभी बीच ही में दीना अपनी सुकोमल स्निग्ध हथेली में नलिनी के वयःजर्जर दोनों हाथ थामकर कहती, ''सचमुच कैसा गहन अध्ययन है तुम्हारा! तुम्हारे ज्ञान के सामने मुझे अपनी छिछली विद्या टिमटिमाता दीया-सी लगती है। अजब काम्प्लेक्स हो जाता है मुझे।''

''कैसी बचकानी बातें करती हो दीना! तुमने इस कला की विधिवत् शिक्षा

पाई है। मेरा ज्ञान तो थोथा किताबी ज्ञानमात्र है।" दीना के आने के तीन-चार ही महीनों में नलिनी का पूरा व्यक्तित्व ही बदल गया था। दीना ने केवल उसके दीवानखाने की सज्जा को ही नहीं बदला, समय से पूर्व ही बुढ़ा रहे स्वामिनी के शरीर पर लगे उदासीनता के मकड़ी के-से जालों को भी एक ही झटके से झाड़-बुहारकर दूर फेंक दिया था।

"देखो नलिनी, यहाँ इस जंगल में बैठे-बैठे तुम केवल अपनी प्रतिभा का अपव्यय कर रही हो।" उसने एक दिन कहा, "हम भारतीयों की यही सबसे बड़ी दुर्बलता है। हम कभी छुट्टी लेना नहीं जानते। तुमने कभी किसी अंग्रेज़ अफसर को बिना छुट्टी लिए खटते देखा है? चलो, हम दोनों भी एक बार एक लम्बे कल्चरल टूर पर निकल पड़ें!"

और फिर कैसे-कैसे वैभव की परतें किसी मखमली थान की परतों-सी खोलकर रख दी थीं दीना बाटलीवाला ने! रामेश्वर, पशुपतिनाथ गरुड़, सोमेश्वर और अन्त में जागेश्वर! आदिम शिवलिंग की स्निग्ध शोभा ने नलिनी को देवालय के हिम-शीतल फर्श पर किसी कीलक से गाड़कर रख दिया था। कौन कहता है कि शिवलिंग अनंत संहारशक्ति का प्रतीक है! जागेश्वर के उस गहन अन्धकारपूर्ण गर्भगृह में टटोल-टटोलकर ही दीना ने उसे कन्धे पकड़कर झकझोरा था, "उठो नलिनी, कब तक बैठी रहोगी! बाहर अँधेरा हो गया है, कहीं रात रहने का भी तो प्रबन्ध करना है न!" मन्दिर से ही लगे एक खंजड़-से अधटूटे मकान में, एक ही कम्बल ओढ़कर दोनों रात-भर ठिठुरती रही थीं। दीना ने तड़के ही उठकर कुछ स्केच बनाए, फिर वह सिगरेट जलाकर फकाफक धुआँ उड़ाने लगी थी। नलिनी को अपनी इस मुँहलगी अतिथि की एक यही आदत नापसन्द थी। वह कई बार उसे टोक भी चुकी थी।

"देखो नलिनी!" दीना ने उससे एक दिन स्पष्ट कह दिया था, "मुझे साथ रखना है तो मेरी सिगरेट को भी सहना होगा। इसके बिना मैं कुछ भी सोचने, करने में असमर्थ हूँ, समझीं?"

सुबह उठकर फिर दोनों मन्दिर की ओर जाने लगीं, तो मन्दिर का चौकीदार उन्हें सन्दिग्ध दृष्टि से देखने लगा।

"सोच रहा है, हम दोनों किसी मूर्ति-तस्कर दल की सदस्या हैं। सुना है, हाल ही में यहाँ से एक भव्य मूर्ति चोरी हो गई है। वैसे मौका मिलता तो शायद मैं भी नहीं चूकती यार!" उसने अपनी दोनों लम्बी बाँहों में नलिनी को जकड़कर कहा, तो नलिनी को अतीत की स्मृति सहसा काठ-सा सतर बना

गई। एक नवीन मैत्री ने उसे कितना उदार बना दिया था! एक बार अपने कॉलेज की दो चुलबुली छात्राओं को ऐसे ही एक-दूसरे से 'यार' सम्बोधित करने पर उसने उन्हें कैसा कठोर दण्ड दिया था! नंगे-नाजुक घुटनों से रोड़ों पर स्टीमरोलर-सा चलवा, लहूलुहान कर रख दिया था छोकरियों को। और आज कोई स्वयं उसी के गले में बाँहें डाल, उससे यार कह रही थी।

चार

लम्बी यात्रा के बाद दोनों लौटीं तो मेज़ पर रम्भा की चिट्ठी पड़ी थी। जैसा उसे भय था, किसी ने उसे इस नवीन मैत्री की सूचना दे ही दी थी। निश्चय ही लक्ष्मी ने रामसहाय ताऊ से कहा होगा और पिता के मित्र उन्हीं ताऊ ने रम्भा को लिख दिया होगा। वे स्वयं भी तो इस बीच तीन-चार बार आ चुके थे। रम्भा बेहद नाराज़ थी कि जीजी ने उससे इतनी बड़ी बात छिपा ली थी, "सुना, तुमने बुढ़ौती में एक नई बहन को गोद लिया है! लगता है, सगी बहन से ऊब गई हो। यह भी सुना है कि उसे लेकर भारत-भ्रमण को निकली हो। जीजी, तुम मुझसे बहुत बड़ी हो, उपदेश देना उचित नहीं लगता; पर तुम्हारी अफसरी ने तुम्हें शायद जीवन की वह अभिज्ञता नहीं दी, जो तुमसे छोटी होने पर भी बड़े शहरों के प्रवास ने मुझे दी है। मैं भी बम्बई में दस वर्ष गुज़ार चुकी हूँ जीजी! बम्बई सन्तों की तीर्थभूमि नहीं है, इतना ही याद रखना।"

मूर्ख रम्भा, काश, एक बार स्वयं आकर दीना को देख जाती! उस नवीन मैत्री ने उसकी जीजी की जीवनधारा ही कैसे बदलकर रख दी है, यह देख जाए रम्भा! दीना के आने से पहले उसे खाने से कैसी अरुचि हो गई थी! प्रायः ही वह केवल फलाहार ही कर सो जाती थी। लक्ष्मी दाल-सब्ज़ी-रोटी खिलाने की ज़िद करती तो वह उसका मन रखने चौके ही में बैठ खाना निबटा लेती। पर अब? कायदे से मेज़ लगने लगी तो सूप से लेकर दीना के बनवाए सात-सात कोर्स के डिनर में भी उसे आनन्द आने लगा था। लक्ष्मी, जो निरन्तर उसके पीछे छाया-सी डोलती थी, अब स्वामिनी के रुचि-परिवर्तन को देखकर स्वयं ही सहमकर दूर हट गई थी। नलिनी के साथ ही उसका यौवन बीता था, उसी के साथ वह बूढ़ी हो रही थी। अपने घर में एक भतीजा बचा था। वह कई बार उसे लिवाने आ चुका था, "बुआ, घर चलो, मलकिन की बहुत

सेवा कर चुकी हो, अब तुम्हारी बहू तुम्हारी सेवा करेगी,'' पर लक्ष्मी ने आज तक उसकी एक बात नहीं सुनी थी। इधर दीना बाटलीवाला के आगमन ने उसे मलकिन के कभी न छोड़ने के निश्चय से भी डिगा दिया था। वह कई बार घर जाने का दुराग्रह कर चुकी थी, ''कैसी बात करती हो लक्ष्मी! तुमने आज तक कभी घर जाने का नाम नहीं लिया। देख तो रही हो, घर में मेहमान के रहते मैं तुम्हें छुट्टी कैसे दे सकती हूँ!''

बेचारी संकोची लक्ष्मी यह जानकर भी कि वह अनोखा मेहमान कभी टलनेवाला नहीं है, चुप कर बैठ जाती। करती भी क्या? नलिनी के अहसानों से वह क्या कभी मुक्त हो सकती थी? भतीजे को हाईस्कूल पास करवा, नौकरी में लगवाया; शादी की, फिर गौने का पूरा खर्चा उठाया, पक्का मकान बनवा दिया। आज तक एक दिन के लिए भी कभी कहीं गई तो हमेशा साथ ले गई थीं। जब इन्स्पेक्टरनी बनीं तो लक्ष्मी भी स्वामिनी के साथ मास्टरनियों के शाही आतिथ्य का आनन्द उठाती। कभी-कभार बीमार पड़ती तो नलिनी बौरा जाती थी—कितनी दवाइयाँ और कैसे-कैसे टॉनिक ला-लाकर उसके सिरहाने रख जातीं! आज उसी उदार स्वामिनी ने उसे दूध की मक्खी-सा उठाकर दूर पटक दिया था। जिस दिन से दुष्ट ग्रह-सी वह नई मेहमान इस कोठी में उतरी थी, उसी दिन से मलकिन एकदम बदल गई थीं। वह तो एक मिसराइन ही थी। जब सगी छोटी बहन को ही साल-भर में न बुलाया, न खुद उससे मिलने गईं, तो उसकी क्या बिसात! पहले रम्भा हर दीवाली-दशहरे पर टोकरे भर-भर मेवा-मिष्टान्न लेकर अपनी जीजी से मिलने आती, हर बार लक्ष्मी को एक जोड़ा कपड़ा देकर कहती, 'लक्ष्मी, ठीक से खिलाना-पिलाना जीजी को। ज़बरदस्ती दूध पिलाती रहना। अपने खाने-पीने में बड़ी लापरवाह हैं।' आज उन्हीं जीजी को खिलाना-पिलाना नहीं पड़ता। स्वयं खाने और उन्हें खिलानेवाली आ जो गई हैं। कभी-कभी लक्ष्मी भुनभुनाकर ज़ोर-ज़ोर से चौके में बर्तन पटकने लगती। करती भी क्या? 'लक्ष्मी, सब्ज़ी दे जाओ। लक्ष्मी, चपाती लाओ', कह दोनों सब्ज़ी का पूरा भगोना ही रीता कर देतीं; पर लक्ष्मी का मौन विद्रोह जब बर्तनों की पटकन में मुखर होता, दोनों अपने ही ठहाकों में मस्त रहतीं। ओफ, कैसी बेहया हँसी हँसने लगी थीं मलकिन? बुढ़ौती में बौरा गई थीं क्या? और फिर एक दिन उन्हीं बेशर्म ठहाकों को चीरती, बिना किसी पूर्वसूचना के रम्भा द्वार पर खड़ी हो गई थी। लक्ष्मी ने ही द्वार खोला था।

"अरे, रम्भा बीबी, आप? अकेली आईं, भैयाजी नहीं आए?"

"नहीं लक्ष्मी, एक शादी में गई थी। सोचा, जीजी से भी मिलती चलूँ। उन्होंने तो अब हमें बुलाना भी छोड़ दिया है। घर पर हैं जीजी, या फिर कहीं घूमने निकल गई हैं?"

एक दीर्घ श्वास का उत्तर देकर ही लक्ष्मी ने उसके हाथ से सूटकेस थाम लिया था।

"क्यों, जीजी घर पर ही हैं न लक्ष्मी?" रम्भा का चिन्तातुर स्वर अचानक तीखा हो उठा।

"अभी-अभी दोनों नाश्ता कर बाग की ओर गई हैं—आप हाथ-मुँह धो लीजिए, मैं बुला लाती हूँ।" लक्ष्मी सूटकेस नीचे धरकर जाने को तत्पर हुई ही थी कि रम्भा ने टोक दिया, "नहीं-नहीं, मैं वहीं मिल आती हूँ, तुम चाय वहीं ले आना।"

पाँच

पहले घर आने पर क्या वह जीजी को ढूँढ़ने बाग-बगीचों में जाती थी? उसका तार पाते ही जीजी स्वयं उसे ढूँढ़ने स्टेशन पहुँच जाती थीं। घर आते ही मेज़ पर उसकी मनपसन्द की सारी चीज़ें सजी रहतीं। आम के नोन्चे से लेकर दाल-भरे तिकोने रखना भी जीजी कभी नहीं भूलती थीं। आज वह बिन बुलाए अपने ही मायके में मेहमान बनी चली आई थी। कम से कम उस दस्यु-कन्या को तो अपनी आँखों से देख लेगी, जिसने दो सगी बहनों को अपनी मैत्री की आरी से चीरकर दूर पटक दिया था।

सहसा खिलखिलाकर हँसती उस अपरिचिता का कण्ठस्वर सुनकर वह ठिठककर खड़ी हो गई थी। जीजी की आवाज़ इतनी पतली नहीं थी, निश्चय ही यह वही बेहया छोकरी होगी। गुलाब की क्यारियों से सटा जीजी का मधुकुंज था। लाल पत्थर की नीची बेंच से सटी छोटी-सी झील बनाकर जीजी ने न जाने कहाँ-कहाँ से लाकर रंगीन गोल पत्थर सजा दिए थे। अधमुँदे कमलों की सतर हरी डंडियों के बीच नारंगी सुनहली नन्ही-नन्ही मछलियाँ सर्र से तैरती निकल जातीं और जीजी कहतीं, "क्यों रम्भा, ऐसी झील क्या मैं बना सकती थी दिल्ली में?" रम्भा को भी जीजी का वह मधुकुंज बेहद पसन्द था। दिन-भर

वहीं बैठी-बैठी दोनों बहनें बतियाती रहतीं, कभी स्वेटर बुनतीं, कभी शतरंज लेकर बैठ जातीं। कभी-कभी तो दिन का खाना भी लक्ष्मी वहीं पहुँचा जाती।

उसी मधुकुंज की ओर सधे कदम रखती रम्भा बढ़ ही रही थी कि अचानक उसकी दृष्टि बेंच पर अधलेटी दीना बाटलीवाला पर पड़ी। नीली बेलबॉटम पर चिकन का बासंती कुर्ता, छोटे-छोटे कटे बाल और पीला-सा चेहरा, जैसे पीलिया की रोगिणी हो। उसका सिर था जीजी की गोद में। एक ही क्षण में उसने उस युवती की चटुल विभा-तरंग-सी चपल झलक देखी और वह पीछे हट गई। दोनों ने उसे नहीं देखा था। पीछे हटती-हटती रम्भा करौंदे की कँटीली झाड़ी के पीछे खिसक गई। एकाएक उसका क्षुब्ध चित्त आत्मग्लानि से भर गया। मातृतुल्य जीजी की ऐसी जासूसी उसने आज तक कभी नहीं की थी। कितना बदल गई थीं जीजी! कहाँ गया जीजी का वह धैर्य-स्थैर्य का दिव्य रूप? उसी क्षण जीजी की उस शृंगारमग्ना अभिसारिका-सी सिरफिरी सहेली ने न जाने क्या कहा और जीजी ठठाकर हँस पड़ीं। "अरी दीना, तू मुझे एक दिन हँसा-हँसाकर मार डालेगी।" कह उसकी वह जीजी, जो पवित्र स्नेह, समर्पण, त्याग की उदात्त भावनाओं का केन्द्र थीं, सहसा झुकीं और झुकती चली गईं। टप्प से उन्होंने गोद में लेटी अपनी नवीना सहेली का ललाट चूम लिया। छिः-छिः, जीजी क्या अपना गम्भीर संयत स्वभाव ही खो बैठीं! वह लौट रही थी, तो मार्ग में ही हाथ में चाय का प्याला लिए लक्ष्मी मिल गई। आँखों ही आँखों में दोनों ने एक-दूसरे के मन की भाषा पढ़ ली। कमरे में आकर रम्भा स्तम्भित-सी बैठी ही रही।

"चाय पी लो रम्भा बीबी, क्यों जी छोटा करती हो!" लक्ष्मी की सहानुभूति से उसकी आँखें छलछला आईं, "पता नहीं, कहाँ से यह जादूगरनी आ गई!" लक्ष्मी कहने लगी, "हमारी मानो बीबी, जरूर कोई टोना किए है। मलकिन क्या कभी ऐसी बेहयायी से हँसती फिरती थीं! मैं बुला लाऊँ बीबी?"

"नहीं, तुम यहीं बैठो लक्ष्मी! देखूँ, कितनी देर में आती हैं।"

"वे क्या अभी आएँगी? कभी-कभी तो दो-दो बजे तक खाना लिए बैठी रहती हूँ। न जाने क्या बतियाती रहती हैं दोनों!"

पूरे एक घंटे बाद दोनों की सम्मिलित हँसी की खिलखिलाहट सुनकर रम्भा चौंक उठी थी। ठीक, जैसे स्कूल से लौट रही स्कूली लड़कियाँ हों। कुर्सी पर बैठी छोटी बहन का फूला गोमड़ा मुख देखते ही फिर नलिनी की हँसी उसके होंठों पर ही सूख गई थी। उत्फुल्ल चेहरा देखते ही देखते विवर्ण हो गया।

"अरे रम्भा, तू कब आई?" स्वर के उपालम्भ में और जो भी हो, स्नेह का पुट नहीं था।

रम्भा का चेहरा और लटक गया, "यही कोई दो घंटे हो गए होंगे। शादी में बरेली गई थी। सोचा, तुम्हें देखती चलूँ।"

"अरे मैं भी कैसी मूर्ख हूँ, तुम्हें मिलाया भी नहीं! दीना, यह है मेरी छोटी बहन रम्भा, और रम्भा, यह है दीना बाटलीवाला; पर अब दीना मिश्रा भी कहूँ तो इसे आपत्ति नहीं होनी चाहिए—क्यों, है ना दीना?" नलिनी ने हँसकर कहा, "तेरी और मेरी छोटी बहन है यह..."

रम्भा ने अपनी उस नई बहन को ध्यान से देखा—सुतवाँ नाक, पेन्सिल-अंकित भवें, नुकीले तेवर, दो धनुषाकार पतली रेखाओं में विलीन हो गए लिपस्टिक रंजित अधर। निश्चय ही दीना बाटलीवाला देवांगना-सी सुन्दर थी; किन्तु चेहरे पर किसी उद्दंड तरुण का-सा औद्धत्य रम्भा को पहली ही झलक में अच्छा नहीं लगा था। कहीं यह नारी का छलनामय रूपधारी कोई प्रवंचक युवक तो नहीं था? इसके बाद दोनों बहनों को एक पल का एकान्त भी नहीं मिल पाया था। दीना किसी स्वामिभक्त कर्तव्यपरायण अंगरक्षक की मुस्तैदी से नलिनी को बराबर घेरे रहती थी। लक्ष्मी ही बीच-बीच में मौका पाने पर उसे उस रहस्यमयी अतिथि की निर्लज्जता की छोटी-मोटी बातें सुना गई थी, "मेवे कूटकर बाल धोती है। अंडे की ज़र्दी और न जाने क्या-क्या मलती है बालों में! ऐसे सिगरेट फूँकती है बीबी, कि क्या बताऊँ! सच कहूँ, मुझे तो लगता है, यह मलकिन को ठगने साड़ी पहन कोई बम्बई का ठग चला आया है।" ठीक यही तो रम्भा को भी लग रहा था, पर अभी तक दीना के नारी होने के पुष्ट प्रमाण स्वयं ही उसकी शंका को पराजित कर दे रहे थे। नहीं, थी तो वह नारी ही; किन्तु कहीं कुछ कमी उसमें अवश्य थी। जब जीजी ने बड़े लाड़ से उसका ललाट चूमा था और उसे अपनी अलस बाँहें जीजी के कंठ में डालने के अधूरे प्रयास के बीच ही छोड़ रम्भा हड़बड़ाकर वापस भाग आई थी, तब क्या उस विकृत कंठ स्वर की हँसी नारी-सुलभ लगी थी? वर्षों पूर्व पढ़ी गई 'वॉटर जिप्सीज़' का वह अध्याय स्मरण कर, रम्भा का चेहरा तमतमा उठा, जिसमें ऐसी ही दो सखियों ने अपनी-अपनी सुखी गृहस्थी त्याग, अपने पतियों का मोह-आवरण काट, किसी ऊँचे टॉवर से कूदकर आत्महत्या कर ली थी। जीजी ने अविवाहित रह प्रकृति को जो चुनौती दी थी, उसी का प्रतिशोध ले रही थी क्या प्रकृति? "लक्ष्मी!" फिर जीजी ने अस्वाभाविक चुप्पी

की हिम-शीतल निस्तब्धता को अपने आदेश के कुठाराघात से भग्न किया था, ''रम्भा बीबी का पलँग मेरे कमरे में लगा देना।''

''नहीं जीजी,'' रम्भा ने कुछ खीझे अधीर स्वर में आपत्ति की थी, ''पलँग लगाने की ज़रूरत नहीं पड़ेगी, मुझे आज ही मेल से जाना होगा, रमेन्द्र की तबीयत ठीक नहीं है।''

नलिनी का चेहरा न जाने कैसा हो गया था। आज तक क्या कभी ऐसा हुआ था? फिर भी न उसने यही पूछा कि रमेन्द्र की तबीयत को क्या हुआ है, न उसी दिन लौट जाने का कारण ही पूछा। जाने तक दोनों बहनों के बीच नितान्त औपचारिक बातें ही होती रही थीं, ''बिन्नू कैसा है?''

''ठीक है।''

''अब के जन्मदिन में उसे क्या चाहिए, उसने कुछ भी मुझे नहीं लिखा!'' जीजी के आहत कंठ के उपालम्भ की भी अत्यन्त संक्षिप्त कैफियत देकर रम्भा चुप हो गई थी।

''अब वह कौन बच्चा रह गया है जीजी! इस साल सोलह का पूरा हो जाएगा।''

पर अभी पिछले साल तक ही तो वह किसी बच्चे से भी अधिक बच्चा बन मौसी से कैसी-कैसी फरमाइशें पूरी करवाने, दो महीने पहले से ही अपनी लिस्ट भेज देता था! नलिनी की मरुभूमि-सी शुष्क बंजर धरणी का वही तो एकमात्र ओएसिस था। उसे देखती, तो नलिनी को मातृहीना रम्भा का ही ज़िद्दी बचपना याद हो आता। वैसी ही भोली सूरत और वैसा ही हठीला स्वभाव। रम्भा पहले ही सिर चढ़ी थी, पिता की मृत्यु ने उसे और भी अबाध्य बना दिया था। पिता ने अपनी ठेकेदारी में लाखों रुपया कमाया, किन्तु उनकी समग्र एकाग्रता धनसंचय में ही केन्द्रस्थ रहती थी।

छह

ऐसी बात नहीं थी कि वह कभी अपने दृढ़ संकल्प से डगमगाई ही न हो। न जाने कितनी ममेरी, चचेरी बहनों के विवाह में, उनके सजीले नौशों को देख, उसने भी निद्राविहीन विभावरी में वधूवेश में अपने को काल्पनिक दर्पण में निहारा था। कितने गहने थे अम्माँ के! दोनों बहनों में आधे-आधे भी बँटेंगे,

तब भी उनकी छरहरी देह आभूषण-भार से दोहरी हो जाएगी; पर वह एक भी गहना नहीं लेगी, एक-एक गहना रम्भा को पहनाकर विदा करेगी, जिससे सोने से लदी सोने कीं उस प्रतिमा को उसका दूल्हा जीवन-भर पूजता रहे। अपने लिए रखेगी माणिक की एक मात्र अँगूठी। बाबूजी कहते थे, 'उस माणिक का मूल्य आँक सके, ऐसा जौहरी अभी तक पैदा नहीं हुआ।' बम्बई के एक सुप्रसिद्ध जौहरी ने उस माणिक को देखकर कहा था, "दो लाख अभी गिन सकता हूँ। कहिए, है मंजूर?" पर मनुष्य का स्वभाव भी कैसा विचित्र है। जौहरी के अविलम्ब आँके गए मूल्य ने उसके सनकी पिता के शंकित चित्त को और भी सनका दिया था। हथेली पर धर, आई-ग्लास लगाकर देखते ही जब दो लाख दे रहा है, तो निश्चय ही वह माणिक अनमोल रहा होगा। चुपचाप उसे कोट के भीतर की जेब में धर घर लौट आए थे। तब से अँगूठी लॉकर ही में धरी थी। रम्भा की शिक्षा से लेकर उसके विवाह तक का दुर्वह बोझ ढोते-ढोते नलिनी मिश्रा के कन्धे फिर झुककर रह गए थे। कई बार तो शान्त, गम्भीर विवेकी नलिनी के धैर्य का बाँध टूटने ही को तत्पर हो उठा था। अपनी शिक्षा समाप्त कर उसने अपनी नई नौकरी का कार्यभार सँभाला, तो रम्भा इन्टर में पढ़ रही थी। बड़ी बहन के कॉलेज में पढ़ने का अर्थ था—उसके कठोर अनुशासन में बँधकर उछलने-कूदने पर कठोर प्रतिबन्ध। रो-धोकर वह फिर बोर्डिंग में रहने चली गई थी। छुट्टियों में घर आती, तो उसकी फरमाइशों का अन्त नहीं रहता। उस पर रम्भा के अविवेकी आचरण ने उसे एक दिन एक ही फूँक में बुझा दिया। एक ही रात में बूढ़ी हो गई थी नलिनी। बी.ए. की परीक्षा देकर उस बार रम्भा घर आई तो उसे एक नई ही ज़िद सवार हो गई थी। वह गाना सीखेगी, उसकी कौन एक सहेली एक संगीत-शिक्षक से गाना सीख रही है और कैसे अल्प अवधि में ही अखिल भारतीय संगीत-सम्मेलन में अपनी सुगायकी से कई स्वर्णपदक जीत चुकी है, आदि-आदि अनेक तथ्य बटोर, उसने सरला नलिनी को ऐसा प्रभावित कर दिया कि उसने भी बिना कुछ सोचे-समझे हामी भर दी। पहले ही दिन उस युवा-सुदर्शन संगीत-शिक्षक को देखकर नलिनी को लगा, उसने भारी भूल कर दी है। पहले-पहले तो वह पूरी संगीत-शिक्षा के बीच, तानपूरे के साथ-साथ, उद्धत फन किए गुप्त धन को सेंतते किसी नाग-सी सतर बैठी रहती; पर कितनी ही बार उसे बीच-बीच में उठना पड़ता, कभी कॉलेज की प्रिंसिपल का बुलावा आ जाता, कभी पिता के कोई इष्ट-मित्र मिलने चले आते। अपनी जगह वह लक्ष्मी

को वहाँ बिठा, छोटी चंचल बहन की पूर्ण सुरक्षा का समुचित प्रबन्ध कर ही जाती थी, किन्तु उसकी छोटी बहन ऐसी तीव्र जलधार थी, जिसे अनुशासन के करपुट में बाँधकर नहीं रखा जा सकता था। संगीत-शिक्षा यमन कल्याण से ऊपर न उठ पाने पर भी एक दिन पूरे कुल का कल्याण कर गई। बड़ी बहन के नाम एक छोटा-सा चुरकुट छोड़ रम्भा प्रेमी सहित स्टेशन पहुँची ही थी कि समय पर ही अग्निरेखा को जलप्लावित कर नलिनी ने जिस गहरी सूझबूझ का परिचय दिया, वैसा शायद कोई अनुभवी बुजुर्ग भी नहीं दे पाता। वैसे भी जितना ही उग्र नलिनी का क्रोध होता, उतनी ही शान्त निरुद्वेग रहती थी उसकी दृष्टि और उतना ही संयत रहता था उसका आचरण।

उस दिन भी वह चुपचाप उठकर ऐसे स्टेशन चली गई थी, जैसे बोर्डिंग से लौटी छोटी बहन को लेने स्टेशन जा रही हो। रम्भा का प्रेमी जब रेलवे-काउंटर पर टिकट ले रहा था, तब ही वह चुपचाप अकेली खड़ी छोटी बहन के पीछे खड़ी हो गई थी, "रम्भा," शान्त कंठस्वर पानी में भीगे पतले लपलपाते चाबुक की-सी सड़ाक के साथ रम्भा की अपराधी पीठ पर पड़ा। वह काँप गई। "घर चल!" और कठपुतली-सी रम्भा सिर झुकाए जीजी के साथ हो ली थी। ऐसी ही अद्भुत सम्मोहक शक्ति थी तब नलिनी के कंठस्वर में। धृष्टा छोटी बहन आज तक एक नहीं, अनेक ऐसे छोटे-मोटे अपराध कर चुकी थी; किन्तु जहाँ नलिनी के कठोर स्वर की बिजली कड़कती, रम्भा वहीं जीजी-भय से आतंकित होकर थरथर काँपने लगती।

सात

उस दिन दोनों बहनें बिना खाए ही चुपचाप सो गई थीं। बुद्धिमती लक्ष्मी सब कुछ समझ गई थी। उसकी अनुभवी आँखों से कुछ भी छिपा नहीं था; किन्तु उस अपढ़ नारी की समझदारी का गाम्भीर्य ही नलिनी की दृष्टि में उसका सबसे बड़ा गुण था। कभी उसकी जिह्वा घर-भेदी विभीषणी बतकही कहने को मचलती थी, तो वह उसी क्षण उसे अपने विवेक की बत्तीसी से काटकर रख देती। आधी रात को अचानक प्रेमी-स्मृति-विह्वला रम्भा बुरी तरह सिसकने लगी, तो नलिनी अपने पलँग से उठकर चुपचाप उसके साथ लेट गई थी। जब से रम्भा बड़ी हुई थी, वह लाख चाहने पर भी कभी उसे छाती से चिपटाकर

लाड़-दुलार का प्रदर्शन नहीं कर पाई थी। उसका संकोची स्वभाव ही कुछ ऐसा था कि प्रदर्शनमात्र की सम्भावना से उसे लज्जा घेर लेती थी। अपनी इस दुलारी बहन के लिए वह अपना सर्वस्व निछावर कर सकती है यह उसे कैसे बताए? अन्त में बड़ी चेष्टा से उसने उस दिन रम्भा को खींचकर छाती से चिपटा लिया था, "रम्भो, तू आज मुझे छोड़कर ऐसे चली जाती तो मेरा क्या होता, यह सोचा है कभी तूने? बाबूजी हम दोनों के लिए जितना कुछ छोड़ गए हैं, वह सब तेरा ही तो है रम्भा, यह सब जानते हैं। फिर कौन तुझसे प्रेम करता है और कौन तेरी सम्पत्ति से, यह परखने की क्या अभी तेरी उम्र है? एक तीन कौड़ी के छोकरे उस म्यूजिक मास्टर के साथ घर बसाकर क्या तू कभी सुखी हो सकती थी? मैं तेरी शादी ऐसे शहजादे से करूँगी, जो रूप में, गुण में, खानदान में कहीं भी तुझसे हार न माने।"

पर भावी शहज़ादे के रूप-गुण का वह काल्पनिक वर्णन भी रम्भा की सिसकियों को नहीं रोक पाया। लग रहा था, पल-पल द्विगुणित होती उसकी वे सिसकियाँ उसकी पतली कमर को तोड़कर रख देंगी। एकाएक चौकन्नी होकर नलिनी पलँग पर बैठ गई। क्षण-भर पूर्व का लाड़-दुलार-भरा मधुर कंठ किसी भावी आशंका से एक बार फिर चाबुक-सा लहरा उठा, "रम्भो, कहीं कुछ उलटी-सीधी बात तो नहीं हो गई? बोलती क्यों नहीं?"

और फिर उस उलटी-सीधी बात को सुलझाने कहाँ-कहाँ नहीं भटकी थी बेचारी नलिनी मिश्रा! आज दोनों बहनों के जीवन के उस अभिशप्त पखवाड़े की एकमात्र साक्षिणी रह गई थी लक्ष्मी।

रम्भा को पीलिया हो गया है और उसे हवाबदल कराने वह अपनी एक डॉक्टरनी सखी के पास पूना ले जा रही है, यही लक्ष्मी से कह वह बहन को लेकर चली गई थी; किन्तु कौमार्य के उस रहस्यमय पांडु रोग को लक्ष्मी स्वयं भी एक बार अपनी बहन के ससुराल में भोग चुकी थी। अन्तर इतना ही था कि उसे रोगमुक्त कराने बहन नहीं ले गई थी, ले गया था स्वयं अपराधी बहनोई। उसी वर्ष, फिर बड़ी धूमधाम से, रम्भा का विवाह रचा, नलिनी ने उसे विदा कर दिया था। दोनों बहनों के ऐश्वर्य की ख्याति बिरादरी में दूर-दूर तक फैल चुकी थी, फिर सब यह भी सुन चुके थे कि बड़ी बहन आजन्म कौमार्यव्रत धारण करने की घोषणा कर चुकी हैं, इसी से एक न एक दिन पूरी सम्पत्ति की एकमात्र उत्तराधिकारिणी रम्भा ही होगी। दूरदर्शी राजेश्वर शुक्ल स्वयं ही अपने सुयोग्य पुत्र रमेन्द्र का रिश्ता लेकर नलिनी के पास आए

थे। लड़का इंजीनियरी पास कर किसी विदेशी फर्म में ऊँची तनख्वाह पा रहा था। जितना ही देखने में सुन्दर था, उतना ही विनम्र; किन्तु उस विनम्रता के नीचे लड़के के उग्र कठोर गाम्भीर्य का क्षणिक परिचय पाकर नलिनी प्रसन्न ही हुई थी। और जो हो, वह कभी दब्बू पति सिद्ध नहीं होगा। अपनी बादशाह की घोड़ी-सी हुंड़ेल बहन के लिए उसे ऐसे ही सधे सवार की कामना थी, जो उस अड़ियल घोड़ी के बिदकने पर सख्ती से रकाब में अपनी सुदृढ़ एड़ियाँ अटका सके। कभी उसने रवीन्द्रनाथ की एक कहानी में पढ़ा था, नारी को आमतौर पर तीन वस्तुएँ विशेष रूप से प्रिय होती हैं—कच्ची अमिया, तीखी तेज़ मिर्च और कठोर पति। शायद यही कारण था कि रम्भा अपनी गृहस्थी में इतनी सुखी-सन्तुष्ट थी। चार दिनों की भी छुट्टियाँ होतीं तो नलिनी भागकर उसे देख आती। उधर बहन-बहनोई भी अवसर पाते ही अनेकानेक उपहार लेकर उससे मिलने चले आते। नलिनी के पिता बड़ी समझदारी से समान रूप से सम्पत्ति-दान कर गए थे। पैतृक भवन में भी उन्होंने बड़ी दूरदूर्शिता से दो स्वीट ऐसे बना दिए थे कि बहनें चाहें तो जीवन-भर घुल-मिलकर रहें और चाहें तो बिना वैमनस्य के बीचोबीच खड़ी निर्दोष-सी दिखनेवाली दीवार का अनुशासन मान, उत्तर-दक्षिण को मुँह मोड़े रहें। एक-एक पेड़ नीबू, कटहल, आम का इधर था, तो अविकल वैसी ही वन-सम्पदा उस विराट भवन के दूसरे भाग में भी थी; किन्तु नलिनी ने बड़े औदार्य से पूरा भवन ही बहन के नाम लिख दिया था। गहनों को भी समान रूप से बाँट, दो शृंगारदानों में वे अलग-अलग रख गए थे। केवल माणिक की अँगूठी के विषय में उनका विचित्र आदेश था, 'यदि नलिनी अविवाहित ही रही, तो यह अँगूठी उसके गहनों के साथ उसे ही दी जाए। यदि रम्भो कुँआरी ही रही तो अँगूठी भी अपने हिस्से के गहनों के साथ उसे मिले; पर यदि दोनों का विवाह हो जाए, तो माणिक बेच दी जाए। प्राप्त धनराशि दोनों बहनों में समान रूप से बाँट दी जाए।''

आठ

बड़ी बहन ने एक माणिक की अँगूठी को छोड़ सर्वस्व-त्यागिनी बन, सबकुछ छोटी बहन के नाम लिख दिया था। रम्भा जानती थी कि जीजी का मकबरा

माणिक की अँगूठी सहित एक दिन उसी को मिलेगा। फिर भी, जैसे उसका मन नहीं भरता था। जितनी बार आती, उतनी ही बार बड़ी बहन के साड़ियों, कार्डिगनों के अपूर्व कोष से चुने परिधान निकाल, अपना सूटकेस भर लेती। नलिनी के वैरागी स्वभाव में एक यही नारीसुलभ दुर्बलता रह गई थी। कहीं भी कोई नये ढंग की साड़ी देखती, चट से खरीद लेती। सुरुचिपूर्ण सज्जा, चाहे आवास की हो या अपने शरीर की, अब भी उसके कलाप्रिय स्वभाव की विशेष दुर्बलता रह गई थी; किन्तु जहाँ साड़ियाँ खरीदकर भी वह उनके उपयोग में सदैव कृपणता ही बरतती थी और ऐसे सेंत-सेंतकर रखती थी, जैसे उनके स्पर्शमात्र से ही वे मैली हो जाएँगी, वहीं पर छोटी बहन उन्हें पहन-पहन मनमाने ढंग से घूँसती तो नलिनी को ऐसा सन्तोष होता, जैसे स्वयं पहन-ओढ़कर दर्पण के सम्मुख खड़ी हो। और रम्भा का बेटा बिन्नू तो उसके कलेजे का टुकड़ा था। रम्भा के पास किसी बात की कमी नहीं थी, फिर भी बेटे के दामी पब्लिक स्कूल का पूरा खर्चा नलिनी ही उठाती थी। यही नहीं, उसके स्कूली लेजर, दर्जनों गर्म पैंट, कम्बल, उसके स्कूल के विदेशी पादरियों के लिए क्रेटभरे मौसमी फल भेजने का पूरा कर्तव्यभार जिस औदार्य से नलिनी ने आज तक निभाया था, वह शायद कोई माँ भी नहीं निभा सकती थी। केवल एक बार दोनों बहनों में सामान्य-सी खटपट हुई थी। रम्भा चाहती थी कि नलिनी अवकाश-प्राप्ति के पश्चात् स्थायी रूप से उसी के पास रहे। उधर नलिनी अपनी सारी पूँजी उस अरण्य में बन रहे मकबरे में ही स्वाहा किए दे रही थी। वैसे भी नलिनी के दीर्घ जीवन भोगने की आशा अत्यन्त क्षीण थी। उच्च रक्तचाप, भयावह रूप से बढ़ गया मधुमेह, और भी न जाने कितने छोटे-बड़े रोग उसे आए-दिन घेरे ही रहते। उसके बाद उसकी सम्पत्ति को भोगनेवाला रम्भा ही का पुत्र बिन्नू रहेगा। पिता द्वारा छोड़ी गई धनराशि वह भले ही फूँक डाले, माणिक की अँगूठी एक न एक दिन बिन्नू ही को मिलेगी। इसी से पति ने ठेलठालकर रम्भा को जीजी से मिलने भेज दिया था।

"जीजी से ऐसे रूठने से तुम्हारा ही अनिष्ट होगा रम्भा!" व्यवहारकुशल, संसारी रमेन्द्र ने कहा था, "तुम अब वहाँ जाकर, उन्हें मनाकर समझा आओ। रुपये-पैसे के मामले में तुम्हारी जीजी हमेशा ही बड़ी लापरवाह रही हैं। पहले उनके मकबरे के ठेकेदारों ने लूटा, अब यह बम्बई की लुटेरिन आ गई है। सच पूछो तो हमेशा कोई न कोई उन्हें मूर्ख बनाता ही रहा है। पहले उनकी वह नेपालिन मास्टरनी थी मिस राना। मैं तो देख-देखकर ही हैरान हो गया

था। कभी दोनों एक ही थाली में खाना खा रही हैं, कभी उसे हाथ की नई घड़ी उतारकर दे रही हैं, कभी सोने का कंगन। फिर उससे खटपट हुई, तो अपनी उस अनाथ सुन्दरी छोकरी छात्रा को ले आईं। उसकी शादी के दिन कैसी हिस्टिरिकल हो गई थीं तुम्हारी जीजी! हमें तो भई, ऐसी मैत्री रुग्ण मैत्री लगती है। जाओ, और उनसे समझाकर कहो कि लोग हमेशा ही उनकी इस दुर्बलता का मज़ाक उड़ाते रहे हैं। अब इस बार तो उन्होंने हद कर दी है। नई दोस्ती में सगी बहन को भी भुला दिया। उन्हें गोद ही लेने का शौक उपजा है, तो हमारे बिन्नू को ले लें। हम पूरी कानूनी कार्रवाई करने को तैयार हैं, पर शर्त एक ही है कि माणिक की अँगूठी बिन्नू के नाम कर दें।''

''छिः-छिः, इकलौते बेटे को माणिक की अँगूठी में बेच दोगे?'' रम्भा ने तुनककर कहा था।

''तुम्हें आपत्ति न हो, तो मैं स्वयं अँगूठी के बदले तुम्हारा जीजा बनने को तैयार हूँ, उसका सुदर्शन पति।'' फिर ठठाकर हँस पड़ा था। आज पुत्र के उसी मोल-तोल की बात करने रम्भा आत्म-सम्मान ताक में धर इतनी दूर चली आई थी। अँगूठी की तो वह अभी बात नहीं छेड़ेगी। कहेगी, जीजी, अब बिन्नू को तुम्हारी गोद में डालकर हम विदेश-यात्रा पर निकलेंगे; किन्तु 'वाटिका' में पैर धरते ही उस घुटन-भरे वातावरण ने उसे बुरी तरह झकझोर दिया था। क्या पता, जीजी ने अँगूठी उस निगोड़ी को पहना ही दी हो! अब कुछ कहने-सुनने की न उसे इच्छा रह गई थी, न धैर्य। भाड़ में जाएँ जीजी और भाड़ में जाए माणिक की अँगूठी! उन्हें डूबना ही है तो डूबें अपनी इस नई बहन को लेकर! कुछ कहने की इच्छा भी होती तो शायद वह अन्त तक कह नहीं पाती। स्टेशन छोड़ने तक वह कलमुँही निरन्तर देहछाया-सी उनसे विलग नहीं हुई थी।

कितनी सुन्दर थी कम्बखत! अच्छा हुआ, जो रमेन्द्र साथ नहीं आया, क्योंकि दीना बाटलीवाला का चेहरा ऐसा था, जिसका संसार की कोई भी नारी विश्वास नहीं कर सकती। वह चेहरा, वह संगमरमर में तराशी गई-सी देह की कोमलता, सौकुमार्य और फिर उसके कपड़े पहनने का सर्वथा अनूठा लटका, किसी के भी निरामिषभोजी सात्त्विक पति को सामिषभोजी बनाने में समर्थ था। फिर अपने पति की नारी-सौन्दर्यलोलुप जिह्वा की तो वह एक नहीं, कई बार निर्लज्ज लपलपाहट देख चुकी थी।

नौ

ट्रेन चलने लगी, तो उसे स्टेशन छोड़ने आई जीजी सदा की भाँति एक सौ का नोट उसे थमाने लगी थीं।

"नहीं जीजी," रम्भा पीछे हट गई थी, "यह मेरी ओर से अब अपनी नई छोटी बहन को दे देना।" उसकी तिर्यक् हँसी बारह घंटों से हृदय में धधक रही प्रतिहिंसा की तीव्र ज्वाला में तपती लाल लौह शलाका-सी जीजी की छाती में धँस गई थी। आहत अश्रुसिक्त दृष्टि से वह उसे देखती ही रह गई थी। हाथ का नोट हाथ ही में धरा रह गया था। जीजी का वह विवर्ण चेहरा, डबडबाई आँखें और वह पराजित श्रीहीन छटा देखकर कलेजा ठंडा गया था रम्भा का।

सगे सहोदर या सहोदरा जब कभी शत्रु बन उठते हैं, तो उनकी शत्रुता हृदयहीन अनात्मीय शत्रु की शत्रुता से भी अधिक घातक होती है। वह शत्रुता फिर क्षमा-शीलता, औदार्य या पश्चात्ताप, किसी को नहीं पहचानती। रम्भा ने फिर लौटकर पूरे आठ महीनों तक जीजी की खबर नहीं ली थी।

एक दिन अचानक ही राम ताऊ का तार आया था—"नलिनी की तबीयत ठीक नहीं है, फौरन चली आओ।" रमेन्द्र ने कितना समझाया, पर रम्भा टस से मस नहीं हुई थी। अन्त में वही स्वयं जाने को तैयार होने लगा, तो रम्भा ने रो-धोकर आसमान सिर पर उठा लिया।

"क्या बचपना करती हो!" रमेन्द्र ने गरजकर कहा था, "यू मस्ट गो। तुम्हारी सगी बहन हैं।"

"नहीं, उनकी सगी बहन तो वहाँ बैठी है, मैं क्यों जाऊँ!"

"रम्भा, पागल मत बनो! डायबिटिक है, पता नहीं कब कोमा में आ जाएँ। समय पर ही वहाँ पहुँचकर विल लिखाना होगा। तुम्हारी जीजी एकदम मूर्ख हैं। पता नहीं वह लुटेरिन उनसे क्या उलटा-सीधा लिखवा ले!"

"देखो जी, बाबूजी ने हम दोनों का हिस्सा तराजू से तौलकर किया था। मैं अपना हिस्सा समेटकर ले आई थी। अब दूसरे की पराई चुपड़ी देख क्यों ललचाऊँ? मैं जानती हूँ, उस मरी माणिक की अँगूठी के लिए ही मरे जा रहे हो ना? तब कान खोलकर सुन लो जी, मेरा बिन्नू ही अँगूठी का माणिक है।"

पूरे दो दिन बहस में ही बीत गए थे, अन्त में जिद्दी मूर्खा पत्नी को समझा-बुझाकर रमेन्द्र उसे विदा करने स्टेशन जा ही रहा था कि वह मनहूस तार आ

गया था–"फौरन चली आओ, कल रात नलिनी और लक्ष्मी की हत्या कर दी गई है।"

तब दीना–दीना बाटलीवाला कहाँ गई? यदि डकैती भी पड़ी होगी तो डाकू उसे कैसे छोड़ गए? यही सब सोचते-सोचते दोनों दिन डूबे 'वाटिका' के द्वार पर पहुँचे। अब तक रम्भा चाहने पर भी खुलकर नहीं रो पाई थी। आज जीजी के उस मकबरे को देखते ही उसकी सिसकियाँ बँध गईं। कभी हास-परिहास के बीच धरा गया वह नाम ऐसे सार्थक हो जाएगा और 'वाटिका' एक दिन सचमुच ही तूताँखामेन की कब्र बन जाएगी, वह तब क्या जानती थी!

जिस जीजी का मुँह फिर कभी न देखने की मन ही मन बीसियों कसमें खाकर रम्भा गई थी, पोस्टमार्टम से लौटी उस जीजी की सील्ड निष्प्राण देह देखने का फिर न उसे ही साहस हुआ था, न दिखानेवालों को।

कोई कह रहा था, लम्बी जिह्वा आमूल बाहर लटक आई थी।

डॉक्टर का कहना है, गला घोंटकर बड़ी निर्ममता से नलिनी की हत्या की गई है; पर लक्ष्मी की मृत्यु हुई थी दुर्बल वार्धक्य जर्जर हृदय पर लगे किसी भारी आघात से। दीना बाटलीवाला का कहीं पता नहीं था। साथ ही नलिनी के कला कोष का बहुमूल्य झाड़-फानूस, इधर-उधर से बटोरी गई अलभ्य देव-मूर्तियाँ भी गायब थीं।

बेचारी लक्ष्मी! उसके जर्जर हृदय पर जो घातक आघात लगा था, उसका साक्षी था भी कौन? वैसे भी उसे नींद बहुत कम आती थी। उस दिन भी वह अपने कमरे में चुपचाप पड़ी बार-बार अपना दृढ़ निश्चय दोहरा रही थी। तड़के ही अपनी गठरी बाँध वह चुपचाप जाकर बस में बैठ जाएगी, और फिर यहाँ कभी नहीं लौटेगी। मलकिन से बिना कुछ कहे ऐसे चोर की तरह मुँह छिपाकर भागने से पहले स्वयं ही अदृश्य बेड़ियाँ उसे जकड़ेंगी, यह वह जानती थी; पर नलिनी से कहने पर वह उसे कभी नहीं जाने देगी, यह भी उसे पता था। तड़के ही गठरी छोड़कर उसे कहीं और जाना पड़ेगा, यह बेचारी क्या जानती थी? स्वामिनी की विचित्र गों-गों सुनकर भी वह बड़ी देर तक नहीं उठी थी। जब वह नलिनी के कमरे में सोती थी, तब भी वह कभी आधी रात को ऐसे ही गोंगियाने लगती थी–'मलकिन, उठो-उठो, छाती पर हाथ पड़ गया है क्या?' वह उसे झकझोरकर चैतन्य कर देती, तो नलिनी खिसियाकर कहती–'बड़ा बुरा सपना देखा था लक्ष्मी! अच्छा किया, मुझे जगा दिया।' पर उस

दिन जब गों-गों अचानक तीव्र रूप से प्रखर हो एक झटके से स्वयं शान्त हो गई तो जाने क्या सोचकर वह उठी और खिड़की के काँच से झाँका। मलकिन के गले को उनके आँचल में ऐसे क्यों जकड़ रही थीं दीना मेम साहब? और फिर तकिया निकाल, मलकिन के चेहरे पर धर वह जैसे ही पालथी मारकर उस पर बैठी, लक्ष्मी एक चीख मारकर वहीं पर भरभराकर गिर पड़ी थी। वेणुवन से आती शृगाल-रव की बीभत्स 'हुआ-हुआ' में उसका हृदय-विदारक चीत्कार डूब गया था। न भी डूबता तो उस अरण्य में सुनता भी कौन?

"रम्भा, जिस दिन नलिनी ने अपना विल लिखाया, उसी दिन मैंने तुम्हें आने के लिए तार किया था।" राम ताऊ ने कहा तो रमेन्द्र और रम्भा प्रायः एक ही साथ शंकित स्वर में पूछ उठे, "विल? कैसा विल?"

"हाँ, विल। अपनी मृत्यु का शायद आभास उसे मिल गया था। दीना बाटलीवाला को अपने बैंक में धरी धनराशि दे गई है। 'वाटिका' के लिए लिख गई है—'मैं इसे इसी शहर के नाम छोड़ गई हूँ। मेरी इच्छा है, यहाँ लड़कियों के लिए एक डिग्री कॉलेज बना दिया जाए।' "

"और माणिक की अँगूठी? वह भी क्या उसी चुड़ैल को पहना गई हैं?" रम्भा का रुआँसा स्वर क्रोध से काँप रहा था।

"नहीं, माणिक की अँगूठी तुम्हारे नाम लिख दी गई है।"

"मैं जानता था, मैं जानता था रम्भा!" रमेन्द्र ने अचल बैठी पत्नी का कन्धा झकझोर दिया था—"मृत्युशय्या पर पड़ा आदमी अन्याय करने की कोशिश भी करे, तो उसकी अन्तरात्मा हाथ पकड़कर उसे रोक ही लेती है। सगी बहन का गला काटना इतना आसान नहीं होता ताऊजी!"

फिर रात-भर उत्तेजित पति-पत्नी सो नहीं पाए थे। राम-राम कर बैंक खुलने की प्रतीक्षा की, फिर अपना हिस्सा बटोरने पहुँच गए थे। लॉकर में कपड़े से सिली मुहर लगी चिरपरिचित एक नन्ही डिबिया ही पड़ी थी और कुछ भी नहीं था। तब जीजी के हीरे के कर्णफूल, पन्ने का वह जड़ाऊ कंगन, जो जयपुर से उन्होंने तीन साल पूर्व चार हज़ार में खरीदा था, कहती थीं, बिन्नू की शादी में अपनी बहू को मुँह-दिखाई में दूँगी, और अम्माँ की स्मृति में सँजोए उनके दो-दो तोले के वे भारी सोने के क्लिप—कितनी बार रम्भा ने कहा था, जीजी, लाओ, मुझे दे दो, तुम्हें सुन्दर-सी चार चूड़ियाँ बनवा दूँ—ठूँठ-से हाथ लिए फिरती हो; पर जीजी ने हँसकर बात टाल दी थी—जीजी के आभूषणों का वह सीमित होने पर भी बहुमूल्य संग्रह क्या वह जादूगरनी तिड़ी कर ले

गई थी?

"क्यों चिन्ता करती हो, एक न एक दिन तो अपने साठ हज़ार लेने आएगी ही।" रमेन्द्र अपने बुद्धि-चातुर्य पर ज़ोर से हँसा था; पर उसी क्षण उसकी खोखली हँसी किसी देवालय के गूढ़ गर्भ में गूँजती घंटा-ध्वनि ही-सी गूँजकर उसी तक लौट आई।

"अपना पूरा बैंक-बैलेंस वह चार दिन पहले ही समेट चुकी थी रम्भा! तब नलिनी होश में थी, उसी ने सब रुपए निकलवा, उसे सौंप दिए थे--" राम ताऊ ने कहा और रम्भा ने उन्हें आग्नेय दृष्टि से घूरकर भस्म कर दिया, "मैं तो सोचती थी आप बाबूजी के मित्र हैं। जीजी हमारा इतना बड़ा अनिष्ट कर गईं और आपने मुझे खबर भी नहीं दी!"

"तुम्हें तार किया था और उत्तर अभी भी मेरी जेब में पड़ा है।" एक मुड़ा-तुड़ा कार्ड उन्होंने जेब से निकालकर रमेन्द्र की ओर बढ़ा दिया।

"जीजी हमारे लिए मर गई हैं। मुझे अब न उनसे कोई लगाव रह गया है, न उनकी सम्पत्ति से।"

"हज़ार बार समझाया है," रमेन्द्र ने गुस्से में कार्ड दूर पटक दिया, "गुस्से में कभी चिट्ठी न लिखा करो। अब भुगतो अपना किया!"

"इसमें तो कोई सन्देह ही नहीं रह गया है कि हत्या उसी ने की है," राम ताऊ कह रहे थे, "पेशेवर हत्यारिन थी। पुलिस ने अपना जाल दूर-दूर तक फैला दिया है। अब पता लगा है कि मद्रास की पुलिस उसे सात सालों से ढूँढ़ रही है। सात साल पहले वह पति का भारी बीमा हथियाकर त्रिचूर में पति की हत्या कर एकाएक गायब हो गई थी।"

अपनी बहुमूल्य डिबिया को मुट्ठी में ही कसकर पकड़े रम्भा पति के साथ 'वाटिका' लौट आई थी, जैसे पर्स में डिबिया रखने में भी भय लग रहा था।

"भाड़ में जाए ससुरी का बैंक-बैलेंस!" रमेन्द्र ने उदास पत्नी की पीठ थपथपाई, "अब जरा डिबिया तो खोलो डार्लिंग, हम भी देखें, कैसा है तुम्हारे खानदान का यह हिस्टोरिकल माणिक!"

"पूरे पन्द्रह साल बाद देखूँगी आज।" रम्भा को इतनी उत्तेजना, ऐसे अनिर्वचनीय आनन्द का अनुभव पहली बार पुत्र का मुँह देखने पर भी नहीं हुआ था।

काँपते हाथों से उसने सिली डिबिया की बखिया उघेड़ी। डिबिया का ढकना खोल, रुई की पतली परत उठाते ही वह फिर ऐसी ज़ोर से चीख उठी

थी, जैसे क्रुद्ध पद्मनाग का फन छू लिया हो।

"क्या हुआ, क्या हुआ?" रमेन्द्र घबराकर पत्नी के विवर्ण चेहरे पर झुक गया था। बिना कुछ कहे रम्भा ने खुली डिबिया पति की ओर बढ़ा दी।

डिबिया में माणिकहीन अँगूठी किसी कंकाल के शून्य नयन कोटर-सी अपने सोने के नन्हे-नन्हे पंख फैलाए विवश पड़ी थी!

तर्पण

पुष्पा पन्त ने अपने चीनी गुड़िया के-से छोटे चेहरे को हाथ के बुने रंगीन पहाड़ी ऊन के स्कार्फ से कसकर बाँधा और फिर यत्न से कुहरे से धुँधले पड़ गए दर्पण के सम्मुख खड़ी होकर अपनी वही एक-एक नीरस क्रिया दुहराती चली गई, जो स्कूल जाने से पूर्व पिछले आठ वर्षों से दुहराती चली आई थी। पहले उसने अपनी खद्दर की साड़ी को कुछ ऊँची कर बाँधा, फिर पूरी बाँह का आकारहीन बदसूरत पहाड़ी ऊन का कार्डिगन पहना, जिसकी उदार बाँहों ने देखते ही देखते किसी लोलुप अजदहे की भाँति उसकी मृणालदंड-सी बाहुओं को निगल लिया। लगता था, बिना किसी काट-छाँट के जान-बूझकर ही इस तापसी ने अपने लिए इस पहाड़ी मेमने-से बसाते ऊन का यह थैला बुन लिया है। तिपाई पर बैठकर उसने फिर अपने हौज़नुमा मोज़े पहने और क्रैपसोल के जूतों के फीते बाँधे। द्वार पर खिमुली स्कूल का रजिस्टर थामे खड़ी थी, उसके हाथ से रजिस्टर लेकर वह घड़ी का फीता बाँधती हुई बोली, "हो सकता है, आज मुझे लौटने में कुछ देर हो जाए—तुम चाय पी लेना खिमुली!"

इधर कुछ दिनों से वह नित्य ही ऐसा आदेश देकर जाने लगी थी।

तेज़ कदमों से वह चली जा रही थी और पीछे-पीछे उसका तिब्बती झबरा कुत्ता उसी तेज़ी से भाग रहा था। बीच-बीच में वह बौनी कँटीली पहाड़ी झाड़ियों को सूँघता, किसी कलामर्मज्ञ की अनुभवी दृष्टि से सुन्दर जंगली फूलों से गदराई झाड़ी को परख, अपनी नन्हीं टाँग उठाकर प्रशंसार्घ्य निवेदन करने लगता, तभी उसकी बहुत आगे निकल गई स्वामिनी अधैर्य से हाँक लगाती, "झब्बू, झब्बू, झबरिया...!"

उसी मिश्री-घुले कंठ-स्वर का आदेश पा, वह अपनी महत्त्वपूर्ण योजना अधूरी ही छोड़ बड़ी तेज़ी से दौड़ लगाता। भागने लगता तो दूर से देखने पर

किसी को भी एक विलायती काले ऊन के गोल-मटोल लुढ़कते गोले का धोखा हो सकता था।

"नौटी-नौटी डौगी!" पुष्पा उसे बड़े लाड़ से हँसकर डाँटती, और फिर दोनों फौजी कदम साधते एकसाथ चलने लगते। उस मानवी और पशु के कदमों के उस आश्चर्यजनक सन्तुलन में पिछले दस वर्षों का नियमित अभ्यास रिस गया था। जौलजिकी के मेले से, एक तिब्बती लामा से, पुष्पा उसे चालीस रुपए में खरीदकर लाई थी। कुत्ता क्या था, असली रेशम का चिकना गोला था। लम्बे-लम्बे कान ज़मीन चूमते थे, और चपटे पैरों की तीन इंची लम्बाई उसके पेट और धरा के अन्तर को बाल-बाल बचाती, ठुमकाती लिए चली जाती तो लगता, वह किसी अदृश्य जलराशि पर तैरता चला जा रहा है। वह हेडमास्टरनी पुष्पा पन्त के साथ ही बैठकर अपनी तामचीनी की प्लेट में खाना खाता, उसी के साथ सोता और छाया की भाँति उसके पीछे-पीछे घूमता। पुष्पा पन्त की सर्विस का यह आठवाँ वर्ष था और इन आठ वर्षों में वह केवल दो बार पहाड़ का उतार उतरी थी : एक बार अपने इंटरव्यू के लिए इलाहाबाद गई थी; दूसरी बार गृहविज्ञान की परीक्षा लेने मुरादाबाद। दोनों बार वह झबरे को अपने प्रतिवेशी परिवार को सौंप गई थी। हेडमास्टरनी का लाड़ला झबरा हाथों ही हाथों में नचाया गया, पर स्वामिनी की अनुपस्थिति में दोनों ही बार उसने यत्न से परोसे गए दूध-भात को सूँघा भी नहीं। शायद दोनों के जन्मचन्द्र को एक ही-से राहु ने ग्रसा था, इसी से दोनों एक-दूसरे के बिना एक पल भी नहीं रह सकते थे। झबरे का पितृकुल तो श्वानकुल की परम्परानुसार अज्ञात था; किन्तु उसकी असली तिब्बती पोमेरियन नस्ल की सुन्दरी माँ को कालढूँगी का नरभक्षी क्रूर गुलदार खींच ले गया था, ऐसा ही उसे लामा ने बतलाया था। यही नहीं, शिकार खेलने तराई कैम्प में उतरे किसी अवकाश-प्राप्त अंग्रेज़ लाट साहब ने उसे गोली से मारा तो झबरे की जननी की रेशमी पूँछ भी उस हत्यारे के पेट से बरामद हुई थी; किन्तु पुष्पा की माँ को जिस क्रूर नरभक्षी के आतंक ने ही सहमाकर असमय काल-कवलित कर दिया था, उसे आज तक किसी भी साहब की गोली ठंडा नहीं कर सकी थी। प्रभुता, वैभव और ख्याति के मद में चूर वह नरभक्षी, आज पूरे चौदह वर्ष पश्चात् फिर बड़े दुस्साहस से उस ग्राम में लौट रहा था। एक पल को उस बीहड़ पगडंडी में चलती-चलती पुष्पा पन्त ठिठककर खड़ी हो गई। विधाता की यह कैसी विचित्र ठिठोली थी उसके साथ! क्या स्वयं उसे गढ़नेवाला वह सर्वदर्शी पुष्पा के

परिहासशून्य चित्त की रिक्तता को आज तक नहीं भाँप पाया? जानबूझकर ही वह निर्लज्ज क्या इतनी दूर एक नगण्य कन्या पाठशाला की छात्राओं से हाथ मिलाने चला आ रहा था? निश्चय ही वह अब तक जान चुका होगा कि उस स्कूल की प्रधानाध्यापिका कौन है। इन्हीं गम्भीर मानसिक उलझनों में उलझी पुष्पा पन्त विवश होकर एक टीले पर बैठ गई। दोनों हाथों से उसने कनपटी ज़ोर से दबा ली। स्वामिनी की एक-एक उलझन जैसे झबरे ने सूँघ ली थी, उचककर वह अपनी रेशमी पूँछ पटपटाता पुष्पा की गोद में बैठ, उसका चिबुक चाटने लगा। उस निर्जन वन में मूक पशु की संवेदना पाकर पुष्पा एकदम ही टूट गई। होंठ काटने पर भी इस बार वह अपनी सिसकियों को रोक नहीं पाई। झबरे को छाती से लगाकर वह बड़ी देर तक सिसकती रही, फिर उसने अश्रुसिक्त पलकें पोंछकर, हाथ की घड़ी देखी। पौने दस बज चुके थे और ठीक सवा दस पर उसे अपनी छात्राओं के अर्द्ध चन्द्राकार घेरे में खड़ी होकर प्रार्थना की प्रथम पंक्ति स्वयं गानी होती थी :

'हे प्रभो आनन्ददाता,
ज्ञान हमको दीजिए...'

इन्हीं पंक्तियों को वास्तविक अर्थ में गाती, पीती, घुटकती पुष्पा पन्त की आनन्दमयी सदाचारिणी आत्मा क्या कभी उस प्रार्थना-सभा की सार्थक महत्ता को भूल सकती थी? उसने झबरे को गोद से नीचे उतारा, अपनी मर्दानी रूमाल से नाक सिनकी, आँसू पोंछे, फिर पास ही के पहाड़ से निकलती निर्झरिणी में रूमाल भिगोकर, लाल पड़ गई आँखों की सन्देहास्पद लालिमा को रगड़-रगड़कर बहाया और तेज़ी से पगडंडी पर भागने लगी। स्कूल पहुँचते ही वह नित्य के परिचित निर्दोष, स्वस्थ, सुन्दर चेहरों की भीड़ में घुल-मिलकर रात-भर की वेदना भूल-बिसराकर रह गई। 'दीदी, नमस्ते', कोने-कोने से उछल रहे हार्दिक अभिवादन के अदृश्य गुलदस्ते वह हँस-हँसकर थामने लगी। चीड़ के लम्बे वृक्ष के नीचे वह खड़ी हुई और देखते ही देखते यन्त्रचालित पुतलियों-सी ही उसकी छात्राएँ, अध्यापिकाएँ उसे घेरकर खड़ी हो गईं। पैरों के पास झबरा खड़ा था।

"हे प्रभो आनन्ददाता, ज्ञान हमको दीजिए," पुष्पा पन्त के मीठे कंठ से निकली प्रार्थना की सस्वर प्रथम पंक्ति को विभिन्न बचकाने अधेड़ कंठस्वरों की सम्मिलित दुहरी गूँज पल-भर में मेटकर रख देती। पुष्पा पन्त का कंठस्वर अद्भुत रूप से मीठा और मांसल था। ऐसा कंठ, जो कभी किसी माइक से

अस्वाभाविक गूँज की बैसाखियाँ नहीं माँगता, गाने बैठती तो शायद विधाता स्वयं ही उसके सम्मुख अपना दिव्य माइक चुपचाप आकर धर जाता। प्रार्थना समाप्त कर पुष्पा अपने कमरे में चली गई, चौकीदार आकर सामने का प्रशस्त द्वार-सा वातायन खोल गया और ताज़ी पहाड़ी हवा के झोंके से उसके बदसूरत स्कार्फ में बँधी एक काली घुँघराली रेशमी लट किसी अनुशासनप्रिय कठोर पिता की उँगली छुड़ाकर भाग आए अबोध बालक की ही भाँति उसके शुभ्र ललाट पर खेलने लगी। शायद तेज़ी से चलने के कारण ही उस ठंड में भी पसीने से वह भीग उठी थी। उसने स्कार्फ को यत्न से खोलकर ऐसे तहाया, जैसे बहुमूल्य किमखाब का टुकड़ा हो, फिर कार्डिगन खोल उसने मेज़ पर धरा और फाइल लेकर बैठ गई। स्वच्छ हवादार कमरे की झकझक करती दीवारों पर मुक्ताक्षरों से सज्जित कागज़ी पट्टियों पर एक से एक अनमोल मोती बिखरे थे :

'ईश्वर का भय ही बुद्धि का आरम्भ है।'

'लज्जा ही नारी का आभूषण है।'

'कन्याओ, मितभाषण का आँजन आँजो।' आदि-आदि।

अपनी छात्राओं को पहाड़ी निंगाल की कत-कटी क़लम से वह स्वयं हाथ धर-धरकर लिखना सिखाती थी, इसी से उसके स्कूल की प्रत्येक छात्रा की उँगलियाँ कागज़ों पर मोती बिखेरती थीं। उन्हीं के मुक्ताक्षरों ने पिछली बार अपनी बद्रीनाथ की यात्रा के दौरान आकस्मिक वेगवती वर्षा के कारण उस ग्राम के अतिथि बने राज्यपाल को भी मुग्ध कर दिया था। माननीय अतिथि के सम्मान में उस विलक्षण प्रधानाध्यापिका ने ज़िलाधीश के कुछ ही क्षणों के दिए गए आदेश का पालन कर सुन्दर कार्यक्रम ही प्रस्तुत नहीं किया, एक मानपत्र भी भेंट किया था। जैसी लच्छेदार भाषा, वैसे ही मेल खाते मोतिया अक्षर :

''महामहिम! यह हमारा परम सौभाग्य है, जो आज हमारे इस दीनहीन ग्राम की धूल पर आप जैसे देवतुल्य परमपुरुष के चरणों की धूल पड़ी है।'' आदि-आदि।

स्वयं राज्यपाल ने उस मानपत्र की प्रशंसा की थी, और चलते-चलते स्कूल की छात्राओं की पुस्तकों के लिए पाँच सौ का चेक भी पुष्पा को थमा गए थे। उसी उदार राशि से पुष्पा ने ठण्ड से ठिठुरती अपनी उन छात्राओं के लिए एकसाथ कई जोड़ी जूते खरीद लिए थे, जो बर्फ को रौंदती, पहाड़ी पाले से

जूझती, नंगे पैर चार-चार मील की दूरी लाँघती पढ़ने आया करती थीं। उन दरिद्र पर्वत-पुत्रियों के लिए पाठ्य-पुस्तकों से कहीं अधिक महत्त्व उन जूतों का था। किताबें तो समृद्ध सहपाठिनियों से भी माँगी जा सकती थीं; किन्तु कितनी ही मर्मान्तक यन्त्रणा क्यों न झेलें, बिवाई-फटे पैरों की व्यथा मिटाने क्या कोई भी आत्मसम्मानी पहाड़ी लड़की अपनी किसी भाग्यशालिनी सखी से जूतों की याचना कर सकती थी?

चौकीदार ने ब्राँज के सूखे फूलों के बीच गोबर के गोलों से दहकती अँगीठी लाकर उसके पैरों के पास रख दी, फिर जेब से एक बादामी सरकारी लिफाफा निकालकर उसकी मेज़ पर धर दिया।

"कलक्टर साहब का चपरासी दे गया है हुजूर!" उसने कहा।

"ठीक है, यहीं रख दो।" बिना उसकी ओर देखे ही पुष्पा अपना रजिस्टर भरती रही। चौकीदार के जाते ही उसने धीरे-से लिफाफा उठाया और बड़ी देर तक बिना खोले बैठी रही। वह जानती थी कि उसमें उसके लिए कैसी कठिन अग्निपरीक्षा के आयोजन की भूमिका भरकर भेजी गई थी :

"प्रिय कुमारी पन्त,

हमारे देश के सुविख्यात मन्त्री श्री भोलादत्त हमारे ज़िले में पधारे हैं। वर्षों पूर्व वह आपके ग्राम में रह चुके हैं, इसी से एक बार फिर वहाँ आना चाहते हैं। पिछली बार सामान्य-सी अवधि में ही आपकी छात्राओं ने जो सुन्दर कार्यक्रम प्रस्तुत किया था, उसे देखकर राज्यपाल ही नहीं, उनके साथ राजधानी से आए पारखी संवाददाता भी मुग्ध हो गए थे। मुझे विश्वास है कि इस बार भी आप हमें निराश नहीं करेंगी। कल पन्द्रह अगस्त भी है। स्वाधीनता-दिवस की यह सन्ध्या आपके ही मधुर कंठसंगीत से मुखरित और आपकी छात्राओं के कंठस्वर से मधुमय हो, ऐसी विनीत कामना है।"

किसी भी प्रधानाध्यापिका के लिए ज़िले के महाप्रभु का यह विनम्र पत्र संग्रहणीय बन सकता था; पर और किसी अतिथि के सम्मान के लिए पुष्पा को इस आयोजन का आदेश मिलता, तो वह चुटकियों में बिना किसी पूर्वाभ्यास के ही अपनी कुशल छात्राओं की बहुरंगी भीड़ से रंगमंच को धन्य कर सकती थी। स्वयं उसकी गाई भारतखंडे विश्वविद्यालय के किसी टेप से सीखी सरस्वती-वन्दना :

'शारदे...वीणावादिनी...।'

और फिर रंगमंच पर, संगमरमर की मूर्ति-सी अडिग, भव्य साक्षात्

सरस्वतीस्वरूपा उसकी छात्रा भगवती शाह। एक तो पहाड़ की सुन्दरी शाहनियों का दूधिया रंग, उस पर अपने पिता गौरीलाल शाह की-सी ही यूनानी नाक की खड्ग की धार पर हीरे की लौंग चमचमाती भगवती शाह को भला किस साइड-लाइट की आवश्यकता रह जाती थी? पिता ने वर्षों तक रामलीला के स्टेज पर राम बनकर जो ख्याति अर्जित की थी, वह पुत्री ने एक ही दिन सरस्वती बनकर अपनी ओर बटोर ली। 'जै हो भगवती माता, जै हो!' कह, हाथ जोड़ती कितनी ही सरल ग्राम्याएँ खड़ी हो गई थीं। बड़े यत्न से पकड़-पकड़ अध्यापिकाएँ उन्हें बिठा पाई थीं। उधर सरस्वती-वन्दना गाने पुष्पा ने जीर्ण हारमोनियम खींचा, तो धौंकनी पुराने दमे के मरीज़ की ही भाँति हाँफने लगी थी; किन्तु न जाने किस युग के बूढ़े उस रुग्ण हारमोनियम का भी पुष्पा की चम्पक उँगलियों का स्पर्श पाते ही कायाकल्प हो गया था। आँखें बन्द कर वह काल, स्थान, दर्शक, सबकी महत्ता भूल संगीत के जिस स्वर्ग-सोपान की पंक्ति पर हुमकती चली गई थी, वहाँ केवल दो ही अस्तित्व रह गए थे—किसी पवित्र देवस्थल में बैठी आत्मविभोर गायिका, और स्वर्गीय स्मिति बिखेरती सरस्वती। और फिर पेट में बारह मास्टरनियों की मोटी धोतियाँ ठूँसे, तिलकधारी मोटेराम पंडितजी की भूमिका में हरिप्रिया जोशी! हाय, छोकरी पिरुली के अभिनय ने तो कभी न हँसनेवाली पुष्पा हेडमास्टरनी को भी हँसा-हँसाकर मार ही दिया था; किन्तु आज के अतिथि की उपस्थिति में वह भीमोदरा पिरुली भी क्या उसे हँसा पाएगी? इस कठिन अग्निपरीक्षा से मुक्ति पाने का अब एक ही उपाय शेष रह गया था—वह किसी आकस्मिक बीमारी का बहाना बनाकर छुट्टी ले, द्वार बन्द कर अपने काले थुल्मे में मुँह ढाँपकर पड़ी रहे। उस काले थुल्मे के औदार्य में उसने न जाने कितनी बार विषाद की तरंगों को नाक, मुँह, आँखें बन्द कर डुबकियाँ ले-लेकर झेला था। जब से नौकरी की थी, कैज्युअल छुट्टियाँ ली ही कब थीं और लेती भी किसके लिए! एक इतवार की छुट्टी ही तो उसके कार्यरत जीवन का अभिशाप बन उठती थी; किन्तु दूसरे दिन उसका प्रदोष-व्रत था, व्रत के दिन वह झूठ बोलेगी भी कैसे! उस कर्तव्यनिष्ठ आदर्शवादी हेडमास्टरनी के कुंठित अविवाहित जीवन ने उसकी आदर्शवादिता को इधर एक कानूनी सनक बनाकर रख दिया था। इसी सत्य भाषण के कारण तो वह आज इतने वर्षों से बिना किसी पदोन्नति के इस नीरस नौकरी की काँवर ढो रही थी; किन्तु विभाग ने भले ही उस सतयुगी हेडमास्टरनी को मान्यता न दी हो, पूरा ग्राम उसे देवी की भाँति पूजता

था। मज़ाल थी कि उसकी कोई प्राक्तन छात्रा, गोद में शिशु लिए, पहली बार मायके आए और आते ही पत्रपुष्पसहित अपनी प्रिय गुरुआनी के चरण छूने न चली आए! जिस भोली गुड़िया-सी सरुली, परुली या खष्टी को उसने कभी चक्रवर्ती ब्याज की दुरूह व्यंजना समझाई थी, उन्हें ही वह अब किसी अनुभव-कुशल स्नेही जननी की भाँति एकसाथ कितनी ही हिदायतें देने लगतीं, "अरी, डिब्बे-विब्बे का दूध मत पिलाने लगना इसे। कभी इसके पेट में शूल उठे तो चँथरे में सात बार एक हर्र घिस, छाती के दूध में पिला देना, समझीं? 'यस्य माता गृहे नास्ति, तस्य माता हरीतिकी,' जिसकी माँ नहीं होती, हर्र ही उसकी माँ होती है पगली...हाय, कैसा चाँद का टुकड़ा है! ला-ला, दे तो मेरी गोद में! चल हट मरी, कहती है, नीचे मोमजामा नहीं है—तो क्या हो गया? कुछ कर भी दिया तो तर जाऊँगी भुली, तर जाऊँगी!"

और फिर उस समय गर्म पशमीने में लिपटे बहुमूल्य बंडल को गोद में लेते ही पुष्पा पन्त की बड़ी-बड़ी आँखें छलछला उठतीं।

ऐसा ही तो था उसका भाई किशन। अपने दोनों घुटने जोड़ वह पैरों की गद्दी में किशनुवा को बिठा, झूला-सा झुला-झुलाकर गाती :

"घूघूती,
बाशूती।
माँम काँ छौ
माल कोटी।
के ल्यालो?
दुधभाती।"
घूघूती—मामा कहाँ है? ननिहाल...
क्या लाएगा? दूध भात...

पर आज कहाँ गया मामा और कहाँ गई ननिहाल! ननिहाल में रह गई थी नब्बे वर्ष की अन्धी-बहरी नानी, जो उसकी लाख चिरौरी-विनती पर भी नहीं पसीजी। छिः-छिः, बेटी की बेटी के साथ वह भला कैसे रहने आ सकती थी! उसकी कमाई तो उसके लिए विष थी।

और किशन था सात समुद्र-पार। इसी नीरस नौकरी का चुग्गा चोंच में बटोर-बटोरकर उसने अपने झामे की उस चिड़िया को पाला, पढ़ाया; कुमाऊँ सेण्टनरी स्कॉलरशिप लेकर पहले गया प्रयाग और फिर जब पर उग आए, तो फर-फर कर उड़ गया विदेश! अब वहीं उसने किसी जर्मन लड़की से विवाह

कर लिया था। कुछ दिनों तक उसके पत्र आते रहे, फिर सहसा सहोदरा एवं स्वर्गादपि गरीयसी जन्मभूमि, दोनों को एकसाथ अँगूठा दिखाकर वह न जाने किस शून्य क्षितिज में डूबकर अदृश्य हो गया था। इस धक्के के बाद हेडमास्टरनी पुष्पा पन्त ने जान-बूझकर ही अपने यौवन का गला घोंटकर रख दिया। तृष्णा, कामना, माया-मोह स्मृतियों के गट्ठर को वह यत्न से बाँधे, संयम की विराट शिला से दाबकर, विस्मृति के उदार उदधि में डुबो आई थी। कभी कोई साहस कर किशन की कुशल-मंगल पूछ लेता, तो सदा मुँह की ही खाता।

''क्यों बेटी, किशन की कोई चिट्ठी-पत्री आई? कैसा है किशन?''

''मर गया!'' तीखे स्वर में उत्तर देकर वह घर में घुस, द्वार बन्द कर लेती। फिर किसी को भी कुछ पूछने का साहस नहीं होता। समय से पूर्व ही प्रौढ़ा बनने में उसने अपनी ओर से कोई कसर नहीं रखी। न जाने कहाँ से ढूँढ़-ढूँढ़कर वह अनाड़ी जुलाहों की बुनी मोटी खुरदरी साड़ियाँ, एक से एक रंग-उड़े बदरंग ऊन के स्वेटर और वैसे ही मोटे-मोटे जूते ले आती। चलती तो लगता, चक्की के दो पाट उछलते चले जा रहे हैं। फट्ट-फट्ट शब्द सुनकर बिना उसे देखे भी लोग पहचान लेते कि हेडमास्टरी पुष्पा पन्त जा रही है; किन्तु चकित हरिणी यदि पैरों में चक्की का पाट बाँधकर घूम भी ले, तो भी क्या कभी चक्की कहला सकती थी? निम्न नाभि, क्षीणमध्यमा उस विल्वस्तनी की अलस पदचाप को भला कौन-से जूतों का बन्धन जकड़ सकता था? और फिर वह जब नहा-धोकर पूजा करने बैठती, तब पीठ पर बिखरे किंचित् घुँघराले केश, जिन्होंने रीठे और आँवले के अतिरिक्त कभी किसी सुगन्धित साबुन का स्पर्श भी नहीं किया था, अमावस के अन्धकार की ही भाँति देखनेवाले को सहमाकर रख देते। अर्द्धोन्मीलित नेत्र, और विष्णु-सहस्रनाम की आवृत्ति 'ॐ विष्णु वषट्कारो, भूत भव्य भवत प्रभु' की सुमधुर ध्वनि में फड़कते रसीले ओष्ठ मुनियों का मन भी विचलित कर सकते थे। खिमुली उसकी सुदीर्घ पूजा का सरंजाम जुटाती, बड़बड़ाती जाती, ''सब चीजें उमर के साथ ही शोभा देती हैं पुसी लली! अब यह राँड-रंडकुलियों की-सी 'विष्णु-विष्णु' तुम्हारे मुँह से अच्छी लगती है सुनने में?'' खिमुली वर्षों से उसके साथ रहती थी, वही उसका खाना बनाती, यत्न से खिलाती-पिलाती और रात उसी की पलँग के पास खटिया डालकर पड़ी रहती। उसके हृदय का घाव भी स्वामिनी और झबरे के हृदय के घाव से कुछ कम नहीं था। स्वयं उसका प्रतिभाशाली पुत्र सदानन्द

अपनी प्रतिभा के चेक भुनाता, मध्यप्रदेश के किसी ज़िले में ज़िलाधीश के सिंहासन की शोभा बढ़ा रहा था। आई.ए.एस. में आते ही जहाँ उसका सितारा चमका, उसकी बूढ़ी माँ का सितारा स्थानच्युत होकर तेज़ी से पृथ्वी पर गिर गया था। पहले तो बुढ़िया को बधाइयों से लाद दिया था ग्रामवासियों ने। उस कर्कशा बुढ़िया को चिढ़ाने में गाँववालों को बड़ा आनन्द आता था। एक तो गालियों का ऐसा मौलिक कोश पूरे ग्राम में अन्यत्र दुर्लभ था, फिर उसे चिढ़ाने में ग्रामवासियों की स्वयं की कुंठा उनके व्यंग्य को अत्यन्त उग्र कर गई थी। अपढ़ भोले व्यंग्य की देशी उस्तरे-सी तीखी धार कभी छलछलाकर रक्त की धारा भी बहा सकती है, उसमें शिष्टता का छल-बल नहीं रहता, इसी से शायद घाव भी गहरा हो जाता है। इसी दरिद्र ब्राह्मणी का पुत्र यदि कुँआरा होता, तो वे कन्धों पर बिठाकर इस रत्नगर्भा जननी का जलूस निकाल देते; किन्तु अपने प्रशिक्षण केन्द्र में ही अपनी कुटिल बुद्धि से कौटिल्य को भी पराजित करने में समर्थ किसी कन्यादायग्रस्त अग्रवाल जनक के यत्न से बिछाए गए जाल में फँसकर रह गया था सदानन्द पांडे। अपनी ही बैचमेट, उनकी पुत्री कुमुदिनी अग्रवाल से विवाह करने का समाचार उसने स्वयं तार द्वारा दिया था।

"अरी सदिया की इजा, अब तो तेरे पीछे कलक्टर साहब के चमकीली चपरासवाले चपरासी घूमेंगे! अरी, अब क्यों भनपान (चौका-बासन) करती है? हाथों को चिकना बनने दे! क्या पता कभी तुझे भी स्कूलों में इनाम-विनाम बाँटना पड़े।" गाँव के बड़े-बूढ़े भी उसे जानबूझकर छेड़ देते, छेड़ते भी क्यों नहीं? उनकी व्यथा क्या बुढ़िया से कुछ कम थी? न जाने कितने ऊँचे-ऊँचे कुलगोत्र के पन्त, पांडे, जोशियों की पुत्रियाँ इस प्रतिभाशाली कुँअर की प्रतीक्षा में, स्वयंवर-माला लिए, प्रतीक्षारता खड़ी थीं, और देखते ही देखते छोकरा किसी बनिये का दामाद बनकर रह गया।

"क्यों, सदिया की इजा, बाँटेगी न इनाम?" वे फिर बार-बार जान-बूझकर मरे साँप की आँखें कोंचने लगते।

"अरे हरामियो, इनाम बाँटेगी तुम्हारी माँ-बहनें, उन्हीं को न्योतना तुम अपनी अम्मा के भतारो!" फिर बुढ़िया अपने दुबले, उभरी हड्डियों की गाँठों वाले हाथों को तेज़ फरसे-सा घुमाने लगती, "अरे उस हरामज़ादे ने शादी कर ली, तो क्या दोष मेरा है? अरे अम्मा के खसमो, ज़माना ऐसा आ रहा है कि तुम्हारी बहू-बेटियाँ भी डोम-मुसल्लों के साथ भागेंगी। वह दिन भी दूर नहीं है

खबीसो, जब प्राण रहने पर भी मुरदे बन गए तुम्हारे बेटों की लाशों पर तुम्हारी घरवालियाँ पछाड़ खा-खाकर रोएँगी; जब हेनरी साहब की बूढ़ी मेम की तरह तुम्हारे वही बेटे तुम्हें किसी अनाथाश्रम में पहुँचा आएँगे।''

ग्राम में ही बसे किसी हेनरी साहब की मृत्यु के पश्चात् उसकी मेम को उसके चारों बेटे विलायत से लाकर अल्मोड़ा मिशन में पहुँचा आए थे। बुढ़िया को वह मेम साहब बहुत मानती थी, इसी से उन अकृतज्ञ चार बेटों की अकृतज्ञता को वह बार-बार दृष्टान्त रूप में दुहराती थी; किन्तु कर्कशा होने पर भी खिमुली के क्षत-विक्षत चित्त का एक कोना वज्रादपि कठोर होने पर दूसरा कोना मृदूनि कुसुमादपि था। अपनी स्वामिनी की वह सेविका ही नहीं, सखी, सचिव, संरक्षिका भी थी। एक बार स्कूल के नाटक में भारतमाता की आरती उतारती पुष्पा पन्त का मधुर गीत सुनकर, बुढ़िया से उसके सगे भतीजे ने कह दिया था, ''भगवान कसम जेड़जा, अगर तेरी वह पूसी लली किसी फिलम कम्पनी में चली जाए तो पूरा गाँव खरीद सकती है! अहा, कैसा गला है, और कैसा रूप!'' बस, फिर क्या था, खिमुली ने आव देखा न ताव, जलती लकड़ी ही चूल्हे से निकाल ली, और कलामर्मज्ञ भतीजे की पीठ पर दनादन बरसा दी थी।

''कमीने, तेरी माँ को न भेज दूँ फिलम कम्पनी में! कल तक अपना आगा-पीछा सब दिखाए इधर-उधर घूमता था, आज मूँछें क्या उग आईं कि पूसी लली को फ़िलम कम्पनी में भेजेगा हरामज़ादा! अरे, तू ही किसी रंडी-पतुरिया के पीछे सरंगी थामे, कुरम क्यों नहीं बन जाता?'' बेचारा सहमकर भाग गया था। वह तो चला गया, पर खिमुली के मन में न जाने कैसी फाँस-सी दिन-भर चुभती रही। इस छोकरे के तो दूध के दाँत टूटे भी मुश्किल से दस बरस हुए होंगे, जब इसी की आँखों में पाप आ गया, तब क्या गाँव की बत्तीसी में जीभ-सी नन्ही पुसी लला का रहना ठीक था? रात पुष्पा खाने बैठी, तो खिमुली ने अपनी बेसुरी शहनाई छेड़ दी, ''तुम लाख सर पर 'छोपा' (एक प्रकार के सफेद कोरे लट्ठे का वस्त्र, जो पिता या माता की मृत्यु हो जाने पर कुमाऊँनी पुत्र को बाँधना पड़ता है) बाँधो पुसी लली, मैं कहती हूँ, यह 'जून' (ज्योत्स्ना)-से चेहरे की चमक तुम कभी नहीं छिपा सकतीं। कहो तो मैं उस अभागे बद्रिया से कहूँ, अब अपने उस छः फुटे चौंतीस बरस के बेटे का क्या अचार डालेगा बुड्ढा? मैंने एक बार कहा तो बोला, 'लड़कियाँ देख रहा हूँ, सदिया की इजा, कोई मेरे बेटे के लायक मिले भी तो।' अरे, मैं कहती हूँ कि

आँखें क्या पीठ में जड़ी हैं सरबुत्त के? ठीक तेरी नाक के नीचे से तो हमारी परी-सी लड़की स्कूल जाती है। माना कि लड़का देखने-सुनने में लाखों में एक है, पर यह भी क्या कि कोई लड़की उसके लायक है ही नहीं! आहा, ऐसी भी सन्तान देता है भगवान! अरी, मैंने अपने कानों से सुना, उस दिन कान पर जनेऊ चढ़ाकर बाप से पूछ रहा था, 'बाबू, ज़रा हो आऊँ?' और बाप बड़ी अकड़ से कह रहा था, 'हाँ-हाँ कर आ, पर देख, जल्दी करना ज़रा।' और एक हमारे हैं साले सदानन्द। मुकुट बाँधकर बहू ले आए, माँ जाए भाड़ में...'' अचानक अकृतज्ञ पुत्र के स्मृति गह्वर में डूबी बुढ़िया, फिर पुसी लली की प्रस्तावित सगाई के प्रसंग को भूलकर रह जाती; पर उस दिन मुख का गुस्सा मुख में ही धरे पुष्पा पन्त पल-भर को काठ बन गई थी। बुढ़िया क्या सचमुच मन की भाषा पढ़ सकती थी? इसी पीताम्बर को वह जिस दिन एक बार नहीं देख पाती, जल से बाहर पटकी गई मछली-सी तड़पती रहती है; किन्तु उस मौन प्रणय-निवेदन को तो शायद स्वयं पीताम्बर भी नहीं देख पाया था। वह स्कूल जाती तो कभी दोनों एकसाथ एक ही पगडंडी पर उतरते चले जाते, किन्तु एकदम चुपचाप। कभी पीताम्बर पांडे लड़कियों-सी लजीली चितवन से पार्श्व में चल रही सुन्दरी लम्बी हेडमास्टरनी को देखकर स्वयं लाल पड़ जाता और कभी पुष्पा उस कद्दावर व्यक्ति की लम्बी परछाईं को देखकर ही पसीना-पसीना हो जाती। कैसा एक-सा मेल खाता था दोनों का! 'विवाह होता तो एक आदर्श जोड़ी बन सकती थी हम दोनों की!' मन-ही-मन यही सोचता पीताम्बर सहसा स्वयं सहम जाता। दुर्वासा-रूपी क्रोधी पिता का स्मरण करते ही पीताम्बर पांडे के काल्पनिक प्रणय की सद्यःप्रस्फुटित कली सहसा मुरझाकर धरा पर बिखर जाती और तेज़ी से लम्बे कदम रखता आगे बढ़ जाता। उन्हीं सूखी पंखुड़ियों को उठा-उठाकर बीनती चली जाती थी पुष्पा पन्त। फिर एक दिन पुष्पा के स्कूल के सुन्दर सांस्कृतिक कार्यक्रम की प्रशंसा करने आया लजीला पीताम्बर दो बार उसके तम्बू के बने ग्रीन रूम की देहरी तक आकर लौट गया था। भाग्य से उसी दिन पगडंडी पर फिर दोनों की मुठभेड़ हो गई। तेज़ी से उतार उतरती पुष्पा एक प्रकार से उससे टकरा ही गई थी। बड़े ही संकोच से पीताम्बर ने रुक-रुककर कहा था, ''बड़ा सुन्दर गाती हैं आप! हम तो अपने स्कूल में कभी ऐसा कार्यक्रम प्रस्तुत ही नहीं कर पाते। लड़कों के गले कितने ही सुरीले क्यों न हों, मसें भीगीं कि सातों स्वर उनके गले से एकसाथ निकल पड़ते हैं।'' फिर अपनी रसिकता पर वह फिक से हँस भी

पड़ा था।

उधर पुष्पा किसी भी सुदर्शन पुरुष के मुख से अपनी प्रशंसा पहली बार सुन रही थी, इसी से उसकी कर्णचुम्बी लालिमा उसके खुरदरे स्कार्फ की गाँठ को स्वयं खोलती चली जा रही थी। दोनों कान ऐसे जलने लगे थे, जैसे किसी ने दियासलाई की तीली भक से जलाकर रख दी हो। उसी असह्य जलन से छटपटाकर उसने स्कार्फ खोलकर हाथ में ले लिया, और तब ही किसी विवर्ण पोटली में अब तक बन्द प्रखर सौन्दर्यमणि की खुली जगमगाहट ने पीताम्बर पांडे की आँखों को चौंधिया दिया। एकाएक उसे अपनी अल्पज्ञता काट खाने को दौड़ी। यह क्या, उसकी चाची, माँ या भाभी-सी सामान्य नारी थी? उसे एक पल को लगा, जैसे पुष्पा के सात्त्विकी चेहरे के मांस की पारदर्शी तहों के बीच किसी दिव्य आलोक से जगमगाते सहस्र जुगनूँ बन्द हैं। इस नारी की सृष्टि विधाता ने पुरुष की उपभोग्या बनने के लिए नहीं, आराध्य बनने के लिए की है।

उस दिन, एक ही ग्रामाकाश के नीचे, दोनों रात-भर बेचैन करवटें बदलते रहे थे, पंचशर ने समान रूप से दोनों को बींधा था। पीताम्बर बार-बार सोच रहा था—'हाय, क्या कर दिया मैंने! निश्चय ही वह रुष्ट हो गई है।'

उधर पुष्पा अपने तृप्त कपोलों को छूती इधर-उधर पार्श्व-परिवर्तन कर रही थी—'हाय, कैसा रूखा व्यवहार किया मैंने! बेचारे को धन्यवाद भी तो नहीं दे पाई।' किन्तु पुरुषमात्र की उपस्थिति उसे सदा ऐसे ही पत्थर बनाकर रख देती थी। फिर भी पुरुषों को देखते ही आज तक जैसे उसका सर्वांग सिहर, रोंगटे खड़े हो जाते थे, ऐसा पीताम्बर के साथ-साथ चलने पर भी कभी क्यों नहीं हुआ? पीताम्बर ही सरल हँसी, अपने ऊँचे कद के लिए स्वयं ही कुछ-कुछ लज्जित-सी मन्थर पदचाप, और बड़े यत्न से नाप-जोखकर कदम रखने की क्षमता से वह व्यक्ति उसे पहली ही दृष्टि में अन्य पुरुषों से भिन्न लगा था। यदि वह भूल से भी अपना सामान्य कुतूहल खिमुली के सम्मुख व्यक्त करती, तो वह चुटकियों में दोनों के फेरे फिरवा सकती थी, क्योंकि उसी के कथनानुसार पीताम्बर-जनक के धन-लोलुप हृदय को पुष्पा की नौकरी और फण्ड की महिमा पल-भर में चुम्बक-सा खींच सकती थी; किन्तु एक दीर्घ श्वास के साथ ही उसकी मधुर कल्पना फर्र से उड़कर विलीन हो जाती थी। बढ़ती वयस के साथ-साथ स्मृतियों का बोझ उसके क्रमशः दुर्बल पड़ रहे मेरुदण्ड को झुकाता चला जा रहा था। दिन-भर तो वह काम में डूबी रहती,

किन्तु नागिन-सी काली रात अन्तरिक्षचरा डाकिनी-शाकिनियों के साथ उसे डस-डसकर नीली कर जाती। रात-भर का वही सर्पदंश उसे घुला-घुलाकर मार रहा था।

"पूसी की इजा, अब इस कन्या का कन्यादान कैसे करूँगा मैं? कैसे लूँगा संकल्प?" पिता का अवरुद्ध कंठस्वर उसके कानों में रात-रात-भर बजता रहता। इसी काठ के दुमंज़िले मकान में उसका जन्म हुआ था। पिता योगेश्वर पंत थे ग्राम के एकमात्र यजमानी पंडित, इसी से गृह में कभी खाने-पीने, ओढ़ने-बिछाने, पहनने-खाने की वस्तुओं का अभाव नहीं रहता। यजमानों के गृह में जन्म हो या मृत्यु, दोनों समान रूप से योगेश पन्त को समृद्धि से लाद जाते; किन्तु मृतक की तेरहवीं का शय्यादान लेकर पिता लौटते और पुष्पा लपककर नई रज़ाई या कम्बल लेकर ओढ़ लेती, तो माँ का चेहरा सूख जाता। "अरी, पहले तू मत ओढ़! ला, बदन से मैं छुआ लूँ। कौन किसी भले काम की दक्षिणा है—जवान बेटा गया है जोशियों का!"

"ठीक ही कह रही है तू बामणी," एक लम्बी साँस लेकर पिता कहते, "यही तो दुर्भाग्य है इस वृत्ति का। मैंने ही इस लड़के का नाम-कर्म किया, मैंने ही गायत्री दी और आज मैं ही उसकी प्रेतशय्या लेकर आया हूँ। हे विष्णो, तेरी यह कैसी माया है!"

चटपट पुष्पा से रज़ाई खींच, उसकी माँ अपने बदन से छुआ, होंठों ही होंठों में बुदबुदाती, "हे जोशीजी के परेत महाराज, इस छोकरी ने अनजान में आपकी रज़ाई ओढ़ ली, छिमा करना देवो! इसका सूतक मुझे लगाना, इसे नहीं।" हुआ भी ऐसा ही। उसकी माँ ही इस घर में सबसे पहले गई थी और दूसरे ही दिन पिता ने ग्राम के निर्मम दस्यु की कलंकगाथा स्वयं घुटक, आत्महत्या कर ली थी। किसी यजमान के घर से मिली पाग के बन्धन में, घर की बल्ली से झूलकर, उस भीरु ब्राह्मण ने बिना आगा-पीछा सोचे ही प्राण त्याग दिए थे। सौभाग्य से पहले ही दिन दिल का दौरा पड़ने से उसकी पत्नी की मृत्यु हुई थी, इसी से किसी को कुछ सन्देह नहीं हुआ। पत्नी-वियोग की दुस्सह व्यथा ने ही उस अविवेकी ब्राह्मण को यह दुस्साहसी कदम उठाने के लिए बाध्य किया होगा, पर अनाथ सन्तान-द्वय का भार अंधी-बहरी सास के दुर्बल कंधों पर डालने में क्या स्वयं उसकी अन्तरात्मा ने नहीं धिक्कारा होगा? ग्रामवासी कुछ दिनों तक उसे भला-बुरा कहते रहे, फिर एक दिन किसी दयालु यजमान ने पुष्पा की शिक्षा का भार सम्हाल लिया। उन्होंने पढ़ा-लिखाकर उसे

उसी के ग्राम की कन्या पाठशाला में यह पद प्रदान करवाया था।

जिस ज़लज़ले ने पुष्पा पन्त के सुखी शैशव के दर्शनीय उत्तुंग सौध को भूमिसात् किया था, आज इतने वर्षों पश्चात् वही फिर एक बार उसके यत्न से बनाए गए नन्हे नए घरौंदे की नींवें हिलाने लगा था। ठीक ऐसी ही सन्ध्या थी वह। पिता नवरात्रि का कलश स्थापन कर न जाने कितने गृहों से मिली मिठाई, फल और वस्त्रों से बँधी गठरी लेकर घर लौटे थे। पहले दोनों भाई-बहन खूब खा-खाकर अघा गए, फिर माँ को प्रसाद में मिली एक गुलाबी छींट की नई साड़ी पहन पुष्पा नानी को प्रसाद पहुँचाने को तैयार हो गई थी। अकेली ही घर से चलने लगी तो माँ ने टोक दिया, "अरी, साड़ी पहनकर मत जा! देखो तो पुष्पा के बाबू, कैसी गढ़न है तुम्हारी लड़की की! कौन कहेगा, यह तेरह साल की है! अभागी पूरे सोलह साल की लग रही है। चल खोल साड़ी!" किन्तु पहली बार पहनी गई साड़ी भला कौन किशोरी सहज में उतारना चाहती है! वह तो बन्धन बन उठती है बहुत बाद में, जब उसे बाँधना स्वयं एक विवशता बन जाती है। वह माँ के आदेश की अवज्ञा कर बिना छोटे भाई को साथ में लिए ही भाग गई थी। अपनी नवीन साड़ी की अनूठी छवि से ग्राम-भर को मुग्ध करती वह बड़ी तेज़ी से पगडंडियाँ फाँदती, वन्य हरिणी-सी कुलाचें भरती चली जा रही थी कि उस नर-व्याघ्र ने उसे घेर लिया था। उस नाटे व्यक्ति के गोरे गोल चेहरे की रोबदार ऐंठी मूँछों को क्रमशः अपने सुचिक्कन कपोलों के निकट आते देखकर वह ज़ोर से चीख उठी थी—ग्राम से दूर उस अरण्य में उसकी चीख सुननेवाला कोई नहीं था, इसी से उस भयावह दुःस्वप्न की कालिमा के काले कम्बल ने उसे दबोचकर देवदार के उसी ऊँचे वृक्ष के नीचे डाल दिया था। उसके न लौटने से न उसकी माँ चिन्तित हुई थी, न पिता, क्योंकि जब भी वह नानी के पास जाती, वह उसे रात अपने पास सुलाने को रोक लेती थी। किन्तु भाग्य से योगेश पन्त उस दिन चण्डी-पाठ करने उसी मार्ग से देवालय जा रहे थे। उन्हीं की ठोकर से मूर्च्छिता पुत्री की चेतना लौटी और वह पिता के चरणों से ही लिपटकर ज़ोर-ज़ोर से रोती फिर मूर्च्छित हो गई थी। मूर्च्छिता पुत्री को गोद में उठाकर योगेश पन्त घर पहुँचे, तो ब्राह्मणी पुत्री की अवस्था देख छाती थामकर बैठ गई थी। क्षण-भर को चैतन्य हुई पुष्पा का प्रलाप माता-पिता को उसके दुर्भाग्य से अवगत करा गया था। "पुष्पा की इजा, अब इस कन्या का कन्यादान कैसे करूँगा मैं? कैसे लूँगा संकल्प?" पिता का अवरुद्ध कंठस्वर तेरह वर्ष की भोली पुष्पा को भी

घटना की भयावह परिस्थिति समझा गया था।

"किसी से कुछ कहना मत पूसी के बाबू! मैं जानती हूँ, तुम कभी झूठ नहीं बोलते। हम कह देंगे, पहाड़ से गिर पड़ी थी छोकरी।" किन्तु जब उसी कालरात्रि की समाप्ति के साथ-साथ विधाता ने आकस्मिक मृत्यु के बहाने सरल योगेश पन्त की व्यवहारकुशल ब्राह्मणी को अपने पास बुलाया तो वह जैसे टूट गया। दूसरे दिन उसने स्वयं अपनी मुक्ति का मार्ग ढूँढ़ लिया। रह गए पुष्पा और किशन। माँ की ही कैफियत दुहराती तेरह वर्ष की पुष्पा एक ही दिन में छब्बीसवर्षीया अनुभवी युवती बन गई।

ग्राम में कुछ दिनों के लिए घूमने आया भोलादत्त कब और क्यों अचानक चला गया, इसकी किसी को कोई चिन्ता नहीं थी। वह तो आए-दिन आँधी की तरह ग्राम में आता और तूफान की भाँति फिर किसी अज्ञात दिशा में दुबक जाता। उसके पिता का कलकत्ता में अच्छा-खासा कारोबार था। माँ बचपन ही में मर गयी थी और पिता ने किसी असमी विधवा से विवाह कर लिया था। भोलादत्त की ननिहाल कभी इस ग्राम में थी और उसी बहाने वह प्रायः अपने किसी दूर के रिश्ते के मामा के यहाँ छुट्टियाँ बिताने चला आता था। इन छुट्टियों में वह एक निर्दोष परिवार पर बिजली गिराकर उन्हें भस्मीभूत कर गया है, यह शायद उसे स्वयं भी बहुत दिनों से पता नहीं था। बहुत दिनों बाद मामा ने ही उसे योगेश पन्त की आत्महत्या का समाचार दिया था, ब्राह्मणी भी मर गई, बेचारे दोनों बच्चे अनाथ हो गए। एक क्षण को भोलादत्त का चेहरा फक पड़ गया था। एक प्रकार से ब्रह्महत्या ही लग गई थी उसे, किन्तु स्थायी रूप से पश्चात्ताप की अग्नि में झुलसता रहे, ऐसा मूर्ख नहीं था भोलादत्त। उधर पुष्पा के माथे पर अनजाने में लग गया वही कलंक का टीका गोदने की अमिट स्याही-सा ही उभर आया था। जहाँ उसकी समवयसिनी अन्य लड़कियाँ हँसती-खिलखिलातीं उसे भी साथ-साथ खेलने, काफल बीनने, नदी में तैरने खींच ले जातीं, वहाँ वह उनकी धमाचौकड़ी में उपस्थित रहकर भी सदा अनुपस्थित ही रहती। रसीले काफल बीनती तो स्वयं बिना खाए सखियों में बाँट देती। नदी में तैरती तो लगता, कोई निष्प्राण लाश ही उतरा आई है। न सुन्दर चेहरे पर हँसी, न काली भँवरे-सी पुतलियों में चमक। उसका यह अस्वाभाविक गाम्भीर्य ही उसे आत्मीय स्वजनों की बिरादरी में अत्यन्त लोकप्रिय बनाता चला गया। 'आहा, बेचारी लड़की बिना माँ-बाप की है ना, इसी से गुमसुम बन गई है!' वर्षों के व्यवधान से भी उसके स्वभाव में तिलमात्र

परिवर्तन नहीं हो पाया था। 'सूँघा गया पुष्प देवता को नहीं चढ़ाया करते बेटी, पाप लगता है,' उसके पिता ने कभी कहा था। उसकी दृष्टि में तो पीताम्बर पांडे देवता से कुछ कम नहीं था, चाहे स्वयं वही देवता इधर हँस-हँसकर मस्तक झुकाए, उस पुष्पा को ग्रहण करने की स्वेच्छा से ही उसकी ओर बढ़ता चला जा रहा था; इधर ही इधर पीताम्बर की गतिविधि का परिवर्तन उसकी सूक्ष्म दृष्टि से बचा नहीं था। नित्य का झुका मस्तक वर्षा ऋतु में सहसा ऊपर उठ आए सर्पगन्धा के फन-सा ही उठकर तनने लगा था। आवश्यकता से कुछ अधिक गाँठें-बँधी उसकी शिखा में भी इधर आमूल परिवर्तन कर दिया गया था। गाँठें खोल-खाल, बदशिखा के अस्तित्व को यत्न से सुलझा अपने घने काले बालों में मिलाकर वह टेढ़ी माँग निकालने लगा था। कमीज़ के कॉलर, पैंट की क्रमशः तंग होती जा रही मोहरी और बन्द गले के कोट में रुचि और नवीनता की तुरपन झाँकने लगी थी। घर से निकलते समय पिता के भय से सिर पर धरी टोपी पगडंडी पर उतरते ही किसी रिफ्लैक्स एक्शन की तत्परता से स्वयं जेब में चली जाती। एक दिन तो उसने खूँटी पर ही टाँगकर छोड़ दी। पिता ने देखा और चौंतीस वर्ष के बेटे को चीरकर धर दिया था। ''अच्छा, अब तुझे भी टोपी बुरी लगने लगी है, क्यों? जहाँ पहाड़ी लड़के ने सिर की टोपी उतारी तो समझो, उसे पर लग गए हैं। बाप की बात याद रख ले छोकरे, सिर की टोपी उतारकर खूँटी पर टाँग तो समझ ले, अपने संस्कार भी वहीं टाँग दिए हैं।''

किन्तु जनशून्य पगडंडी में तो बूढ़ा बाप नहीं रहता, वहीं एक लाल बुरुँश फूलों का बड़ा-सा गुलदस्ता थमा दिया था उसने हेडमास्टरनी पुष्पा पन्त को। मुँह से बिना कुछ कहे, कृतज्ञ विनम्र दृष्टि के धन्यवाद से ही प्रेमी को कृतकृत्य कर वह स्कूल पहुँची तो उसके कपोल भी हाथ के रक्तिम पुष्पगुच्छे-से दहक रहे थे। यत्न से, त्रिधातु के बने तिब्बती कलश में गुलदस्ता सजाकर उसने एकसाथ तीन पीरियड की छुट्टी कर दी थी और आँखें बन्द कर कलश को सूँघती रही थी। जीवन की जिस शुष्क मरुभूमि में अपनी छात्राओं के ऊँट के काफिले की रस्सियाँ थामे वह अब तक अपनी कोमल एड़ियाँ तप्त बालू पर घसीटती चली जा रही थी, वहीं अब उसके इन नवीन प्रसंग के 'ओएसिस' का अस्तित्व उसकी क्लान्त पदचाप में नवीन शक्ति चालित करने लगा था। तिब्बती लबादे-सा ही आकारहीन कार्डिगन खिमुली को दान कर वह अब अपने लिए विलायती ऊन का चुस्त बाँहों का नया कार्डिगन बुनने लगी थी। यही

नहीं, स्कार्फ उतारकर वह इधर एक बेहद प्यारा काला पशमीना भी लपेटने लगी थी, जो उसके बदसूरत रजिस्टर सहित उसकी खुरदुरी खद्दर की साड़ी को यत्नपूर्वक ढाँपता, केवल उसकी रतनारी एड़ियों की झलक दिखाता, किसी रहस्यमय रंगमंच के-से रेशमी काले परदे की भाँति तनिक उठता-गिरता देखने वालों की दृष्टि साथ-साथ उठाता-गिराता चलने लगा था। पीताम्बर को तो अपनी प्रेमिका इस नवीन परिधान में लिपटी नैनीताल के भक्तिन स्कूल की आइरिश नन-सी ही लगती थी। इधर उसके ऊँची-ऊँची आदमकद तरंगें ले रहे नवीन प्रेम के ज्वार-भाटे ने उसका साहस स्वयं ही बढ़ा दिया था। अब वह घड़ी देखकर अपनी प्रियतमा की प्रतीक्षा में देवदार के एक विशिष्ट वृक्ष के नीचे दुस्साहस से खड़ा रहता। वह आती तो दोनों साथ-साथ चलने लगते; किन्तु उस विचित्र प्रेम का कैसा विचित्र आदान-प्रदान था, न प्रेमी बोलता न प्रेमिका, फिर भी दोनों की बिना कुछ कहे सबकुछ कह जानेवाली चुप्पी, कनखियों की मौन भाषा, उठी प्रत्यञ्चा-से भावों के मूक प्रश्न और उसी प्रेम के क्षेत्र में, जैसे इन युगल प्रेमियों के अपने निजी मौलिक प्रयोग थे। कभी प्रियतमा के मार्ग में अचानक आ टपका हिसालू का काँटा हाथ में उठाकर पीताम्बर धीमे स्वर में गुमानी कवि की कविता से गम्भीर प्रेमिका को अकारण ही गुदगुदा देता :

"अरे हिसालु
तू छै बड़ी रिसालू
जाँ जाँ जाँ छै
उधैणी खाँछै..."

अरे हिसालू—तू बड़ा क्रोधी है। जहाँ जाता हूँ, वहीं उधेड़ खाता है। सचमुच ही फिक से हँस देती पुष्पा पन्त और उसी हँसी के मूलधन को सूम के धन-सा सेंतता पीताम्बर स्कूल पहुँचता। कक्षा में पहुँचते ही उसे गणित का पीरियड लेना होता था। गत बारह वर्षों से जिस शुष्क प्रश्नावली ने उसके अन्तर की प्रश्नावली को भी सोखकर शुष्क कर दिया था, वही उसे फिर बींधने लगती।

'यदि छह स्त्रियाँ और तीन लड़के एक खेत के 7/12वें भाग को चार दिन में जोतते हैं तो बचे भाग को 4 स्त्रियाँ एवं एक लड़का कितने दिनों में जोतेंगे, यदि 4 स्त्रियों का काम = पाँच लड़कों के?"

पहले ऐसे ही रोचक प्रश्नों की चूरन-चटनी उसके उग्र पिता के कठोर

अनुशासन से हो गए उसके नित्य के अपच को मिनटों में उड़ा देती थी, पर अब ये ही नीरस प्रश्न उसे काट खाने को दौड़ते। जी में आता, कब छुट्टी का घण्टा बजे और कब वह जानबूझकर मंथर गति से चल रही अपनी बुद्धिमती प्रेमिका के कदमों से कदम मिलाता चलने लगे। पुष्पा ने अब कनखियों ही कनखियों में अपने विलक्षण प्रेमी के एक-एक गुण कंठस्थ कर लिए थे। सौजन्य की प्रतिमूर्ति उस सौम्यदर्शन व्यक्ति के स्निग्धायत नेत्र एक अपार्थिव तेज से दीप्त रहते। कैशोर्य में मिले जिस असह्य रूप से उद्धत दुश्चरित्र नीचाशय दैत्य को देखकर उसने समग्र पुरुष-जाति से लोहा लेने का संकल्प किया था, वह इस अभिजात उदारचेता मार्जित रुचि के सुपुरुष को देखते ही स्वयं चूर-चूर हो गया।

अभी भी दोनों साथ-साथ जाते, साथ-साथ लौटते, कभी-कभी आमने-सामने लगी पहाड़ी चट्टानों पर क्षण-भर बैठकर सुस्ताते। झबरा दाल-भात में मूसरचन्द बना आनन्द की गुलाठें खाता अकारण ही मिट्टी खोदने लगता और सद्यः खोदे गए गड्ढे में बैठकर कभी स्वामिनी को देखता, कभी अधूरे स्वामी को। एक दिन पीताम्बर ने बड़े साहस से पूछ दिया, ''कल मुझे साइंस का प्रैक्टिकल लेने बरेली जाना है, कुछ मँगाना तो नहीं है आपको?'' एक पल को चौंककर पुष्पा ठिठक गई थी। हाँ, मँगवाना तो था उसे, ''कहीं यदि विष्णु-सहस्रनाम मिल जाए तो ला देंगे क्या? अपने बाबूजी की पुरानी पुस्तक से मैं पाठ करती हूँ, पर अब एकदम ही फट गई है।''

''क्यों नहीं, क्यों नहीं!'' पीताम्बर महा उत्साह से अपनी लम्बी टाँगों को बढ़ाता एकदम ही उसके पास चला आया था, किन्तु स्वर के उत्साह की खनक उसके हृदय को नहीं खनका पाई। हाय, मँगवाया भी क्या—विष्णुसहस्रनाम! काश, वह किसी बहुमूल्य वस्तु की माँग करती तो कलेजा निकालकर दिखा देता पीताम्बर पांडे। फिर भी वह लौटा तो पगडंडी-सहचरी की शुष्क फरमाइश को बड़े यत्न से सँवारकर लाना नहीं भूला। पुस्तिका तो केवल सवा रुपये में मिल गई थी, किन्तु उसके लिए असली टूली रेशम का लाल गोटा लगा बस्ता आया पूरे दस रुपए में। बस्ता किसी दूसरे गाँव के दरजी से सिलवाकर उसने पिता के कस्तूरी-संग्रह से बड़ी-सी कस्तूरी-पुट्टिका से सुवासित किया और पुस्तक लपेट, पंखी ओढ़कर चल दिया। किन्तु बगल में दबी कस्तूरी भला किस चोर को नहीं पकड़ा देती! ''अरे पितुआ, यह तो मेरी कस्तूरी की-सी सुगन्ध लगे है रे!''

नथुना बन्द कर उसका बूढ़ा बाप सन्ध्या कर रहा था, उस सुगन्ध ने ही उनकी सन्ध्या भ्रष्ट कर दी थी।

''नहीं बाबू, यह पंखी तो आपके पिटार में बन्द थी। आज ठण्ड थी तो मैंने ओढ़ ली—इसी से खुशबू आ रही है।'' आज तक नागरिक मलिनता से अछूते पिता-पुत्र के बीच प्रेम जैसे मिथ्याभाषण का पहला बीज बिखेर गया था। ''जभी तो मैं कहूँ, आखिर असली कस्तूरी है ना!''

बूढ़ा फिर अपने अधूरे प्राणायाम में डूब गया था।

उस सुन्दर उपहार की अनूठी सज्जा देखकर पुष्पा का चेहरा खिल उठा, पर दृष्टि उठाते ही मुग्ध प्रणयी की प्रणयोन्मत्त आँखें उसे सिर से पैर तक कँपा गईं। ''कितनी सुन्दर सुगन्ध है, कितनी सुन्दर!'' वह पुस्तिका में चेहरा डुबोए स्वयं ही बोलती चली जा रही थी। ''तुमसे भी सुन्दर?'' कहते ही पीताम्बर को लगा, यदि जेब में छुरी होती तो वह तत्काल अपनी धृष्टा जिह्वा को जड़ से काटकर दूर फेंक देता। एक तो वह उसे 'आप' कहता था, 'तुम' कैसे कह गया मूर्ख! उस पर ऐसी निर्लज्ज स्तुति! निश्चय ही वह अब उसे एक झापड़ धर देगी। स्वस्थ कुमाऊँनी हथेली का एक स्वस्थ झापड़! किन्तु पुष्पा ने हँसकर हाथ की घड़ी देखी, ''आइए न, अभी समय है, थोड़ी देर बैठकर सुस्ता लें...आप तो बुरी तरह हाँफ रहे हैं। लगता है, बड़ी तेज़ी से भागते चले आ रहे हैं।'' बेचारी भोली पुष्पा! पुरुष क्या केवल देह-क्लान्ति से ही हाँफता है? दोनों अब तिमिल के एक घने छायादार वृक्ष के आमने-सामने पड़ी चट्टानों पर बैठ गए थे। इन चट्टानों की ऐसी सुविधाजनक स्थिति प्रकृति के औदार्य से नहीं, कभी स्वयं इन्हीं युगल प्रेमियों द्वारा ऊँची चढ़ाई से उन्हें लुढ़काकर बनाई गई थी। ''मैं तो आज जान-बूझकर ही बीस मिनट पहले चली आई थी, बहुत-सी कॉपियाँ देखनी थीं, पर आप कैसे जल्दी आ गए?'' पुस्तक गोद में धरकर वह अब बड़े इत्मीनान से बैठ गई थी।

''मैं कहूँ तो शायद आप विश्वास नहीं करेंगी; किन्तु उतनी दूर घर पर बैठे रहने पर भी मुझे ठीक समय पर स्वयं ही आभास हो जाता है कि आप चल पड़ी हैं।'' वह हँसा और उसके दो दाँतों के बीच की दरार देखकर पुष्पा पन्त का कलेजा सहसा धड़कने लगा :

''जिसके छीजे दाँत हों वह सासटोका होता है पुसिया', उसकी माँ कहती थी—'सास मर जाती है उसकी।' हाय, तब क्या इस दरार की सृष्टि विधाता ने उसके ही लिए की थी?

"सच कहता हूँ, आज भी घड़ी देखी तो पच्चीस मिनट बाकी थे, बार-बार यही लगता था कि आप घर से चल चुकी हैं।"

"ओह, तब तो यह विद्या आपसे सीखनी पड़ेगी पाण्डेजी!" पुष्पा फिर से हँस दी। इतने निकट से उसकी स्वस्थ दंत-पंक्ति की अनारदानी हँसी देखकर अब तक अचेत पड़ा पीताम्बर का पौरुष सहसा चौंककर जग गया। एक छलाँग लगाकर उसने विष्णुसहस्रनामसहित अपनी सुन्दरी प्रेमिका को बाँहों में भर लिया। "इस विद्या को सिखाने की तगड़ी फीस लूँगा मिस पन्त!" वह अब उसे पागलों की भाँति चूमता चला जा रहा था और प्रत्येक कस्तूरी सुगन्धमिश्रित चुम्बन उसे अमानवीय रूप से दुस्साहसी बनाता जा रहा था। आँखें बन्द किए उसकी चौड़ी छाती से लगी पुष्पा पन्त अपने विगत जीवन के कलुष-कलंक को भूल-बिसरकर रह गई थी। वर्षों पूर्व की परिचित पुरुषदेह-परिमल से अचानक उसके नथुने फड़कने लगे। "चलूँ, बड़ी देर हो गई है।" कहती वह अपनी देह को पीताम्बर की बाँहों से छुड़ाकर तेज़ी से बिना एक बार पीछे मुड़े तीर-सी निकल गई। विजय-गर्व से उल्लसित पीताम्बर बड़ी देर वहीं खड़ा-खड़ा मुस्कराता रहा। उस भागती हेडमास्टरनी को देखकर वह उसी क्षण अपने जीवन का सबसे महत्त्वपूर्ण निश्चय कर चुका था। यह तो ईश्वर की महती अनुकम्पा थी कि उस जनशून्य पगडंडी पर ग्राम के किसी भी मानव की पदचाप आज तक नहीं पड़ी थी। पुष्पा पन्त ने ही उस सुरंग-सी अंधी पगडंडी का आविष्कार किया था। पगडंडी क्या थी, अच्छी-खासी घातक तीखी चट्टान थी। कभी-कभी तो पहाड़ी बकरी की ही भाँति बड़ी सतर्कता से चारों हाथ-पैर टेककर तीखा उतार उतरना होता था। तालू के चिकने पत्तों पर ज़रा-सा भी पैर चूका तो हड्डी-पसली का चूरा नीचे बिखर सकता था। आज वही एकान्त पीताम्बर को अपने जीवन का सबसे मुखर एकान्त लगा। जैसे भी हो, साहस जुटाकर आज ही पिता के सम्मुख यह प्रसंग छेड़ना होगा। लाख भड़कें बाबूजी, पन्त-कुल की इस कुमाऊँ-कन्यारत्न को पुत्रवधू बनाने में उन्हें कोई आपत्ति नहीं होगी। अपने पिता को वह खूब पहचानता था। कुर्ता उठाकर उसने सूँघा—अभी भी रेशमी बस्तेसहित वक्ष से लगी प्रियतमा की कस्तूरी उसके रोम-रोम से महक रही थी। आज वह भले ही उसके बाहुबन्धन को व्यर्थ कर भाग जाए, एक दिन ऐसा आएगा, जब वह स्वयं ही उसमें सिमटकर खो जाने को खिंची चली आएगी। किन्तु नर के मन में जो था, नारायण को उस पर घोर आपत्ति थी। उसी दिन ज़िलाधीश के पत्र ने पुष्पा के प्रथम प्रेम

के उल्लास को उड़ाकर धर दिया था। वह उस दिन नित्य की पगडंडी छोड़कर एक दूसरे ही प्रशस्त मार्ग से घर लौट गई। कुर्ता सूँघता पीताम्बर बड़ी देर तक उसकी प्रतीक्षा करता रहा, फिर निराश होकर लौट आया।

दूसरे दिन भी पुष्पा अकेली ही स्कूल चली गई। दिन-भर के व्रत से उसका चेहरा ज़रा-सा निकल आया था, फिर भी वह दिन-भर काम में डूबी रही। प्रांगण में तिरंगा झंडा लहरा रहा था। देवदार की कलात्मक टहनियों से स्वागत-द्वार भी बन चुका था। पहाड़ी नीबू, गनेली बेल और स्वस्तिक से पूरा गया कुमाऊँ की अल्पना का अपूर्व चौक झकझक कर रहा था और सम्मानित अतिथियों के लिए अल्मोड़ा से विशेष रूप से मँगवाई गई बाल-सिगौड़ियाँ कलई के थाल में सजाकर, क्रोशिया से बने झालरदार मेज़पोश से ढँककर रख दी गई थीं। पुष्पा की दस मास्टरनियों ने पहाड़ी पीले प्रिमरोज़ की एक बड़ी-सी माला भी गूँथकर रख छोड़ी थी, "इसे तो आप ही पहनाइएगा दीदी!" उन्होंने उससे कहा तो वह एक प्रकार से चीख-सी पड़ी थी, "नहीं-नहीं, मैं उन्हें माला-वाला नहीं पहना सकती!"

एक क्षण को मास्टरनियाँ, स्तम्भित होकर उसे देखती रही थीं—जो शान्त, गम्भीर स्वामिनी न कभी चिड़चिड़ाती थी, न ज़ोर से बोलती थी, वही आज ऐसे चीखने कैसे लगी? पर दूसरे ही क्षण खिसियाकर पुष्पा ने अपनी स्वाभाविक स्निग्ध हँसी से उन्हें मना लिया, "क्षमा करना बहनो, मैं कल रात-भर नहीं सो पाई, इसी से आज दिमाग बार-बार गर्म होता जा रहा है।" देखते ही देखते फिर उसी समय कई जीप-गाड़ियाँ एकसाथ धड़धड़ाती आकर स्कूल के फाटक पर खड़ी हो गई थीं। ज़िलाधीश के साथ चल रहे व्यक्ति की ान्धमादन पर्वत-सी देह देखकर भी अनदेखी कर पुष्पा चटपट औपचारिक स्वागत निबटा, रंगमंच के पीछे छिप गई थी; किन्तु छिपने से पूर्व उसने कटार-सी तीखी सफेद टोपी की झलक देख ली थी। स्कूल की एक नन्ही छात्रा उसे माला पहनाने आई तो वह नतजानु होकर माला पहनने हाथ जोड़कर झुककर मुस्कराया। पुष्पा का सर्वांग घृणा से सिहर उठा था। उन रोयेंदार पंजों को, उन तीखी मूँछों को, खरगोश के-से दाँतों की उस बीभत्स हँसी को वह क्या प्राण रहते कभी भूल सकती थी? चेहरे की चमड़ी उधेड़कर भी वह व्यक्ति यदि उसके सम्मुख खड़ा होता, तो भी वह उसे पहचान सकती थी। कार्यक्रम आरम्भ किए जाने की घोषणा हो चुकी थी। परदा धीरे-धीरे उठ रहा था। वह गाने लगी तो उसकी आँखें स्वयं छलछला उठीं—उत्तेजना, क्षोभ और विवशता

का अंगराग चेहरे को तमतमाकर लाल बना गया था। शायद उसी ताम्रतेज ने दर्शकों की सैकड़ों जोड़ा आँखों को एकसाथ बाँध लिया। वह गा रही थी :

"शारदे...
वीणावादिनि..."

निर्दोष कण्ठस्वर की मिठास उस अकलंक चेहरे की मिठास से ताल बिठाती गूँजती जा रही थी। तालियों की गगनभेदी गड़गड़ाहट से चौंककर वह चेतना के सोपान पर पग धरती उतर गई। सामने बैठे पीताम्बर की मुग्ध दृष्टि ने उसकी आँखों को चुम्बक की भाँति खींच लिया। एकदम ही स्टेज से सटकर बैठा जो एक और व्यक्ति उसे क्षुधातुर दृष्टि से आँखों में पी रहा था, उसे वह नहीं देख पाई। कार्यक्रम समाप्त होते ही वह चुपचाप अपने ग्रीन रूम में लौट आई थी। कनपटी की नसें ऐसे फड़क रही थीं, जैसे सिर फाड़कर बाहर निकल आएँगी। कुर्सी पर बैठकर वह सुस्ता ही रही थी कि अचानक बिना किसी पूर्वसूचना के आँधी की भाँति वह दानव सहसा उसके सम्मुख खड़ा होकर मुस्कराने लगा था।

"अच्छा, तो यहाँ छिपी बैठी हैं आप!" सिर की टेढ़ी टोपी हाथ में लेकर वह विदेशी 'कर्टसी' की मुद्रा में दुहरा होकर बोला, "वाह-वाह मिस पन्त, किन शब्दों में प्रशंसा करूँ आपकी! आप शायद जानती ही होंगी, मैं वर्षों से बंगाल में रहता आया हूँ, इसी से वहीं के साहित्य को भी पढ़ा है मैंने। रवीन्द्रनाथ की एक कविता है मिस पन्त, आज आपको देखकर वही होंठों पर फिसली चली आ रही है :

बहु दिन धरे
बहु क्रोश दूरे—
बहु व्यय करि
बहु देश धुरे
देखिते गियेछी पर्वतमाला
देखिते गियेछी सिंधु
देखा हय नाईं चक्षु मेलिया
घर होते शुदू दू पा फेलिया
एकटी धानेर शीषेर ऊपर
एकटी शिशिर बिन्दु...

"अर्थ समझीं?" पुष्पा पत्थर बनी कुर्सी पर ही बैठी रह गई। घटना की

आकस्मिकता उसे सहसा अवश कर गई थी। चाहती भी तो शायद एक झटके के साथ उठकर भाग नहीं पाती।

उसकी इसी चुप्पी का अर्थ निकाल, कुत्सित हँसी के साथ भोलादत्त और निकट खिसक, कविता की व्याख्या करने लगा, ''बहुत दिनों तक मैं बहुत कोसों तक घूमा, बहुत धन व्यय कर मैंने अनेक देश-विदेश देखे, अनेक पर्वतमालाएँ देखीं और देखे अनेक समुद्र; किन्तु हाय, आँखें बन्द कर कभी अपने घर से ही दो कदम पर झूम रही एक धान की बाली पर चमकते ओस-बिन्दु के सौन्दर्य को मैं नहीं देख पाया!—पर जो कहें मिस पन्त, मुझे गर्व है कि इस शिशिर-बिन्दु के सौन्दर्य को मैंने ही सबसे पहले परखा था। क्यों, क्या कहती हैं?''

बिजली की तड़प से पुष्पा पन्त खड़ी हो गई। क्रोध से उसका शरीर थर-थर काँप उठा। घर की बल्ली से लटकी देवतुल्य सन्त पिता की निर्जीव देह, छाती पकड़कर बैठ गई माँ का करुण चेहरा, ज्वर से तप्त उसकी देह पर हाथ फेरती कुछ न कहे जाने पर भी सबकुछ समझ जानेवाली रोती अन्ध-बधिर नानी की सिसकियाँ—सब एक-साथ स्मृतियों के तीखे भालों से उसे कोंच उठे। वह एक क्षण को सबकुछ भूल गई। कुछ ही घंटों पूर्व तम्बू गाड़ने लाया गया बड़ा-सा घन वहीं पड़ा था। लपककर उसने उठाया और दोनों हाथों से पकड़कर दन्न से भोलादत्त के सिर पर दे मारा। ठीक जैसे चितई मन्दिर के पथरीले प्रांगण में जटाधारी नारियल फट्ट से फूटता है, ऐसे ही भोलादत्त का सिर फट्ट से दो समान फाँकों में फटकर रह गया।

मन्त्री महोदय की हृदय-विदारक चीख के साथ ही उत्तेजित भीड़ का टिड्डीदल उसी तम्बू की ओर उमड़ आया। फिर पुष्पा पन्त दोनों हाथों से रक्त-सने घन को छाती से चिपकाए मूर्च्छित होकर दम तोड़ रहे भोलादत्त के पार्श्व में ही लुढ़क पड़ी। जनता स्तब्ध थी, यह अनहोनी घटना कैसे घट गई! यह सात्विकी हेडमास्टरनी, जिसने कभी अपनी छात्रा को फूल की छड़ी से भी नहीं छुआ था, योगेश पन्त जैसे सन्त की दुहिता ऐसी जघन्य हत्या कैसे कर गई और क्यों...क्यों?

किन्तु ठीक जैसे वर्षों पूर्व अल्पभाषी योगेश पन्त स्वयं अपनी नालिश अपनी निष्प्राण देह में लिए घर की बल्ली से झूल गया था, ऐसे ही बिना कुछ कहे, बिना कैफियत दिए उसकी पुत्री भी स्वयं कटघरे में खड़ी हो गई।

कृतज्ञ ग्रामवासियों ने, उसकी छात्राओं के संरक्षकों ने उसके अपराध को

धो-पोंछकर बहा देने की प्राणपण चेष्टा की थी।

"मिस पन्त, क्यों किया आपने ऐसा...क्यों?" विनम्र छोकरा-सा ज़िलाधीश एक प्रकार से उसके पैर पकड़कर ही गिड़गिड़ाने लगा था, "आप शायद नहीं समझतीं, लोग आपकी इस रहस्यमयी चुप्पी के बहाने कितने ही निर्दोष लोगों को लपेट लेंगे। अभी-अभी खबर उड़ जाएगी कि यह राजनीतिक हत्या थी। किसी विरोधी दल के उत्कोच ने ही आपको इस हत्या के लिए प्रेरित किया होगा। ऐसा ही कहेंगे कहनेवाले। मेरी पोज़ीशन भी बड़ी औड हो जाएगी मिस पन्त...!" किन्तु पुष्पा एकदम गूँगी बन गई थी। हारकर कानून ने अपना कर्तव्य पूरा किया। सरकारी जीप में स्वयं ज़िलाधीश उसे अपने साथ ले गए। नित्य की ही खुरदुरी साड़ी पर वह अपना काला शॉल ओढ़े थी। रात-भर की उनींदी आँखों के नीचे स्याह गढ़े उभर आए थे, किन्तु चेहरा एक अपार्थिव तेज से जाज्वल्यमान था। पीछे-पीछे सिर झुकाए ज़िलाधीश थे, पटवारी, पुलिस और उनके पीछे अपार जन-समुदाय। कई सिसकियों के बीच से भी खिमुली का विलाप टिट्टिभ के करुण स्वर-सा आकाश चीरता चला आ रहा था :

"अरे अम्मा के भतारो, उसे क्यों लिये जा रहे हो! उसने हत्या नहीं की मुरदो! उसने तो कभी राह-चलती चींटी को भी नहीं कुचला! हाय, तेरे बिना मैं कैसे रहूँगी पुसी लली! देख अपने झबरे को, अभागे ने खाना सूँघा भी नहीं...हाय रे झबरिया, तू आज माँ के रहते भी बिना माँ का हो गया रे..." जीप के द्वार तक पहुँचकर पुष्पा विदा देने आई भीड़ की ओर मुड़ी। उस अपार उमड़ते जनसमूह को देखकर एक पल को उसका गला रुँध गया। दोनों हाथ जोड़कर वह खड़ी हुई तो लोगों ने देखा, उसके हाथ में लाल रेशमी वस्त्र में लिपटा एक नन्हा-सा बस्ता था। तब ही भीड़ को चीरती एक रोती-सिसकती छात्रा उसके गले में लाल-लाल बुरुँश फूलों की लम्बी माला डाल गई। साथ ही तालियों की गड़गड़ाहट से ग्राम का आकाश गूँज उठा।

भीड़ से बहुत दूर, एक पेड़ के नीचे अकेला खड़ा एक और व्यक्ति उसे आँखों ही आँखों में विदा दे रहा था। कैसी ही भीड़ क्यों न हो, पुष्पा की आँखें उसे जैसे ढूँढ़ लिया करती थीं, आज भी उन्होंने उसे उसी तत्परता से ढूँढ़ लिया। ज़िलाधीश से कुछ कहकर वह निःसंकोच भीड़ चीरती उसके पास जाकर खड़ी हो गई। "पीताम्बर..." वह फिर फुसफुसाकर कहने लगी, "जानते हो, मैंने हत्या क्यों की? आज से वर्षों पूर्व इस दानव ने मेरा सर्वस्व हरण

किया था। उसी लज्जा ने मेरे पिता के प्राण लिए, माँ को दिल का दौरा पड़ा और वह भी चली गई। आज इतने वर्षों में मैंने पुत्री होकर भी माता-पिता का तर्पण किया पीताम्बर!" वह हँसी और तेज़ी से डगें भरती जीप में चढ़ गई।

पीताम्बर पांडे को लगा, वह मानवी नहीं, बलवीर्य मदोद्धत असुर की छाती पर पैर धरे मुस्कराती साक्षात् अष्टभुजा है :

'देवी क्रुद्धा गदापातैश्चूर्णयामास चोद्धतम्।'

उसके कण्ठ में पड़ी लाल बुरुँश की माला उसे सहसा मुण्डमाला लगने लगी। जीप चली तो उसने अपने दोनों जुड़े हाथ माथे से लगाकर आँखें बन्द कर लीं।

जोकर

उस दिन, यदि अकस्मात् उस संगीतानुष्ठान में न जाती, तो आज शायद यह विचित्र कहानी लिखने के लिए लेखनी ऐसे न छटपटाती! चार बजे, अख़बार के दफ्तर से फोन आया था, आज सायंकाल सात बजे, रवीन्द्रालय में श्रीमती तिलोत्तमा देवी का गायन है, प्रबन्धक महोदय का आग्रह है कि 'आप ही उस अनुष्ठान की कवरिंग करें।' न जाने क्या सोचकर मैंने उनका अनुरोध स्वीकार कर लिया।

कभी इसी नाम की एक स्वामिनी के कण्ठ ने ही मुझे उसकी मैत्री की डोर में बाँधा था, पर आकाशवाणी कलकत्ता की इस बहुचर्चित कलाकार के विषय में तो सुना यही था कि आमन्त्रित किए जाने पर भी कहीं नहीं जातीं। आज अचानक कैसे आ गईं? उनके कण्ठ के माधुर्य के अतिरिक्त, उनके अद्वितीय सौन्दर्य की भी उतनी ही चर्चा हो रही थी। ठीक मेरे पीछे बैठे, एक संगीत-रसिक, अपने मित्र से कह रहे थे, "जैसा ही उग्रतेजी कण्ठ है, वैसा ही रूप है और वैसा ही स्वभाव। कहीं आती-जाती थोड़े ही हैं, वह तो अपने किसी काम से यहाँ आई थीं, जैसे ही हमें पता लगा हमने भी उन्हें ढूँढ़-ढाँढ़कर मना ही लिया, पर उनकी भी दो शर्तें हमें माननी पड़ीं—एक तो केवल दो राग गाएँगी, भजन या ठुमरी से समापन की कोई फरमाइश नहीं मानेंगी। दूसरी शर्त, समय पर ही अनुष्ठान आरम्भ किया जाए, श्रोता जुटें या न जुटें।"

दोनों शर्तें सुनकर, मैं मन-ही-मन आनन्दित ही हुई थी। नहीं तो, जब भी लखनऊ में ऐसी शास्त्रीय संगीत-सभा का आयोजन किया जाता है, तब श्रोताओं के अभाव में, अनुष्ठान कभी भी निर्धारित समय पर आरम्भ नहीं हो पाता, गानेवालों के नखरों से भी अधिक नखरे इस शहर में सुननेवालों के रहते हैं और फिर, जब विशिष्ट भीड़ जुटती है तब एक-एक कर, धीर मन्थर

गति से भीतर आनेवालों के चेहरे पर, बनावटी, गौरवपूर्ण उदात्त गर्व की ऐसी गहरी परत रहती है और हाल में समय पर आकर बैठ गए श्रोताओं की ओर ऐसी हेय दृष्टि से दृष्टिपात होता है, जैसे वे न आते तो उस गरिष्ठ संगीत-परिवेशना को सराहनेवाले होते ही कौन? बीच-बीच में, अनावश्यक 'वाह-वाह' कहकर झूमकर वे कभी स्वयं भी धृष्टता से गुनगुना, परिवेश का गाम्भीर्य ऐसे विनष्ट कर देते हैं कि जी में आता है कन्धा पकड़कर उन्हें बाहर धकेल दिया जाए! पार्श्व में बैठी, धड़ल्ले से अंग्रेज़ी फूँकती उनकी दम्भी पत्नियाँ, विदेशी सुगन्ध की लपटें छोड़तीं, बटुए से कागज निकालकर चिटों पर अपनी बचकानी फरमाइशें लिख-लिखकर बड़े अधिकार से स्टेज पर पहुँचाती हैं।

आज ऐसी बेतुकी फरमाइशों को प्रश्रय नहीं दिया जाएगा, सुनकर बड़ी प्रसन्नता ही हुई थी। कभी-कभी ये फरमाइशें, संगीत के जमे परिवेश को अपने भूकम्पी धक्के से हिला-हिलाकर नष्ट-भ्रष्ट कर देती हैं, ये शायद वे फरमाइश करनेवालियाँ नहीं समझतीं! 'चिन्मय लाहिड़ी की शिष्या है, अद्भुत अधिकार है कण्ठ पर, उस पर कण्ठ भी कैसा! देखना, माइक स्वयं दूर खिसका देगी।' वही संगीतप्रेमी श्रोता, अपने साथी से कह रहे थे कि सहसा पर्दा उठा। उधर उद्घोषक गायिका की सुदीर्घ प्रशस्ति करने लगा था। नटराज की मूर्ति के सम्मुख जलते, अगरबत्ती के गुच्छे की सुवासित धूम्ररेखा से क्षण-भर को धूमिल पड़ा चेहरा, तीव्र जगमगाते विद्युत्-प्रकाश में उज्ज्वल हो उठा। कैसा विचित्र था वह क्षण! कौन-सा राग प्रस्तुत करेंगी, तबले पर कौन संगत कर रहा है, हारमोनियम पर कौन है और सारंगी पर कौन। उद्घोषक का एक भी शब्द मेरे कानों में नहीं पड़ रहा था। मेरी श्रवण-शक्ति सहसा चुक गई थी। रवीन्द्रालय के भारी-भरकम पर्दों के साथ-साथ अतीत के सिंहद्वार पर वर्षों से लटका वह जराजीर्ण पर्दा भी अचानक ऐसे उठ जाएगा, मैं क्या जानती थी।

प्रौढ़, नत, गौरवर्णी वह अहम्-दीप्त चेहरा यद्यपि कुछ पृथुल अवश्य हो गया था, तथापि कन्धों की सतर उठान, तीखी नासिका पर जगमगाती हीरे की लौंग, कानों में, शत-सहस्र किरणें विकीर्ण करते हीरे के दक्षिणी कर्णफूल और फिर बायें कपोल का वह अपूर्व तिल, जिसे देखकर ही अगरतल्ला के राजा सतीशदेव वर्मन ने, अपनी इस नवजात पुत्री का नाम जातकर्म चुकने से पहले ही रख दिया था 'तिलोत्तमा'। उसकी मौसी कहती थीं, 'पाँचवें ही वर्ष से हमारी यह तिलोत्तमा, बुलबुल-सी चहकने लगी थी, इसी से हमने कहा—हम तो इसे इसी छोटे-से नाम से पुकारेंगे।' उन दिनों उसके पिता के राजप्रासाद

में प्रत्येक अष्टमी को सीधा लेने एक वैष्णवी आया करती थी। कपड़े में बँधी काँसे की थाली में भिक्षापात्र देहरी पर खिसका, वह काँख की खँजड़ी निकाल, नित्य एक ही गाना गाती थी–

'आमाय कोले कोर्रोनए
नाओ गोजननी'

(हे जननी, मुझे गोदी में उठाकर ले जाओ।)

उस एक ही पंक्ति को, कभी कीर्तन के अन्दाज़ में, कभी श्यामा संगीत की करुण लहरी में और कभी टप्पे की दुर्द्धर्ष कम्पन में बाँध, वह सुननेवालों को रुला-रुला देती थी, प्रौढ़ा हरिदासी। एक दिन वह सीधा-भरी थाली, अपने फटे अँगोछे में बाँध रही थी कि बालिका बुलबुल ने उसके उसी कीर्तन की पंक्ति को अविकल उसी अन्दाज़ में दुहराकर स्वयं उस अनुभवी गायिका को ही स्तब्ध कर दिया था।

'ओ माँ, इनी जे मा सरस्वती जन्म नियेछेन गो!'

(हाय माँ, यह तो स्वयं माँ सरस्वती ने जन्म लिया है जी) कहती हरिदासी, उसके नन्हे चरणयुगल पकड़ वहीं पर लोट गई थी। देखा जाए तो चिन्मय लाहिड़ी से भी बहुत पहले उसकी वास्तविक गुरु थी यही वैष्णवी हरिदासी। वैष्णवी थी, घर-घर गाकर भिक्षा माँगने की ही दीक्षा उसके गुरु ने दी थी, इसी से किसी गृहस्थ की देहरी लाँघकर भीतर जाने की बात भी वह नहीं सोच सकती थी। राजमहल के प्रशस्त लॉन में, छायादार नीमगाछ के तले ही पत्थर की बेंच पर हारमोनियम रखकर वह नन्ही तिलोत्तमा को गाना सिखाने लगी।

वह, राजा सतीशदेव वर्मन की ही इकलौती दुलारी राजकन्या नहीं थी, ननिहाल में भी तीनों मामा निःसन्तान थे, मौसी बाल-विधवा थीं–वह भी बंगाल के सुप्रसिद्ध जोतदारों के परिवार की बड़ी बहू थीं, इसी से तिलोत्तमा को रुई के फाए में धरकर पाला जाने लगा। लाड़-दुलार का यही गरिष्ठ ग्रास उसके आभिजात्य के नील रक्तवर्ण को और प्रगाढ़ बनाता चला गया। जो चाहती वह न मिलता, तो पैर पटक-पटककर, आसमान सिर पर उठा लेती, मनचाहा ओढ़ना-पहनना, मनचाही पढ़ाई अर्थात् कभी घर पढ़ाने आई मिशनरी मेम की अकारण ही छुट्टी, कभी असमय मेले जाने की जिद, कभी मौसी की ससुराल जाकर, कभी घर न लौटने की धमकी।

एक दिन लगातार, सात दिनों तक अपनी गुरुआनी की छुट्टी करने पर मेम भड़ककर राजा साहब को अपनी निर्भीक चेतावनी दे गई थी। "देखिए

राजा साहब, अनावश्यक लाड़-दुलार से, आप अपनी लड़की का भविष्य स्वयं नष्ट कर रहे हैं, मेरा तो कुछ नहीं बिगड़ता, मुझे तो न पढ़ाने पर भी पूरा वेतन मिल ही रहा है, पर आपकी बिगड़ैल पुत्री को क्या मेरी शिक्षा मिल पा रही है! मैं मानती हूँ उसमें विलक्षण प्रतिभा है, किन्तु आप जैसे सुशिक्षित पिता का कर्त्तव्य है कि आप उस प्रतिभा का सदुपयोग करें, दुरुपयोग नहीं। अपने जल्से-उत्सवों में, अपने अंग्रेज़ हाकिमों के सम्मुख इसे बुलाकर आप जो इसकी मिमिकरी से उनका मनोरंजन करते हैं, उसमें क्या इसका हित होगा? मेरी राय मानें तो आप इसे किसी अच्छे बोर्डिंग स्कूल में भेज दें–"आई वुड सजेस्ट टैगोर्स स्कूल..."

उस हितैषी प्रस्ताव को राजा देववर्मन भूले नहीं थे–और अपने चौदहवें वर्ष की समाप्ति पर राज-राजेश्वर–श्रीमान् सतीशदेव वर्मन की राजकन्या पहली बार आश्रम में आई। साथ में थीं तीन दासियाँ, खाने-पीने की विभिन्न सामग्रियों से भरी बेंत की बड़ी-बड़ी टोकरियाँ, नये खजूरी गुड़ के सन्देश, बमगोले से विराट राजभोग, सूखी तली बाग्दी–चिंग्ड़ी मछलियों की माला जो दूर से देखने पर एकदम पहाड़ी चम्पाकली की दुलड़ी माला-सी दिखती थी, तीन बड़े-बड़े बक्स भरे पट्टाम्बर परिधान।

आश्रम के नियमानुसार तिलोत्तमा की पूरी राजसी फौज तत्काल वापस भेज दी गई थी, केवल उसकी मौसी को, सात दिन तक आश्रम में ताताभवन में रहने की अनुमति दी गई थी। उनकी बुलबुल के आश्रम-जीवन के तनिक अभ्यस्त होते ही, वह वापस लौट जाएँगी, ऐसा आश्वासन उन्होंने दिया था। उन्हीं सात दिनों में उस स्नेही महिला ने ताताभवन की अतिथिशाला के उस छोटे-से कमरे में हमारे लिए स्वर्ग से नन्दनकानन उतारकर रख दिया था। विधवा थीं इसी से सफेद गरद पहनती थीं, बाल छोटे-छोटे कटे थे, कण्ठ में रहती तुलसी की माला और अधरों पर स्निग्ध मधुर स्मित। वैधव्य का ऐसा पावन, तेजोमय, दीप्त रूप फिर मैंने आज तक कहीं नहीं देखा। पाँच वर्ष में विवाह हुआ और आठवें वर्ष विधवा हो गईं–तिलोत्तमा को जन्म दिया था छोटी बहन ने किन्तु वास्तविक माँ थीं उसकी यही बड़ी बहन।

"बुलबुल से नकल सुनना तुम लोग–अद्भुत नकल करती है। पिछली बार लाट साहब इसके बाप की दावत में पीकर थोड़ा बहक गए थे–दूसरे दिन, उन्हीं के सामने, उनकी ऐसी नकल उतार दी इस मुँहजली ने कि साहब हँसते-हँसते लोट गए। मेम साहब तो सिर हो गईं कि इसे गोद लेंगी। फिर

बड़ी मुश्किल से इसके बाप ने समझाया—'अन्नदाता, न जाने कितने पत्थर पूजकर इसकी माँ ने अपनी गोद भरी है, अब मैं किस साहस से उसकी गोद सूनी कर दूँ। भगवान ने तो आपको तीन-तीन सुन्दरी पुत्रियाँ दी हैं।'

" बोलीं—'सौन्दर्य ही तो दिया है राजा साहब, ऐसी प्रतिभा तो नहीं दी। मैं विलायत ले जाकर आपके इस अनकट डायमण्ड को ऐसे तराश दूँगी, कि इसकी चमक आप ही को चौंधिया देगी। बुलबुल, अपनी इन नई सहेलियों को, कमला झरिया की नकल ज़रूर सुनाना और किसी दिन 'रवि ठाकुर के शोनास माँ' (रवीन्द्रनाथ ठाकुर को सुनाना बेटी)।"

सचमुच ही देवदत्त प्रतिभा थी लड़की में—आँखें बन्द कर सुनो तो लगता था, कमला झरिया सामने बैठी गा रही हैं राग धानी—

देखी ऐसी कामिनियाँ
जादू भरी चितवन मन बस कर गई—

फिर अंगूरबाला इन्दुबाला और फिर उस विलक्षण कण्ठ की बाजीगरी, उन दिनों के अत्यन्त लोकप्रिय रिकार्ड को बिना बाजे के बजाकर हमें चौंका देती—

'ओरे नील जमुनार जल बोल रे
आमाय बोल कोथाय घनश्याम?'

फिर आश्रम में आने के महीने-भर बाद ही अनाम प्रेमपत्रों की अस्वाभाविक वृष्टि ने उसे व्याकुल कर दिया था—

"छि-छि, न जाने क्या-क्या लिख देते हैं, उर्वशी, मेनका! मैंने मौसी को लिख दिया है, मैं नहीं रहूँगी यहाँ..." पर प्रेमपत्र भला किस किशोरी को उल्लसित नहीं करते? मुँह से लाख बड़बड़ाए, हृदय का उल्लास उसके चेहरे को उद्‌भासित कर ही देता था, फिर आश्रम का मोहजाल काटना क्या इतना सहज था? वर्षों से केवल लाड़-दुलार का गरिष्ठ कुपथ्य खाते-खाते, आश्रम-जीवन का पथ्य ही उसे अब अधिक रुचने लगा था—न कमर तक झूल रही सघन केश-राशि की जड़ों में तेल मलने को चार-चार दासियाँ थीं, न हर पदक्षेप के साथ, पीछे-पीछे 'दुर्गा-दुर्गा' कहनेवाली लाड़-दुलार-भरी मौसी की छाया ही थी। मिमिकरी को आश्रम में प्रश्रय नहीं दिया जाता था, इसी से इधर-उधर—निरुद्देश्य बहती, उसकी निरंकुश कण्ठ-धारा को रवीन्द्र संगीत के कठोर अनुशासन में बाँध दिया गया। जब कोई भी महत्त्वपूर्ण अतिथि आता, तब तिलोत्तमा की ही हाँक पड़ती, उसके रहते 'वाल्मीकि प्रतिभा' में भला कौन सरस्वती बन सकता था और 'चित्रांगदा' में सुन्दरी चित्रांगदा!

'आमी चित्रांगदा, राजेन्द्र नन्दिनी' गाती वह रंगमंच पर आती, तो साँसें रुक जातीं।

एक बार, उसी के आग्रह पर, आश्रम के हम कुछ छात्र-छात्राएँ, उसके पितृ-गृह में अतिथि बनकर भी उतरे थे। अनेक बड़ी-बड़ी रियासतों का वैभव भी मैंने देखा है, उनके राजसी अटालों के देव-दुर्लभ व्यंजनों की ऐसी सुगन्ध भी सूँघी है, जो क्षुधा को केवल घ्राण-सुख से ही बुझा देती थी, किन्तु ऐसी सुरुचि, ऐसा आतिथ्य न कभी देखा, न शायद कभी देखूँगी। हाथीदाँत की मेज़, सोने-चाँदी के कटकी गंगा-जमनी काम के सुदर्शन पात्र, दीवारों से नाक लगाकर सूँघने पर कस्तूरी की अद्‌भुत मदिर सुगन्ध, तब क्या चूने-गारे पलस्तर में कस्तूरी घोल दी गई थी? पहाड़ में तो एक नौलखी पाण्डे महल की प्रशस्ति सुनी थी, जहाँ चूने-गारे में उड़द की पिसी दाल का पलस्तर मिश्रित किया गया था। सबसे दर्शनीय छटा थी उन अद्‌भुत झाड़-फानूसों की, असली झाड़-फानूसी टनक-टनक की मधुर झंकार, जिसे सुनकर वाजिद अली शाह के, कलकत्ता मिटिया बुर्ज के झाड़-फानूसों को तोड़ने की बात एकदम समझ में आ गई थी।

सुना था, एक बार बन्दी बने वाजिदअली शाह, जब अकेले कमरे में भयावह एकान्त में टहलते, साथ लाए झाड़-फानूसों की हवा से झूम रही काँच की खुनखुन से मुग्ध हो गए थे और सोचने लगे थे जब इनकी टकराहट में ऐसी अद्‌भुत संगीत-सृष्टि हो रही है तब टूटकर कैसी अद्‌भुत व्यंजना होगी—फिर, वही मीठी झनक सुनने उस संगीत-प्रेमी सनकी ने एक-एक कर सारे बहुमूल्य झाड़-फानूस तोड़कर धरा पर बि़खेर दिए थे। कमरे की सज्जा से मेल खाती सज्जा थी खाने की मेज़ की। रात-भर सिरके में भीगी, ओस में लटकी रोहू मछली का झोल, बंगाल का सुप्रसिद्ध आतपचाल का भात, 'पातेर दई' का सौंधा-सौंधा महकता मृत्तिका पात्र, दही का नाम नहीं, केवल मलाई, उस पर, उस मलाई से भी स्निग्ध, बुलबुल के स्नेही माता-पिता। रवि वर्मा का बनाया, उसके पितामह का विशाल तैलचित्र, लगता था उनकी सुचिक्कन घनी मूँछों पर अभी-अभी मोम मला गया है।

वही बुलबुल जब गर्मी की छुट्टियों के बाद नहीं लौटी और उसकी मौसी ही पहले की फौज के साथ आकर उसका सारा सामान ले गई तब हमारे कलेजे पर सैकड़ों साँप लोट गए। ''क्यों नहीं आएगी बुलबुल, उसने तो हमसे कुछ भी नहीं कहा?''

"कहती कैसे," मौसी ने हँसकर कहा—"बात तो अभी लगी बेटी, अब तुम लोग 'दुग्गा-दुग्गा' कह यही मनाओ कि हमारी बुलबुल खूब सुखी रहे। बंगाल के सबसे समृद्ध जोतदारों ने स्वयं घुटने टेककर उसका रिश्ता माँगा है। इसी वैशाख में विवाह होगा। लड़का विलायत से बैरिस्टरी पास कर अभी आया है—बीसियों लड़कियाँ नापसन्द कर चुका था, कहता था सौन्दर्य और प्रतिभा दोनों ही चाहिए उसे—बड़ी नकचढ़ी ससुराल है बुलबुल की। तीन बेटों में यह सबसे छोटा है। पहली दोनों बहुएँ साँवली आईं, दुर्भाग्य से बेटे भी साँवले थे, इसी से सन्तान भी जन्मी काली भुजंग। अब के समधी महाशय ने इसी से, ठोंक-पीटकर हमारी बुलबुल को छाँटा है। कहते हैं कुल का रूप सँवरेगा।"

"पर आप तो यह कह रही हैं, बेटे साँवले हैं—कहीं इस बार भी कुल, बाप पर पड़ा तब?"

"ओ माँ, कथा सुनो मेयेर। (बात सुनो लड़की की) किसने कहा यह बेटा साँवला है रे! *ऐके बारे निमाई गौरचन्द्र...*" (एकदम निमाई गौरचन्द्र है)

तीसरे वर्ष आश्रम से परीक्षा देने जब विद्यासागर कॉलेज गई, तब ढूँढ़-ढाँढ़कर बुलबुल की ससुराल खोज ही ली। कलकत्ते और बेलूर के बीच, उसकी ससुराल की जंगी कोठी थी। टेलीफोन पाते ही वह महा उल्लास से मुझे अपनी बड़ी-सी ब्यूक गाड़ी में साथ ले गई थी। उसकी ससुराल का ज़मींदारी प्रासाद उसके मायके के रंगमहल से एकदम भिन्न था। बनावट में, सज्जा में भी, कहीं अगरतल्ला के उस प्रासाद से इसका कोई साम्य नहीं था। बाहर फौवारे में लगी वीनस की मूर्ति से लेकर दीवानखाने की सज्जा तक में पाश्चात्य संस्कृति की सुस्पष्ट छाप थी। शिपनडेल का फर्नीचर, विदेशी लेस के पर्दे, खाने की मेज़ पर लगे छुरी-काँटे, उसके सुदर्शन पति की साहबी वेशभूषा—सबकुछ उसके मायके के परिवेश से भिन्न था। उसका नम्र मिष्टभाषी पति, शायद जान-बूझकर हम दोनों को अकेली छोड़कर मुँह में पाइप लगाकर मोटी-सी पुस्तक खोल, हमारी ओर पीठ फेर, अपनी स्टडी में बैठ गया था। कितनी बातें थीं हमारी और मुझे ठीक पाँच बजे अपने जिन अनुशासनप्रिय गुरुवर के साथ आश्रम लौटना था, वह पल-भर घड़ी का काँटा इधर-उधर होने पर, मुझे गोली से उड़ा सकते थे।

"अपनी सखी से कहना, तुम्हें ठीक पाँच बजे जोड़ासाँको पहुँचा दे, मैं तुम्हें वहीं से ले लूँगा।"

"तू कुछ मोटी हो गई है ना, बुलबुल!" मैंने कहा।

"क्या करूँ, खोका के होने के बाद सास ने इतना खिला दिया—आजकल जगन्नाथपुरी गई हैं, नहीं तो देखती, हर आध घंटे में दूध का अधसेरी गिलास लेकर सिर पर खड़ी हो जातीं—"

"खोका? कब हुआ—तूने कभी लिखा भी नहीं!"

"लिखती क्या!" उसकी आँखें डबडबा आईं। बीच के पर्दे से, पति की चौड़ी पीठ को एक बार सहमी दृष्टि से देखकर उसने फुसफुसाकर कहा, "उसके जन्म के बाद ही तो ऐसे हो गए हैं—एकदम गुमसुम। नहीं तो तू इतनी दूर से मुझसे मिलने आती, और यह ऐसे बैठे रहते! अब तक न जाने कितने संगीत के जलसों का आयोजन कर डालते और तुझे रोक लेते—फिर पिगस्टिकिंग, शिकार का हाँका, न जाने कहाँ-कहाँ घुमा लाते हमें। खोका के जन्म ने एकदम हरा दिया है इन्हें।"

"पुत्र के जन्म से कौन पिता हारता है री!"

"विकलांग पुत्र के जन्म की व्यथा को कौन समझ सकता है बहन! फिर, इनको यही लगता है कि दोषी ये ही हैं। तू तो जानती ही है, अनेक लड़कियों को नापसन्द कर, इन्होंने मुझे पसन्द किया था। कहते थे, जीवन में कभी दूसरे दर्जे की वस्तु का चयन नहीं किया है मैंने। पहले दर्जे की यात्रा, पहले दर्जे की शिक्षा, पहले दर्जे का वधूवरण, पर पिता बना तो मेरा यही उदात्त गौरवपूर्ण अहं मुझे हरा गया। शादी के बाद ही, सास-ससुर के लाड़-दुलार में, मैं कुछ मोटी होने लगी थी। जोर-ज़बरदस्ती कर इन्होंने विदेश से कौर्सेट मँगवाकर, उनके अनुशासन में मुझे जकड़ दिया। कभी-कभी मैं साँस भी नहीं ले पाती, पर मजाल थी कि साहस कर बन्धन ढीला कर दूँ। कहते थे, अपने सोने की प्रतिमा की साँचे में ढली देह की एक रेखा भी विकृत नहीं होने दूँगा। प्रतिमा की रेखा तो विकृत नहीं हुई किन्तु कब और कैसे प्रतिमा के गर्भस्थ निर्दोष नन्हीं प्रतिमा की देहयष्टि टेढ़ी-मेढ़ी सूखी डण्डी बनकर सिकुड़ गई, हम जान भी नहीं पाए। मैं मूर्ख यह भी नहीं समझ पाई कि मैं माँ बननेवाली हूँ...

" तीसरे महीने जब रोहू मछली की वह प्राणप्रिय सुगन्ध, जिसके लिए कभी जान देती थी, संसार की तीव्रतम दुर्गन्ध लगने लगी, तभी सास ने पकड़ लिया। उसी दिन इन्होंने घबराकर, मुझे कौर्सेट के बन्धन से मुक्त कर दिया, पर तब तक मेरी सोने की लंका जलकर राख हो गई थी। कलकत्ते के सबसे बड़े अस्पताल में, खोका का जन्म हुआ, कुल के मलिन वर्ण के कलंक को तो

बेचारे ने मिटा दिया, एकदम गोरा झकाझक रंग था, पर हाथ और पैर थे अस्वाभाविक रूप से छोटे—लगता था, कुहनी से ही हथेलियों को जोड़ दिया गया है और घुटनों से पैरों के पंजे—चेहरा था देवदूत-सा किन्तु हँसी थी विकट रूप से विकृत...''

''हे भगवान, सदंती हुआ है रे,'' मेरी सास ज़ोर-ज़ोर से रोने लगी थी—'की होबे-की होबे! (क्या होगा—अब क्या होगा) चार-चार दाँत लेकर आया है पेट से—यह कैसा दानव जन्मा है डाक्टरनीजी—यह तो हमारे कुल को ले डूबेगा—गर्भ के दाँत तो कुलघाती होते हैं...''

डाक्टरनी ने, एक प्रकार से कन्धे पकड़कर मेरी सास को बाहर धकेल दिया था—''बहू के सामने आप यह सब क्या बक रही हैं, दाँत हैं तो क्या हो गया। ऐसे दाँत थोड़े दिनों में स्वयं ही गिर जाएँगे...''

''दाँत तो गिर जाएँगे, पर ये हाथ-पैर? ये भी क्या गिरकर, लम्बे-लम्बे स्वाभाविक हाथ-पैर उग पाएँगे? और फिर इसका पिता, जिसने अपने जीवन में कभी किसी विकलांग विकृत कृति से समझौता नहीं किया, वह क्या इसे स्वीकार कर पाएगा? मैं मन-ही-मन यह सब सोचती स्वयं निष्प्राण होती चली गई थी। पूरे दो वर्ष का हो गया है, पर अभागे को कभी बाप ने गोदी में लेकर नहीं दुलराया। तीसरी मंजिल में सबसे एकान्त कमरे में बेचारा बन्द रहता है—मेम नर्स है, कोई भी ऐसा खिलौना नहीं है जो उसके लिए नहीं मँगवाया गया हो, मेरी ननिहाल से, उसकी ननिहाल से—न जाने कितने उपहारों का स्तूपाकार गट्ठर—वैसा ही कोने में धरा है—कैसे-कैसे रेशमी लबादे हैं, साटनी चोगे, पर पहनेगा कौन?''

''क्यों, क्या चल नहीं पाता?''

''क्यों नहीं चलता—सारे कमरे में दौड़ता-भागता फिरता है—ऐसी प्यारी-प्यारी बातें करता है—पर ओफ, कैसे बताऊँ तुझे, जब दोनों बाँहें फैलाकर मेरी ओर भागता है, तब मैं जैसे पत्थर हो जाती हूँ—कैसी विचित्र बनावट है उसकी! बड़ा-सा गोल चेहरा, और उसके अनुपात में एकदम बौने-से हाथ-पैर। जब अँधेरा हो जाता है, तभी उसकी नैनी, बन्द कार में उसे लेकर घूमने निकलती है, जिससे उसे कोई देख न ले।''

''इसमें इतना निराश होने की क्या बात है बुलबुल?'' मैंने कहा—''तू, अभी अठारह वर्ष की ही तो होगी—पूरा जीवन पड़ा है—ईश्वर करे अगली बार आऊँ तो तेरी गोद में...''

''नहीं-नहीं' उसने हड़बड़ाकर मुझे बीच ही में ऐसे टोक दिया जैसे मेरी कामना तत्क्षण फलीभूत होने जा रही हो।

''यह इसके जन्म के बाद ही मुझसे बहुत दूर चले गए हैं। जब अलग कमरे में सोने लगे, तब मैं बहुत रोई-गिड़गिड़ाई–यह कैसा दण्ड दे रहे हो मुझे! पुत्र के कमरे में भी नहीं सो सकती और पति के कमरे में भी नहीं?

'' मेरा चेहरा अपने सुकोमल हाथों में लेकर एकदम शान्त स्वर में इन्होंने मुझसे कहा–बुलबुल, अलग कमरे में नहीं सोया तो तुमसे नहीं बच पाऊँगा–हाड़-मांस का बना हूँ तिलोत्तमा, पत्थर का नहीं–एक बार ठगा गया हूँ, अविवेक के किस क्षण में पता नहीं, फिर कब ठगा जाऊँ अब, अनर्थ नहीं होने दूँगा...''

''एक बार, उसे, मुझे दिखाएगी नहीं बुलबुल?'' मैंने कहा।

''नहीं–उनके सामने भूलकर भी कहीं यह प्रस्ताव न दुहरा बैठना–वह नहीं चाहते कि कोई हमारे इस विकलांग पुत्र को देखे...''

''क्या नाम रखा है?''

''अभिमन्यु...''

नियति के चक्रव्यूह में बन्दी उस अभिमन्यु का इससे अच्छा नाम और हो भी क्या सकता था! आज, इतने वर्षों बाद, वही तिलोत्तमा, आँखें मूँदे संगीत के किस दिव्य लोक में खो गई थी। शुद्ध नट और कौसी कान्हड़ा के बाद, वह हाल में गूँज रही तालियों के बीच, हाथ जोड़कर पल-भर को खड़ी हुई, फिर चली गई–भीड़ को चीरकर मैंने उसे सीढ़ियों पर ही जकड़ लिया था–उसी दिन मैं लगभग आधी रात को उसे सामान सहित अपने यहाँ ले आई थी।

''मैंने कभी सोचा भी नहीं था कि इस अजनबी शहर में भी कोई परिचित चेहरा मिल जाएगा। और फिर मुझे जैसे एकान्त की कामना थी वैसा ही एकान्त।''

''बुलबुल,'' मैंने बड़े साहस से आधी रात का गाम्भीर्य चीरकर पूछा–''प्रशान्त क्या अब भी अपना कठिन प्रण निभा रहे हैं?''

''नहीं,'' उसका स्वर जैसे कुछ घंटे पूर्व गाए गए कौसी कान्हड़ा के दुर्बल ऋषभ पंचम पर उतर आया था–''दो वर्ष पहले प्रशान्त को स्ट्रोक हुआ, वाणी भी चली गई, दाहिना अंग भी अवश हो गया–मैं उसी दिन ज़बर्दस्ती अपने कमरे में उठा लाई पर प्रणयी पति का कंकाल ही ला पाई हूँ, बहन, मेरा

प्रणय-निवेदन, उनको पाकर आज भी उतना ही व्यर्थ है...''

''और अभिमन्यु?''

''उसे ही ढूँढ़ने तो आज ऐसे भटक रही हूँ। चार-पाँच वर्षों तक तो उसे जैसे-तैसे कमरे की परिधि में बाँध लिया, पर फिर उसे बाँधना असम्भव हो उठा–शरीर का कद नहीं बढ़ा किन्तु उसके दिमाग का कद हर पल, भयावह रूप से बढ़ता चला गया–बारह ही वर्ष में कण्ठ-स्वर भारी हो गया, मूँछों की क्षीण रेखा ने चेहरे को और हास्यास्पद बना दिया। बन्द कमरे से आती उसकी हृदयद्रावक चीख कभी हमारा कलेजा हिम कर देती। चीखता तो लोग कहते, चौधरियों का उन्मादग्रस्त बेटा चीख रहा है–ज़ंजीरों से बाँधकर रखते हैं अभागे को, न इलाज कराते हैं न बाहर ही निकलने देते हैं–एक दिन, प्रशान्त ने सुन लिया, कैसी-कैसी बातें गढ़ने लगे थे लोग–ज़ंजीरों से कब उसे बाँधा था हमने? फिर, बड़ी चालाकी से, प्रशान्त ने मुझे मायके भेज दिया, जब लौटी, तब सुना पिता-पुत्र घूमने पुरी गए हैं–बहुत दिनों बाद पिता तो लौट आया, किन्तु पुत्र फिर कभी नहीं लौटा। मैंने क्या-क्या नहीं किया, धरती पर सिर पटका, रोई-चीखी, प्राण लेने की दुर्बल चेष्टा भी की–सास, ससुर, पति, गुमाश्ते सब चुप थे–'बोलो, कहाँ रख आए हो उसे? उसी पागलखाने में या शिकार के बहाने उसे भी अपनी बन्दूक की क्रूर गोली का निशाना बना खत्म कर आए हो? तुम्हारा चौधरी जोतदारों का, कलुषित रक्त सबकुछ करने में समर्थ है', पर कोई नहीं बोला–बिना बोले ही पहले ससुर गए, फिर जब सास भी जाने लगीं तब तुलसी दलसिक्त गंगाजल मैं ही डाल रही थी–'माँ,' मैंने कहा–'तुमी एखोन मिथ्या बोलते पारबेना, कोथाय फेले ऐशेछे आमार खोका के?' (माँ, तुम अब झूठ नहीं बोल पाओगी–बताओ यह कहाँ बहा आए हैं मेरे बेटे को?)

'' रुक-रुककर, उन्होंने क्षीण स्वर में कहा था, 'सुना है किसी सर्कस कम्पनी में उसे भर्ती करा आया है।'

'' माँ की मृत्यु का अशौच भी दूर नहीं हुआ था कि मैंने प्रशान्त की धज्जियाँ उड़ा दीं, 'कसाई, डाकू, चोर–किस सर्कस कम्पनी में बेच आए हो मेरे बेटे को?' उन्होंने कुछ भी नहीं कहा, केवल शान्त-निरुद्वेग दृष्टि से मुझे देखते रहे, फिर वर्षों बाद, मेरा चेहरा एक बार वैसे ही हाथों में थाम बोले, 'बुलबुल, जहाँ है, वह सुख से है–उस जैसे वहाँ और भी अभागे हैं, उन्हीं के साथ अपना दुःख वह अब तक भूल भी चुका होगा...'

'' 'मतलब...'

" 'बहुत अच्छा मालिक था, कहने लगा–चिन्ता मत करो साहब, भगवान ने इसे जोकर बनाकर, लोगों को हँसाने ही इस संसार में भेजा है...' माँ-बाप को जीवन-भर रुला-रुलाकर, समग्र संसार को हँसाएगा मेरा बेटा! इससे बड़ी विडम्बना और क्या हो सकती थी! मैं क्रोध, झुँझलाहट और विवशता से पागल-सी हो गई, और तभी प्रशान्त ने अँगुली पकड़कर मुझे संगीत के दिव्य लोक में पहुँचा दिया।

" ख्याति मिली, यश मिला। वैभव की कामना नहीं थी, फिर भी लक्ष्मी ज़िद कर मेरी कीर्ति को रससिक्त करने लगी। सबकुछ मिला, पर बेटा नहीं मिला। इसी से जहाँ सुनती हूँ कि सर्कस कम्पनी आई है, वहीं भागती हूँ उसे ढूँढ़ने। सुना यहाँ भी आजकल एक सुप्रसिद्ध सर्कस का तम्बू लगा है। तू कल मुझे ले चलना। कल ही लौटना होगा, प्रशान्त को छोड़ नहीं सकती।"

रात बारह बजे वह भी चौक के विक्टोरिया पार्क में! दो दिन पहले कर्फ्यू उठा है–उस पर न मेरे पास गाड़ी थी, न अन्य साधन। मैं यही सब सोच में डूबी सो भी नहीं पाई, पर फिर कहीं से गाड़ी का प्रबन्ध कर उसे ले गई। कोई देखेगा तो क्या कहेगा। कल जो शत-शत संगीत-रसिक सुजनों के प्राणों को अपने कण्ठामृत से सींच रही थी, वह सर्कस के इस खेमे में।

सहसा तीन-तीन तिलंगे जोकरों की जोड़ी देखते ही मेरे पार्श्व में बैठी तिलोत्तमा काठ हो गई। कैसा चेहरा हो गया था उसका। तीनों जोकर अपने सस्ते मज़ाकों से दर्शकों को गुदगुदा रहे थे। कभी पिलगट से फटककर किसी सर्कस-सुन्दरी के कन्धे पर चढ़ जाते, कभी बुलडोजर के नीचे लेट भीमकाय पहलवान की छाती पर चढ़कर कमर मटकाने लगते। कभी साथी की ढीली पैण्ट से उभरे नन्हे नितम्बों पर चाबुक बरसाकर स्वयं पुक्का फाड़कर रोने लगते। दर्शकों में हँसी की फुलझड़ियाँ छूट रही थीं। नहीं हँस रही थी केवल एक तिलोत्तमा। अचानक वह फुसफुसाई, "वही है, एकदम वही, वो बीच वाला! मैंने पहचान लिया।"

"कैसे?" मैंने पूछा।

"माँ अपने बेटे को कैसे पहचानती है, इतना भी नहीं जानती?"

और जब खेल खत्म हुआ वह मुझे हाथ पकड़कर बाहर खींचती, सीधे मैनेजर के तम्बू में पहुँच गई थी।

"यस मैडम?" तिलोत्तमा के जगमगाते हीरों और पीढ़ियों के आभिजात्य की वन्दना में वह आबनूसी चेहरेवाला मैनेजर नम्रता से दुहरा गया था।

''सुनिए, अपने तीनों जोकरों को एक बार बुला सकेंगे आप?''

''श्योर, लगता है मैडम को हमारे जोकरों का तमाशा पसन्द आ गया है, ये तीनों हमारे सर्कस के रत्न हैं मैडम। आप ऐसे विलक्षण जोकर और कहीं नहीं पाएँगी...'' घंटी बजाकर उन्होंने तीनों को बुलाकर हमारे सामने खड़ा कर दिया। दूर से जो चेहरे हँसी से उद्भासित होकर इतने सुन्दर लग रहे थे, निकट आने पर रंग की बुँदकियों से भरे वे निष्प्राण चेहरे अब कितने जघन्य लग रहे थे, कितने हास्यास्पद!

''यस मैडम!'' तीनों ने एकसाथ 'कर्टसी' की।

''खोका। खोका!'' कह सहसा बुलबुल ने बीच में खड़े सबसे हास्यास्पद लग रहे झुकी मूँछोंवाले बौने जोकर को गोद में उठा लिया और पागलों की तरह चूमने लगी।

''मैडम! मैडम!'' कह वह उसके बाहुपाश से छटपटाकर नीचे उतरने को हाथ-पैर मारने लगा।

''मैं तुझे अभी ले जाऊँगी रे खोका। तेरा बाप अब चाहने पर भी कुछ नहीं कह पाएगा—चलेगा न अभी?''

''मैडम!'' छह फुट लम्बे-तड़ंगे मैनेजर ने लपककर जोकर को छीन नीचे उतार दिया—''आप यह क्या कर रही हैं? यह मेरा बेटा है?''

''बोलो तुमने इसे राजा प्रशान्त चौधुरी से खरीदा है ना? 1950, फरवरी की 27 तारीख को?''

''मैडम, लगता है आप कोई घातक भूल कर रही हैं, इसका नाम सैम्युअल मैथ्युज है। यह सीरियन क्रिश्चियन है—इसके माता-पिता दोनों हमारी सर्कस कम्पनी में काम करते हैं, इसका जन्म भी सर्कस के तम्बू में हुआ था।''

''तुम झूठ बोलते हो। यह मेरा बेटा है।''

''जाओ सैम्युअल, अपने पापा-मम्मी को बुला लाओ,'' मैनेजर ने कठोर स्वर में कहा।

और थोड़ी ही देर में सैम्युअल अपने माता-पिता की कदर्य जोड़ी को लेकर उपस्थित हो गया।

मलयालम में मैनेजर ने उससे कुछ कहा तो दोनों हँसने लगे। पहले माँ ने कुछ कहा, फिर बाप ने, और फिर दुभाषिया बन स्वयं मैनेजर ने उनका निवेदन हम तक पहुँचा दिया।

''सैम्युअल हमारा इकलौता बेटा है। जन्म से ही यहाँ है मैडम, आपको

भ्रम हुआ है।''

''यह दाग, इसकी ठुड्डी पर यह कटे का दाग? एक बार देहरी पर ठोकर खाकर गिरा था।'' बुलबुल का गला रुँध गया और आँसू की बड़ी-बड़ी बूँदें उसके कपोलों पर ढुलक आईं। एक बार फिर मलयालम का स्पष्टीकरण हम तक पहुँच गया।

''ट्रैपीज में अपने पापा की नकल में गिरे का दाग है यह मैडम, आप विश्वास रखें यह हमारा बेटा है—सैम्युअल मैथ्युज।''

''नहीं-नहीं,'' बुलबुल के हिस्टीरिकल होते ही मैं उसे जबर्दस्ती बाहर खींच लाई। पता नहीं, अभागिनी कितनी बार ऐसे छलावे से छली गई थी। मार्ग-भर फिर वह एक शब्द नहीं बोली।

दूसरे दिन जबर्दस्ती मैंने उसे नाश्ता कराया। जाने तक वह फिर बिस्तर पर ही चुपचाप ऐसी लेटी रही कि जैसे किसी भयानक दिल के दौरे ने लगभग प्राण ही ले लिए हों।

जब उसे स्टेशन पहुँचाकर लौटी, तब बड़ी देर तक उसकी सूनी दृष्टि मेरा पीछा करती रही।

सर्कस कम्पनी अभी भी इसी शहर में है—कभी-कभी जी में आता है, आधी रात के गहन परिवेश को चीरती उस सर्कस के खेमे में पहुँच जाऊँ, फिर किसी निभृत निर्जन कोने में, उस करुण चेहरेवाले बौने जोकर को खींचकर पूछूँ—'तुम क्या सचमुच सैम्युअल मैथ्युज हो—जोकर?'

रथ्या

बहुत डरते-डरते विमल ने बंद द्वार पर दस्तक की। शहर के उस सीमांत-स्थित भव्य बँगले को ढूँढ़ने में वह एक बार धैर्यच्युत होकर लौटने ही लगा था कि चौराहे के पानवाले ने कुटिल बंकिम स्मित से पूछा था, "चौखंभा बिल्डिंग तो नहीं ढूँढ़ रहे हैं बाबूजी? उस सामने खड़े पीपल से दाहिनी ओर मुड़ जाइए। वह जो एक पतली-सी कच्ची सड़क गई है, वह ठीक उसी बिल्डिंग तक जाती है; पर आपका स्कूटर वहाँ नहीं जा सकता, पैदल ही जाना होगा आपको।"

पानवाले के उस बंकिम कुटिल स्मित का रहस्य फिर स्वयं ही दूसरे दिन स्पष्ट हो गया था। सचमुच ही उस पतली धूल-भरी कच्ची सड़क को देखकर सहसा विश्वास नहीं होता था कि ऐसी आडंबरहीन झुग्गियों से घिरी गली का समापन ऐसी भव्य चकाचक चमकती नई इमारत की देहरी पर होगा। चार विशाल स्तम्भों पर टिके होने के कारण ही शायद उसका नाम चौखम्भा पड़ा था। उसने जेब से डायरी निकाली, एक बार फिर नाम पढ़ा और आश्वस्त होकर सीढ़ियाँ चढ़ गया। प्रत्येक सोपान पर पैर रखते ही उसकी आँखों में वर्षों पूर्व देखा गया वसंती का चेहरा तैर गया। टखनों तक का जीर्ण मलिन मक्खी बेल लगा नीली क्रेप का पहाड़ी झगुला, कमर से बँधी ओढ़नी, जटाओं में उलझे कुंचित केश। काठ की चमकती पाटी को काँख में दबाए वह स्कूल जाने लगती, तो नित्य उसके द्वार पर खड़ी होकर अपनी पतली वंशी-सी आवाज में टहूकती, "बैदज्यू, चूरन," और फिर एक हाथ से नथुना मूँदे, पूजारत हरदत्त वैद्यजी का पारा चढ़ जाता, "मर जा करमजली, तुझे बाघ ले जाए, रोज आकर पूजा में विघन डालती है। तेरे मुरदे बाप ने रखा है यहाँ मुफ्त का चूरन—जा भाग!"

पर वह निर्लज्ज हँसती तब तक हाथ फैलाए खड़ी ही रहती, जब तक वैद्यजी उसकी हथेली पर अपने अनारदाने की शीशी से थोड़ा चूरन निकालकर न रख देते। दिवंगत मित्र विष्णुदत्त की उस अनाथ दुहिता के प्रति उसके दुर्वासा-से क्रोधी पिता का कैसा स्नेह है, यह विमल खूब जानता था। एक बार वह अचानक ही बीमार पड़ गई थी। उसकी बुआ के जेठ इलाहाबाद से एक बड़ा-सा तरबूज ले आए थे। वसंती के पहाड़ी जीवन का वह पहला तरबूज था। सुना, छोकरी छिलकेसहित उस पहाड़-से तरबूज का अर्धांश खा गई; बस, संध्या होते ही उसे कै और दस्त आने लगे। रोती-कलपती जीवंती बुआ ने आकर उसके पिता के पैर पकड़ लिए थे। सारी रात उसके पिता वहीं बैठे रहे थे। न जाने कौन-कौन-से अर्क पिलाकर उन्होंने उस अनाथ मित्र-पुत्री को मृत्यु के मुँह से खींच लिया था। वसंती के पिता ने उसके जन्म के दूसरे ही वर्ष, नैनीताल के ताल में कूदकर आत्महत्या की थी। जुए में सर्वस्व हारकर, उसके पाषाणदेवी के पास ताल में कूदने की खबर तीसरे दिन उसके गाँव पहुँची, तो विक्षिप्त जवान पत्नी भी आधी रात को अपने ही आँगन में लगे सेब के पेड़ की डाल पर फाँसी के फन्दे में लटक गई। तब से अनाथ भतीजी को पालने उसकी दीर्घांगी विधवा जीवंती बुबू भाई के गाँव में आकर रहने लगीं और धीरे-धीरे पूरे गाँव की बुआ बन गईं। ग्राम के किसी भी गृह का कोई संस्कार बुबू की उपस्थिति के बिना पूर्ण नहीं हो सकता था। कन्या का विवाह होता तो बुआ अपनी पुष्ट हथेली से दही में सूजी फेंट कड़ाही-भर घी में अपने ऐतिहासिक सुडौल सिंगल पकाने बैठ जातीं, ''अरी, लड़की की ससुराल में जब ये भेंटुणे के सिंगलों की पोटली खुलेगी, सब बिना बताए ही जान जाएँगी कि किसके हाथ के बने हैं।'' वे गर्व से स्वयं अपने मुँह अपना बखान करती मिनटों में लाल-लाल कुरकुर सिंगलों का स्तूप सँवार देतीं। तिल और पीठे के समधी-समधिन बनाने में उनका परिहासरसिक चित्त पद-पद पर अपनी मौलिक सूझ का परिचय दे, पूरे निमंत्रित नारी-समुदाय को गुदगुदा देता। कभी गुड़-तिल सम्मिश्रण से निर्मित समधिन के पुतले को अत्यन्त हास्यास्पद बना देतीं, तो कभी समधिन का टेढ़ा मुँह बना उसके तिर्यक् स्मित को बीड़ी खोंस सँवार देती, ''अजी, अब तो सुना, देश में बसे पहड़िये गुड़-तिल की जगह बूँदी के समधी-समधिन बनाने लगे हैं, पर कुछ भी कहो, समधी भड़ुआ तो काले ही तिल में खिले है।'' फिर अपनी वृहन्नलाओं की-सी मोटी आवाज में वैसी ही तालियाँ बजाकर गाने लगतीं :

'समधी देखो
समधी देखो बाँका निराला है रे
समधी देखो–
आगे से मुखड़ा चंदा-सा चमके
पीछे से देखो तो काला है रे
समधी देखो–'

जीवंती बुबू के इन्हीं आनन्दी लटकों पर पूरा ग्राम मुग्ध था। अकर्मण्य जुआरी भाई पुत्री के नाम एक धेला भी नहीं छोड़ गया था। फिर भी जीवंती बुबू को अनाथ भतीजी और स्वयं अपने भरण-पोषण की कोई चिंता नहीं रहती। ग्राम के नाना आमोद-उत्सवों से ही अपनी अपूर्व अँगुलियों का चमत्कार दिखा, वे पर्याप्त समृद्धि बटोर लेतीं और आराम से पैर पसारकर साल-भर खाती रहतीं। उस पर, आँगन के जिस डेलीसस सेब के पेड़ से अभागिनी भ्रातृवधू झूलकर मरी थी, वह अब तक निपूता बाँझ पेड़ उसकी फाँसी के फंदे का स्पर्श पाते ही कल्पतरु-सा फलने लगा था। एक-एक सीजन में यह बौना-सा पेड़ देवदुर्लभ फलों की गरिमा से दोहरा हो उठता। मजाल थी कि कोई एक सेब तो जीवंती बुबू की आँख बचाकर टपका ले! टोकरियों में भर-भरकर जीवंती उसे स्वयं जलना के साहब की कोठी में पहुँचातीं; हीरे की कदर आखिर जौहरी ही करता है। वह उदार फिरंगी साहब उन अनमोल सेबों का मुँहमाँगा मोल चुका देता और जीवंती चूल्हे के नीचे गड़े लॉकर में वह धनराशि भी सेंतकर रख लेतीं।

जीवंती बुबू की पाक-कला की नैनीताल, अल्मोड़ा, रानीखेत तक ऐसी ख्याति थी कि विवाह का अटाला सँभालने उन्हें बड़े आग्रह से न्यौता जाता, "अरे, कौन जाए नैनीताल!" वे स्वभावानुसार बड़बड़ाने लगतीं, "बड़े आदमी हैं तो अपने घर के होंगे। जीवंती को कौन ऐसी पड़ी है कि इस माघी ठंड में अकड़ने नैनीताल जाए, चूल्हा फूँकने! फिर बिशनुआ जो यह ढोल लटका गया है मेरे गले में, इसे किसके पास छोड़ूँ? मेरे रहते ही जब इसके लिए गाँव-भर के उलाहने सुन-सुनकर कान पक गए हैं तो जाने पर तो यह हुंडेल और बमकेगी।"

बुआ के घुटनों से चिपकी वसंती बड़ी दुष्टता से मंद-मंद मुस्कराकर कहती, "देख लेना जेड़जा (ताई), अभी तुमसे ऐसा कह रही है, पर जाएगी जरूर।" और दूसरे ही दिन लोग देखते, काँख में मलिन पोटली और पहाड़ी

थुल्ला दबाए, मोर-पंखी से नाक-मुँह मूँद जीवंती बुबू वसंती का हाथ थामे बस की प्रतीक्षा में खड़ी हैं।

"कौ हो बुबू, अपना भूरा थैला बाँध लिया कमर में? कहीं ऐसा न हो कि जल्दी में यहीं छूट जाए, फिर अपना डेली भत्ता कैसे लाओगी?" स्कूल जा रही उद्दंड छोकरों की टोली का अगुआ मदनुवा हाँक लगाकर कहता और टोली का सम्मिलित ठहाका पूरी घाटी गुँजा देता। उधर बुबू धृष्ट छोकरे की सात पुश्तों को एकसाथ कोसने लगतीं, "अरे, इसी भूरे थैले का कफन पहले डालूँगी तेरे बड़बाप राधारमण काणे पर, फिर तेरे बाप भैरव दत्त पर, समझा? बड़ा आया है मुझ राँड-रँडकुली से मजाक करनेवाला! मैं क्या तेरी साली-सलज हूँ छोकरे?"

दो

उस भूरे थैले के ऐतिहासिक महत्त्व से पूरा गाँव परिचित था। अनेक दरबे-सुरंगों की जेबोंवाले उस भूरे थैले को किसी तरह सटकाकर एक दिन यही मदनुवा स्कूल ले आया था। पूरे स्कूल में फिर उस दिन, उसने उस थैले का अस्तर उलट, उसके उदरस्थित उन अद्भुत कपड़े की तिजोरियों का प्रदर्शन किया था, "इसे ही कमर में बाँधकर हमारे दाज्यू की रत्याली (रतजगे) की पूड़ियाँ पकाने बुबू जब हमारे चौके में आईं," वह कहने लगा, "तो उनका पेट पीठ से सटा था। जब पकाकर उठीं तो बाप कसम यारो, गुस्से में फूली शेही का-सा मोटा पेट लग रहा था उनका! किसी जेब में मुट्ठी-भर छोली के मेवे ठुँसे थे, किसी में पक्की पूड़ी-कचौड़ियाँ, किसी में लड्डू और दोनों पैरों के बीच लटकी जेब में ठोस जमा घी ठूँस-ठाँसकर भर लाई थी बुढ़िया। पेट की थैली में बच्चा ठूँसे कंगारू की जो तस्वीर है न हमारी भूगोल की किताब में, एकदम वैसी ही लग रही थी। ही-ही-ही-यार—कोई आसपास तीन-चार लकड़ियाँ जलाकर रख देता तो मजा आ जाता, टप-टप कर सारा घी चूकर सब पोल खोल देता।"

पर बुबू के मुँह के सामने किसी को कुछ कहने का साहस नहीं होता। दूर-दूर की बिरादरी में प्रत्येक विवाह, यज्ञोपवीत, चूड़ाकर्म में उन्हें बड़े आग्रह से न्यौता जाता, और क्या करेंगी, थोड़ी पूड़ियाँ-मेवे ही तो भरेंगी अपनी भूरी थैली में, पूरी पंगत तो खिला ही देंगी।

साथ में वसंती का रहना अनिवार्य था। उस दुबली-पतली कंकाल-सी देह में भी विधाता ने शायद उसकी बुआ की-सी ही कोई सर्वभक्षी भूरी थैली फिट कर दी थी। लड़की खाने बैठती तो खाती ही चली जाती। कभी-कभी तो स्वयं गृहस्वामिनी को ही टोकना पड़ता, "पेट अपना ही समझकर खाना वसुली, शादी-ब्याह का घर है, कहीं तुझे फिर हैजा न हो जाए।" फिर भी जीवंती बुबू उसे दूध पिलाने के लिए निर्लज्ज आग्रह करने में नहीं चूकतीं, "तुम तो जानती हो बहू, मैं दूसरी बार अन्न नहीं खाती, लोटा-भर दूध फेंक देना मेरे सिर पर, एक गिलास इसे भी दे देना बहू! लड़की का हाजमा कमजोर है। वैसे तो इसके गले का छेद भगवान् ने शायद सूई से बनाया है, कुछ छिरता ही नहीं इसके गले में।"

इतना खा-पीकर भी, पता नहीं वसंती के शरीर की मरुभूमि-सी सूखी धरणी कैसे सब सोख लेती थी! सफेद रक्तहीन चेहरा वैसे का वैसा ही सफेद बना रहता। बुभुक्षित बड़ी-बड़ी आँखों में पूड़ी-पकवान देखते ही तृष्णा की सहस्र तरंगें उद्वेलित होने लगतीं। पंगत की पत्तल बिछती तो वह पहली पत्तल छाती से चिपकाकर पूड़ियों की प्रतीक्षा में बैठ जाती। धूल-भरे घुँघराले भूरे बालों को जिस दिन जीवंती बुबू कड़आ तेल डाल सुलझाकर नन्हीं-नहीं गढ़वाली लटियों को कसकर एक सम्मिलित चुटिया में बाँध, गुलाबी ऊन का फुँदना गूँथ देतीं, उस दिन उसकी बड़ी-बड़ी आँखों की तरल दृष्टि न जाने कैसी अस्वाभाविक लगने लगती! असल में उस व्यक्तित्व की सृष्टि ही उदासीन सज्जा में खिलने के लिए हुई थी। जिस दिन उस गोरे उज्ज्वल चेहरे पर कालिख की एक रेखा या अँगुली पर स्याही का बड़ा-सा धब्बा न होता, उस दिन वसंती अधूरी-अटपटी लगती। धूल से सने केश, फटी वास्कट से उभरी हड्डियाँ, कमर में बँधा मलिन ओढ़नी का फूहड़ फेंटा, प्रत्येक में उसके उद्दंड मौलिक कैशोर्य की अक्षत सौंधी भाँज की अनोखी ही छटा रहती। गाँव की अधिकांश लड़कियों से उसकी स्थायी कुट्टी थी। स्कूल में खेल-कूद प्रतियोगिता होती, तो वह स्कूल के खरगोश-से तेज़ धावक मदनुवा को भी पछाड़ देती। लहँगा घुटनों तक उठा वह स्वयं हाफपैंट बना, ऐसी भागती कि लगता, एक नन्हा नीला बिन्दु ही भागता सहसा अपनी ही तीव्रता में विलीन हो गया है। ककड़ी का मौसम आता तो वह घर में गस्सा भी न तोड़ती। अपने बस्ते में नमक-मिर्च की पुड़िया बाँधकर घर से निकलती और जब लौटती तो मोटा डंडा लिए जीवंती बुबू देहरी पर ही उसका स्वागत करने बैठी रहतीं, "आ जा

छोकरी, आज तेरी सब ककड़ियाँ एकसाथ निकाल दूँ। पाँच घरों से तेरी शिकायत आई है। और कोई नहीं मिला अभागी, जो अपने जीवनदाता वैदज्यू की बगिया में ही सेंध लगा आई?"

"कौन साला कहता है, मैंने उनके खेत की ककड़ी चुराई?" वसंती की भाषा भी उसके आचरण के साथ-साथ कदम मिलाकर चलती थी।

"कहेगा कौन? खुद उनके विमल नन्द ने तुझे 'फुल्यूड़' (नन्हीं ककड़ी) चुराते देखा है। मैं तो मर गई शरम से। क्या कहते होंगे बड़े वैदज्यू! उस दिन सारी रात तेरे सिरहाने बैठ दवा खिलाते रहे और एक तू है बेसरम, कि जिस थाली में खाया उसी में छेद कर दिया।"

दिन-प्रतिदिन उद्दंड होती जा रही दुर्दांत वसंती की शैतानियाँ आवारा-लफंगे पेशेवर गुंडों की-सी होती जा रही थीं। कभी किसी की बछिया खोलकर पूरा दूध पिलवा देती, कभी किसी कँटीली झाड़ी की छतरी में बड़े कौशल से दुबककर घास का गट्ठर ले लौट रही घसियारिनों को दोपती रहती। क्लांत घसियारिनें हँसी की घंटियाँ-सी बजाती चट्टान के पास बोझा टिका, पास के नाले में पानी पीने जातीं और तेज हवा के झोंके-सी वसंती चट से बाहर निकल चट्टान से एक गट्ठे को प्राणों तक चेष्टा से तीखी घाटी में ढकेल देती। प्रत्येक झाड़ी को तीखी लकड़ी से कोंचा जाता, लता-गुल्मों के गहन तोरणों को झकझोरा जाता पर वसंती वहाँ कहाँ मिल सकती थी। अपनी पतली-पतली लम्बी टाँगों से भागती वह किसी ऊँचे उद्धत पेड़ की डाल पर जंगली बिल्ली-सी पसर जाती और मन-ही-मन मुस्कराती, 'अब अपनी छाती पीटकर रो रही होगी सड़ियल पिरुली! मैंने भी कैसा ठीक पहचाना उसके गट्ठर को! कैसे लड़ने गई थी उस दिन बुबू से! कहती थी, तुम्हारी भतीजी ने ही मेरी ककड़ी चुराई है।' कैशोर्य भी जैसे उस दुर्दांत किशोरी के अंगों का स्पर्श करने में झिझक गया था। जहाँ उसकी समवयसिनी अन्य किशोरियाँ कमर के फेंटे को खोल बड़ी संभ्रम शालीनता से सिर पर बाँध स्वेच्छा से ही वास्कट ढाँपने लगी थीं, वहीं पर वसंती अभी भी वही अल्हड़ बालिका बनी रह गई थी। एक दिन तो उसने गजब ही कर दिया। जब कभी हरदत्त वैद्य घर पर नहीं होते, वह विमल के सामने ही नित्य की याचना में हथेली फैलाकर खड़ी हो जाती, 'छोटे वैदज्यू, चूरन!'

तीन

उस दिन भी जब विमल अपनी दीर्घ शिखा हिला-हिलाकर अपनी मोटी-सी पुस्तक के सूत्र रट रहा था, छोकरी न जाने किस खुली खिड़की की सलाखों में अपनी दुबली छड़ी-सी देह छिरकाकर छिपकली-सी भीतर आई थी, "वैदज्यू, चूरन!" उसकी पतली आवाज ने विमल को बुरी तरह चौंका दिया। वसंती उसकी अपदस्थता देख जोर से हँस पड़ी, "बाप रे बाप, ऐसे क्यों चौंक पड़े छोटे वैद! मैं क्या बाघ हूँ जो तुम्हें खा जाऊँगी?"

विमल ने अपनी मोटी पुस्तक औंधा कर दी और बिना कुछ कहे चूरन की शीशी लेने उठ गया। वह जानता था कि बिना चूरन लिए छोकरी कभी टलेगी नहीं। पिता की अनुपस्थिति में, उस बित्ते-भर की छोकरी की उपस्थिति, उसे सूखे पत्ते-सा ही कँपा देती थी। औंघाई पुस्तक खोलकर वह धृष्टा जोर-जोर से पढ़ने लगी, "ओ बाप रे बाप, कैसे-कैसे नाम हैं रोगों के!–क्षीरालसक, पारिगर्भिक, महापदम् पर्वानुप्लव, तालुकंटक–बस, यही रोग शायद मुझे भी हो रहा है छोटे वैद। देखो, ठीक यहाँ दर्द हो रहा है कल रात से, कुछ खा भी नहीं पा रही हूँ।" दोनों घुटनों पर अपनी दुबली कलाइयाँ टेक, मुँह खोल, चूरन की शीशी हाथ में लिए विमल के सामने वह पल-भर में मरीज बन गई।

"ले चूरन, और भाग जा वसुली, देख नहीं रही है, मैं पढ़ रहा हूँ!"

चील-सा झपट्टा मारकर उसने विमल की चौड़ी हथेली से चूरन ले, मुँह में भर लिया, फिर चटखारे ले-लेकर कहने लगी, "क्या बढ़िया दाड़िमाष्टक बनाते हैं बड़े वैद! और जो भी सीखो, इसे बनाना जरूर सीख लेना यार।"

"छिः-छिः वसुली!" संस्कारी विमल ने उसे झिड़क दिया, "कैसे बोलना सीख गई है तू, छिः..."

"क्यों, क्या कहा मैंने?" उसने बड़े भोलेपन से पूछा। फिर प्रश्न की जिज्ञासा स्वयं ही स्पष्ट होकर उसकी पतली नाक की झुर्रियों में बिखर गई, "ओह, समझ गई मैंने यार कहा तुमसे, यही ना? बुबू भी यही कहकर टोकती हैं। अच्छा, बताओ तो छोटे वैद, यार कहने में भला क्या दोष?"

"अच्छा, जा भाग, देख नहीं रही है, मैं पढ़ रहा हूँ!" विमल ने फिर पुस्तक खोल पढ़ने का व्यर्थ उपक्रम किया। वैसे क्षण-भर पूर्व मुँह खोलकर उसके एकदम निकट आ गई उस सिरफिरी छोकरी की अद्भुत देह परिमल से उसका

सिर अभी भी चकरा रहा था। मैल की चिरंतन दरारों से सदा म्लान रहने पर भी उसका गौर वर्ण न जाने किस अद्भुत सुगंध से कस्तूरी मृग-सा ही महकता था। बिना उसकी ओर आँख उठाए वह जोर-जोर से पढ़ने लगा, "अजमोथा, लवण, हरीतकी, शुंठी, पिप्पली—इनके चूर्ण का सेवन मद्य, तक्र, पेय या उष्ण जल से करें..."

"हाय, मैं मर गई!" कह वसंती भयग्रस्त चीख के साथ खड़ी हो गई।

"क्या हो गया!"

"देखो, देखो, बिच्छू है शायद! हाय इजा री, मैं अब क्या करूँ?"

"रुक जा, मैं देखता हूँ, ऐसे क्यों चीख रही है? हमारे यहाँ तो बिच्छू दिन-रात छत से टपकते रहते हैं, पर ज़रा भी विषैले नहीं हैं। कुछ नहीं होगा। कहाँ काटा है, देखूँ?" पर वह देखता, इससे पहले ही उसने अपनी ढीली लाल छींट की कुर्ती उतार जमीन पर दूर पटक दी, "वह देखो, वह रहा बिच्छू!" आतंक से उसने कहा। सहमकर अपनी ओढ़नी लपेट ली और पलटकर रो पड़ी। सचमुच ही उसकी कुर्ती पर दर्पित डंक उठाए एक रक्तहीन नन्हा-सा बिच्छू तेजी से चल रहा था। हाथ की मोटी पुस्तक की थप्प से उसके उद्धत डंक को नत कर, विमल वसंती की रुलाई से हतप्रभ हो उठा। स्वर में भरसक नरमी लाते हुए उसे आश्वस्त किया "मार दिया, अब क्यों रोती है?" रोती हुई वसंती को देखकर वह फिर सहसा गौर कंधों और चम्पई पीठ की स्फटिक-सी द्युति को पहली बार इतने निकट से देख, उसका चेहरा लज्जा से लाल पड़ गया। यौवन के अस्पष्ट हस्ताक्षरों को स्वामिनी ने भले ही न पहचाना हो, तरुण दर्शक की व्रीड़ा उसके गालों पर अबीर बनकर बिखर गई। वह मूर्ति-सी ही खड़ी थी, जागेश्वर के शिव-मंदिर में चंद राजाओं की स्थापित मूर्ति-सी। सहसा विमल का संसारी चित्त भय से काँप उठा। कहीं इसी बीच उसके क्रोधी बाबू आ गए, तब?

"ले, पहन ले, मैं अभी दवा ढूँढ़कर लाता हूँ।" बिना आँख उठाए ही उसने कुर्ती झटककर थमा दी और दवा ढूँढ़ने भीतर चला गया। जब लौटा तो पूरी तरह दबी-ढकी, सहमी, दोनों घुटने टेककर सिसकती उस निरीह वसुली के लिए उसका कलेजा न जाने कैसे उमड़ने लगा।

"ले, यह गंधक का लेप है, लगा ले, अभी विष उतर जाएगा।" विमल ने उसकी ओर डिबिया बढ़ा दी।

"पीठ में काटा है, मैं अपने हाथ से कैसे लगा लूँ?" उसने होंठ फुलाकर

कहा, और उसकी ओर पीठ कर फिर हाथ पीछे कर कुर्ती की यवनिका कुछ ऊपर खिसकाकर खड़ी हो गई।

वृश्चिक-दंश गोरी पीठ पर एक बड़ा-सा दाना बनकर उछल गया था। विमल दवा लगाने लगा, तो उसका हाथ काँपने लगा—ठीक जैसे दूधिया पहाड़ी डाँसी पत्थर पर हाथ फेर रहा हो। कैसी मुलायम-चिकनी पीठ थी, जैसे नये बिलोए मक्खन की डली हो!

ठीक उसी क्षण 'हरि ओ३म, हरि ओ३म' कर डकार लेते बड़े वैद्य की क्रमशः निकट आती स्वरलहरी का आभास पा, वसंती बिल्ली-सी उछल फिर उन्हीं सलाखों से बाहर कूद गई।

इतने वर्षों में न जाने कितनी बार विमल अपने नीरस क्लांतिकर जीवन के अँधेरे क्षणों को अतीत के उस क्षणिक मधुर स्पर्श के उजाले से सँवारता आया था, उस दृश्य को क्या वह चिता चढ़ने तक कभी भूल सकता था।

फिर उसी वर्ष जीवंती बुबू उसकी कुंडली लाकर विमल के बाबू के पैरों में डाल गई थीं। "अब मुझे तुम ही उबारोगे, बड़े वैद! इस अनाथ छोकरी को तुमने बचपन से ही मुँह लगाया है। तुम्हारी ही सेवा करेगी। अगर कभी भी चूकी, तो जागनाथ की सौं, अपने इन्हीं हाथों से इसे कोशी में न ढकेल दिया तो जीवंती नाम नहीं। विमल की कुंडली से साम्य हो गया तो समझूँगी घर बैठे चारों धाम कर लिया है।" भीतर के कमरे में बैठ विमल का हृदय धड़ाधड़ धड़कने लगा था।

"अच्छा, अच्छा, रख जा जिबी, रात को मिलाकर देखूँगा। साम्य हो गया तो मुझे कैसी आपत्ति? जैसी विष्णु की बेटी, वैसी मेरी; पर विमल को अपने पैरों पर खड़ा तो होने दो, वैदगी पढ़ ले, तब देखी जाएगी। हाँ, हम वाग्दान दे देंगे..."

"बस, बस, वही तो मैं कह रही हूँ। मुझे कौन-सी जल्दी है! देख तो रहे हो छोकरी की गढ़न, सत्रह की हो गई, पर लगती है बारह-तेरह की अल्हड़ छोकरी।"

दूसरे दिन पहली बार वसंती चूरन माँगने नहीं आई। वैसे उसे खिड़की से छिपकर विमलानन्द ने बुआ के साथ कहीं जाते देख लिया था। एक ही दिन में उसकी चपल गति कितनी बदल गई थी! कमर का फेंटा खोल, ओढ़नी से सिर ढाँप, वह नजर झुकाए चुपचाप चली जा रही थी। माँ की मृत्यु के पश्चात्,

विमल पिता के कमरे में ही सोता था। हाथ की पुस्तक से चेहरा ढँक, वह उस दिन कनखियों से अपनी और वसंती की कुंडलियों में उलझे पिता के क्रमशः गम्भीर होते चेहरे को निरन्तर देख रहा था। उनका गंभीर चेहरा देख ही वह जान गया कि कुछ बन नहीं रही है। फिर स्वयं पिता ने ही अवांछनीय स्थिति स्पष्ट कर दी।

"राम-राम, मैंने सोचा था, साम्य हो गया तो 'हाँ' कर दूँगा। कभी इसी के बाप की दया से मैं वैद्य बना था, उसी ने मेरे बनारस जाने का पूरा खर्चा उठाया था, फीस भरी थी, पर क्या करूँ, दो कौड़ी की गृह-स्थिति है छोकरी की। उस पर साम्य भी नहीं हो रहा है। भरपूर नाड़ी-वेद षडाष्टक योग पड़ रहा है। जान-बूझकर तुम दोनों को कैसे गहरी नदी में ढकेल दूँ!" विमल के जी में आया, बाप के पैर पकड़कर कह दे—ढकेल दो बाबू; खुशी से ढकेल दो। कैसी भी गहरी नदी क्यों न हो, हम दोनों एक-दूसरे को खींच-खींचकर पार कर लेंगे।

और फिर दूसरे ही दिन वसंती की कुंडली खोटे सिक्के-सी फेर दी गई थी। वसंती उनके यहाँ फिर कभी भूलकर नहीं आई। जब कभी रास्ते में भी मिलती, भन्नाकार तीर-सी निकल जाती, जैसे सारा दोष विमल का ही हो।

चार

उसी वर्ष फिर अचानक घट गई उस दुर्घटना ने वसंती को सदा के लिए राहु-सा ग्रस लिया। अलमोड़ा में पहली बार एक सर्कस पार्टी आई थी, दूर-दूर के गाँवों से लोग सर्कस देखने टूट पड़े थे। एक तो पहली बार पहाड़ में हाथी आया था। लोग कहते थे, साक्षात् गणेश देवता पधारे हैं। पहले शो के टिकट बिकने से पहले ही शृंखलाबद्ध गजराज के सम्मुख चढ़ावे का ढेर लग जाता। गाँव वाले सर्कस देखने चले तो जीवंती बुबू भी वसंती का हाथ थाम साथ हो लीं। तीन दिनों तक निरन्तर तीन-तीन शो देखकर भी ज़ीवंती बुबू का मन नहीं भरा। ऐसा आनन्द तो उन्हें पूर्ण कुंभी मेले में भी नहीं आया था। चंचल वसुली बार-बार भागकर शेर के पिंजड़े के सामने खड़ी हो जाती। जिस नरभक्षी के भय से उसके गाँव की पधानियाँ पाँच बजे बाद घर से बाहर नहीं निकलती

थीं और जो उसकी परी-सी सुन्दरी काखी को उसके बीस तोले के सोने-चाँदी के जेवर समेत, पान के पत्ते-सा चबा गया था, उसका वह पिंजड़े में विवश बंदी-रूप उसे मुग्ध कर गया। शैशव-से हृदय में धधक रही काखी के प्रतिशोध की ज्वाला उस पिंजड़े के सम्मुख खड़ी होते ही जैसे स्वयं शांत हो जाती थी। कैसी मूँछें थीं और कैसी रेशमी अयाल!

'हू-हू ले-ले' कह वह अपनी पतली गोरी अँगुलियाँ चमका, चूड़ियाँ छमका, उसे ऐसे पुचकारकर चिढ़ाती, जैसे अपनी भेड़-बकरियों को पुचकारकर बटोरती थी। फिर वनराज की क्रुद्ध गर्जना का प्रत्युत्तर सुन वहीं पर हँस-हँसकर दुहरी हो जाती।

दूर खड़ा विमल एक दिन बड़ी देर तक उसकी यह चुहल देखता रहा, फिर इधर-उधर कोई परिचित चेहरा न देख, धीरे से जाकर उसके पीछे खड़ा हो गया। वह चौंककर थर्रा गई।

"मूर्ख," फुसफुसाहट के साथ ही उसके अधर भी एक पल को वसंती के गोरे कान की पतली तोड़ी से सट गए। "पिंजड़े से ऐसे सटकर मत खड़ी हो! जानती नहीं, सुन्दरी पहाड़िनों को देखकर वनराज की कैसी लार टपकती है? कैसे खाया था तेरी कालाढूँगी की काखी को! टप से उठाकर तुझे भी मुँह में रख लेगा, समझी?"

"जाओ जी छोटे वैद, बातें मत मारो! एक और शेर के सामने तो निस्संकोच खड़ी हो गई थी। वह तो हाथ बढ़ाकर छू भी नहीं सका था मुझे, डरपोक!" और फिर स्फीत नासारंध्र से बारूद का-सा धुआँ उगलती वह तीर-सी निकल गई थी। थोड़ी ही देर में विमल ने देखा, सर्कस की काठ की बनी दर्शक गैलरी के सबसे ऊँचे सोपान पर वह राजमहिषी-सी तनकर बैठी है। विमल ठीक उसी के सामने की सीढ़ी पर चढ़कर बैठ गया और पूरे तीन घंटों तक वह उसी चन्द्रबिंब को एकटक देखता रहा, यही उसके जीवन की वह अंतिम अमृत घूँट थी।

दूसरे ही दिन सर्कस के खेमे में सहसा मातम छा गया था। न जाने किस कुघड़ी में सर्कस-दल ने पहाड़ी गुच्छी की सब्जी बनाकर खा ली और उसी विषैली सब्जी ने आधे सर्कस को ही निष्प्राण कर दिया। एक दूसरे को सटासट चाबुक मारकर दर्शकों को बेइंतहा हँसानेवाले तीनों बौने जोकर, ऊँचे-ऊँचे झूलों से पटापट टपकनेवाली अनोखी छोकरियाँ, शेर को आग के छल्ले से कुदानेवाला रिंग मास्टर, सबकी अर्थियाँ एकसाथ उठीं और दूसरे ही दिन सर्कस

के तम्बू उखड़ मरघट का-सा सन्नाटा छा गया। उधर अचानक जीवंती बुबू चीखती-चिल्लाती, बाल नोंचती छाती पीट रही थीं, "वसू, वसू, वसुली रे–तू कहाँ गई मुझे छोड़कर! अब परलोक में बिशनुआ को मैं क्या मुँह दिखलाऊँगी!"

पाँच

वसंती क्या सचमुच खो गई थी? पूरा गाँव उसे सर्कस के निर्जन अहाते में ढूँढ़-ढूँढ़कर थक गया। वसंती कहीं नहीं मिली। बुबू का कहना था, "हो न हो, छोकरी को सर्कस का बाघ खा गया है। दो बार पिंजड़े के पास से खींचकर लाई थी बेटा," वे सुदीर्घ रुदन से लाल सूजी आँखों को पोंछती विमल से कहने लगीं, "मैं जानती थी, एक दिन ऐसा ही होगा। जिस दिन यह जन्मी, उस दिन मुझे सुबह से ही छींकें आने लगी थीं। पहले मेरी वे कुलच्छनी छींकें इसके बाप को ले गईं, फिर इसकी माँ को, और आज इसे।"

अतीत की अभिशप्त छींकों से ही अनाथा भतीजी की रहस्यमय विलुप्ति का समाधान कर रोती-कलपती बुबू घर लौट गईं। दस-पन्द्रह दिन तक अलोप हो गई भतीजी का मातम मना, वे फिर अपनी ऐतिहासिक भूरी थैली लेकर किसी विवाह के अटाले का कार्यभार सँभालने रानीखेत निकल गईं; किन्तु विमल न जाने कैसे जान गया था कि वसंती के पलायन के पीछे उसके रिश्ते के लिए पिता-अस्वीकृति का ही हाथ था। इधर वह न जाने कैसी गुमसुम हो गई थी! फिर सर्कस के झूलों पर उलटी लटकनेवाली छोकरियों से उसे बातें करते, हँसते-फुसफुसाते विमल कई बार देख चुका था। मन-ही-मन उसे कुढ़न भी हुई थी। हो न हो, वे ही, सर्कस की बेहया बिरादरी उसे फुसलाकर बहका ले गई थी।

उसके जाने के बाद विमल को अपना गाँव जागेश्वर के महाश्मशान-सा लगने लगा था। कभी-कभी आधी रात को सामान्य-सी आहट भी उसे चौंका देती। क्या पता, अभी अन्धकार को चीरती उसके सम्मुख अपनी दुबली हथेली का कर-पात्र फैलाकर वंशी-सी आवाज में वह टहूक उठेगी–'...छोटे वैद, चूरन...'

छह

एक-एक कर पूरे सात वर्ष बीत गए। वसन्ती को पूरा गाँव लगभग भूल चुका था। जीवंती बुबू तो हरिद्वार जाकर उसकी क्रिया भी कर आई थीं। इन सात वर्षों में विमलानंद का जीवन अलकनंदा के तीव्र प्रवाह में बहते लकड़ी के तने की ही भाँति बहता कहाँ का कहाँ पहुँच चुका था। पिता की मृत्यु के पश्चात् उनका छोड़ा गया कर्ज चुकाने में ही बेचारे की पढ़ाई छूट गई। अधूरे वैद्य का उस ग्राम में क्या भविष्य हो सकता था? इसी से किसी भाँति प्राइवेट परीक्षाएँ पास कर वह ग्राम की ही पाठशाला में संस्कृत का अध्यापक बनकर रह गया था। मृत्यु से पूर्व बड़े वैद्य उसकी गृहस्थी बसा गए थे। 'देखने में लड़की साधारण है विमल, पर रूप को मैं कभी महत्त्व नहीं देता। तेरी माँ भी तो साँवली थी। लड़की खाते-पीते घर की है। तू लोगों के भड़काने में मत आना। बाप ने दहेज में दो भैंसें भी देने का वायदा किया है।' पिता का आज्ञाकारी पुत्र विमल जब दो भैंसों के साथ-साथ तीसरी भैंस को भी विदा कर घर पहुँचा, तो औरतें आँचल में मुँह छिपाकर हँसने लगीं। मुँहफट जीवंती बुबू ने तो बहू का घूँघट उलटते ही अपनी भतीजी का प्रतिशोध ले लिया। 'वाह बड़े वैद, कैसे सजीले राजकुँअर-से विमल की बधिया बैठा दी! वैदज्यू, अब तुम्हारी पोथी में कोई नाक की हड्डी उठाने का नुस्खा लिखा हो तो आजमा डालो बहू पर! मुझे तो नाक की जगह दो 'दूले ही दूले' (छेद ही छेद) नजर आए।'

"घर की याद आ रही है क्या?" उसने नववधू की साँवली खुरदुरी हथेली को अपने हाथ में लेकर प्रणय-निवेदन की भूमिका बाँधने की फूहड़ चेष्टा की, तो वह अपनी वही बैल की-सी आँखें झुका फिक् से हँस दी थी। विमलानंद की 'सजल मूल जिन सरितन नाही'-सी प्रणयधारा वहीं पर सूख गई। किंतु सुरसती का गृहिणीरूप उतना ही उज्ज्वल था। भोर होते ही दूध दुहना, भैंसों को खोलकर चराना, मक्खन बिलाना वह पलक झपकाते ही कर लेती। उस पर बंजर खेत उसके पटु हाथों का स्पर्श पाते ही सोना उगलने लगे। ससुर को वह हाथों ही हाथों में उठाए फिरती, पति का दुबला-पतला शरीर भरने लगा, कंधे तन गए, कृश चेहरा भर गया। और जिस वर्ष वह पहली बार पिता बना उसी वर्ष सात वर्ष तक ग्राम के लिए मर-खप चुकी वसंती सहसा धूमकेतु-सी प्रकट हो गई। स्वयं तो अभी भी विलुप्त ही थी, किंतु उसके हाथ का पत्र जीवंती बुबू के नाम आया, तो पूरा गाँव बौरा गया। हाँफती, गिरती-पड़ती

जीवंती बुबू विमलानंद के पास ही पत्र पढ़वाने आई थीं। स्कूल से लौटकर विमल नवजात शिशु को गोद में लिए कलई के गिलास में चाय पी रहा था।

"ले, पढ़ दे बेटा, तूने ठीक ही कहा था, वसंती कभी मर नहीं सकती।"

बहुत ही सुन्दर चिकने भोजपत्र-से नीले रंग के पतले रेशमी कागज पर उस सुन्दर लिखावट को देखते ही विमलानंद का धड़कता कलेजा मुँह को आ गया। कभी उसने इसी गोठ में निंगाल की कलम से उसे सुलेख लिखने को दिया था—'ईश्वर का भय ही बुद्धि का आरम्भ है।' आज भी ठीक उसी के अक्षरों की अविकल नकल उतार दी थी छोकरी ने।

'मेरी प्यारी बुबू,

बसुली का पायलागन। तेरे आशीर्वाद से मैं पढ़-लिखकर बहुत बड़ी नौकरी पा गई हूँ। मोटर, नौकर, रसोइया सबकुछ है, पर अभी रमते जोगी और साँप की तरह मेरा भी कोई घर नहीं बन पाया। तुझे रुपया भेज रही हूँ। एक पार्सल भी भेजा है। गाँव में सबसे मेरा पायलागन कहना। बड़े वैदजी और छोटे वैदजी से भी।

—तेरी वसंती'

तीन-चार बार उस चिट्ठी को पढ़कर बुबू आँसू पोंछती पत्रसहित पूरे गाँव की परिक्रमा कर आई थीं।

तीन दिन तक पूरे गाँव ने बुबू की-सी ही उत्कंठा से उस पार्सल की प्रतीक्षा की थी। इसी से पूरे गाँव की उपस्थिति में ही वह पार्सल खोला गया। क्या-क्या भेजा था लड़की ने—एक गर्म शॉल, दो रेशमी साड़ियाँ, सलूके की फलालैन, चार सूती साड़ियाँ और थैले-भर मेवे। साथ में एक छोटा-सा पैकेट था, ऊपर लिखा था—'छोटे वैदजी के लिए।'

"देखा, भूली नहीं है छोकरी।" बुआ का कंठ वात्सल्य गह्वर से छलछला उठा, "प्राण जो बचाए थे तेरे बाप ने, विमलानंद को भूलेगी भी कैसे? देखूँ, देखूँ, खोल तो, क्या भेजा है?" फिर जीवंती ने स्वयं ही लपककर बुत-से खड़े विमलानंद से पैकेट छीन खोल दिया। सतरंगी चूड़ियाँ छनछनाकर बिखर गईं।

"तेरी बहू के लिए भेजी हैं शायद! आहा, क्या बात है दिल्ली की चूड़ियों की! कैसे रंग-बिरंगे नग जड़े हैं!" विमलानंद का चेहरा सफेद पड़ गया। वह समझ गया कि भेजनेवाली ने चूड़ियाँ उसकी बहू के लिए नहीं, उसी के लिए भेजी हैं। अतीत के व्यर्थ प्रेम-निवेदन की व्यथा को तब क्या इतने वर्षों में

भी भूल नहीं पाई थी वसंती? फिर तो प्रत्येक महीने वसंती का मनीआर्डर आने लगा। जीवंती बुबू वर्षों से ब्याजू रुपया चलाती थीं, अब उनकी और धाक जम गई। "बहुत बड़ी नौकरी कर रही है लड़की," वे गर्व से हाथ हिला-हिलाकर कहतीं, "लिखा है, अभी उसे लाट-कमिश्नरों की तरह महीने में बीस दिन बाहर ही रहना पड़ता है। इसी से तो मुझे नहीं बुला रही है। जहाँ मौका लगा, खुद आकर ले जाएगी या अपने किसी चपरासी को मुझे लिवाने भेजेगी। लिखा है, अब तुम्हें गाँव में अकेला नहीं रहने दूँगी बुबू, चिंता मत करो, चारों धाम करा तुम्हें गंगा में मनचाही डुबकियाँ लगवा दूँगी।"

पर बेचारी चारों धाम करने की तीव्र अतृप्त आकांक्षा लिए ही एक दिन चल बसीं। उनके काठ के कलमदान से मनीआर्डर के कूपन ढूँढ़, वसंती का पता लगाने की चेष्टा भी व्यर्थ गई। अन्त में जीवंती बुबू के रिश्ते के जेठ को बुला, उन्हीं से क्रियाकर्म करवाया गया। वे ही गुदड़ी में सिलकर छिपाई गई बुबू की संपत्ति की भी तृतीयगति कर गए। उनकी मृत्यु के पन्द्रह दिन बाद वसंती का मनीऑर्डर आया और विमलानंद ने ही अपनी प्रौढ़ लिखावट में 'एड्रेसी डेट' लिख, मनीऑर्डर भेजनेवाली के नाम लौटा दिया। इस बार उसने मनीऑर्डर देख वसंती का पता डायरी में उतार लिया।

सात

उसी वर्ष वह सर्वश्रेष्ठ अध्यापक का राज्य-पुरस्कार ग्रहण करने जब लखनऊ गया, तब विस्मृति की न जाने कौन-सी सनक उसे उसी पते का सूत्र थाम दिल्ली खींच ले गई।

द्वार पर लगी नन्हीं घंटी के अस्तित्व से सरल विमलानंद अनभिज्ञ था, इसी से उसने सहमी अँगुलियों से द्वार पर दस्तक दी। पहले हलकी, फिर कुछ जोर से।

"कौन है?" वंशी-सी उस पतली आवाज ने सहसा उसकी स्मृति की अर्गला झकझोरकर खोल दी। चाहने पर भी वह मुँह खोलकर अपना नाम नहीं ले पाया।

"कौन है? घंटी नहीं बजा सकते क्या?"

झल्लाकर प्रश्न पूछनेवाली ने द्वार खोला, और उस तेजस्वी मूर्ति को देखते

ही विमलानंद को लगा, वह घातक भूल कर बैठा है। न जाने किसके घर में घुस आया था अभागा! बेचारे का दोष भी नहीं था। उस दिन उसके स्थान पर वसन्ती की जीवंती बुबू भी खड़ी होतीं, तो शायद वे भी आपादमस्तक बदल गई अपनी भतीजी को नहीं पहचान पातीं। हल्के गुलाबी रंग की साड़ी के चौड़ी जरी का सुनहला रंग उसके शरीर के उजले दूधिया रँग को अस्ताचल के गुलाबी सूर्य की आभा-से ही रँग गया था। कानों में रंगीन कंदील-से जगमगाते गार्नेट के झुमके थे। कंठ में मेल खाती वैसी ही गार्नेट की तिलड़ी, उसी रंग के प्रलेप से रंजित अधर। एक हाथ में गार्नेट का कंकण, दूसरी कलाई में घड़ी का फीता बाँधती बाहर निकली थी। लगता था, कहीं जाने की तैयारी में थी।

दूसरी ओर थी उस राजसी वेशभूषा का विरोधाभास प्रस्तुत करती उत्तराखड के उस सरल ग्राम पाठशाला के संस्कृत अध्यापक की निराडंबर वेशभूषा।

पहाड़ी पट्टा का खुरदरा बादामी कोट, घने बालों की स्वाभाविक तरंगों के बीच संस्कारों की सजग प्रहरी बनी नन्हीं गाँठ लगी शिखा। धूल-सने जूते, हाथ में पत्नी की साड़ी की लाल कन्नियों को जोड़कर बनाया गया थैला। बेचारे ने द्वार खोलनेवाली तेजस्विनी गृहस्वामिनी को एक ही बार देखकर आँखें झुका लीं, "क्षमा कीजिएगा, मैं मकान भूलकर इधर भटक गया हूँ।" इसी बीच एकटक देख रही वसंती उसे पहचान चुकी थी।

उसकी घबराई मुखमुद्रा देख वह ठठाकर हँस पड़ी। थैलेसहित उस भोले परमहंस अतिथि को दोनों हाथों से भीतर खींच फिर उसने जो किया, उसके लिए बेचारा विमलानंद एकदम ही प्रस्तुत नहीं था। वसंती अपने कोमल बाहुबंधन में बाँधती उसे जिस कमरे में ले गई, उसका वैभव उसके लिए कल्पनातीत था। तख्त पर गुदगुदा गद्दा, उजली चादर, सतरंगी गद्दियाँ, मखमली गावतकिया, झाड़फानूस और हलके नीले प्रकाश में सोने-सी चमकती पीतल की आदमकद मूर्तियाँ।

"छोटे वैद," उसे खींचकर वसंती ने गुदगुदे गद्दे पर बिठा दिया, फिर उसके दोनों घुटने थाम वह उसके पैरों के पास बैठ गयी। "मैं जानती थी, एक दिन तुम ऐसे ही चुपचाप आकर मेरे द्वार पर खड़े हो जाओगे। याद है, जब उस दिन मैं शेर के पिंजड़े के पास खड़ी थी, तुमने ऐसे ही चोरों की तरह आकर मुझे चौंका दिया था? 'वसुली,' तुमने कहा था—'मूर्ख, पिंजड़े से ऐसे

सटकर मत खड़ी हो! जानती हो, सुन्दरी पहाड़िनों को देख वनराज की कैसी लार टपकती है? टप से उठाकर तुम्हें मुँह में धर लेगा।' छोटे वैद, वही आज मैं तुमसे कह रही हूँ। तुम भी आज खुली शेरनी के सामने खड़े हो। सावधान रहना छोटे वैद!" वह फिर हँसी, पर विमलानन्द नहीं हँस पाया।

न जाने कब की पढ़ी पंक्तियों को कोई उसकी झुकी आँखों के आगे लिखता जा रहा था :

'मंध्याह्ने तिखरे निदाघसमये तापो घनो वर्त्तते
शीते कुंजवटे विचित्र विटपे भो पांथ विश्रम्यताम्
एकाकी च भवानहं च तरुणी शून्या प्रपा वर्त्तते
लज्जामि ब्रुवती स्वयं तु चतुरो जानासि कालोचितम्

हे पथिक, निदाघ का यह मध्याह्न है। घाम अत्यन्त असह्य हो उठा है। इस दशा में पथ पर चलना असंभव है। अब तुम इस सुन्दर विटप के एकांत शीतल कुंज-तले विश्राम करो। तुम एकाकी हो और मैं तरुणी हूँ। साथ ही संयोग से यह प्रपा भी शून्य निर्जन है। तरुणी होने के कारण मैं कुछ भी कहने में स्वभावतः लज्जा का अनुभव कर रही हूँ; परन्तु तुम स्वयं चतुर हो, कलोचित करणीय-अकरणीय का तुमको ज्ञान है।

"क्यों छोटे वैद, क्यों काँप रहे हो ऐसे? ठंड लग रही है क्या? आँखें खोलकर देखो वैदजी, आज मैं पीठ पर दवा लगाने को नहीं कहूँगी।" उसने फिर खिलखिलाकर हँसी के मीठे मंजीरे बजाए।

"तू इतना बदल गई वसुली, मैं पहचानता भी कैसे!"

"और तुम?" चंचल कटाक्ष से उसे बींधती वसंती ने एकदम पास सटकर अपनी नुकीली ठोड़ी उसके घुटनों पर टिका दी। "तुम नहीं बदले क्या छोटे वैद? लगता है, तुम्हारी बहू ने खूब जमकर सेवा की है तुम्हारी, क्यों?" नुकीले चिबुक का स्पर्श जैसे उसे तप्त अंगारे-सा दाग गया। "क्यों जी छोटे वैद! कैसी है मेरी सौत, गोरी या काली? बोलते क्यों नहीं, किसकी लड़की है?"

"रिठगढ़ के रामदत्त सिरिस्तेदारजी की।" विमलानन्द की आँखें अभी भी घुटनों पर टिके उस चन्द्रबिंब को स्थिर दृष्टि से नहीं देख पा रही थीं।

इस बार वह स्वयं चौंककर दूर हट गई, "हाय राम, उनके तो एक ही लड़की थी सुरसती! राम रे राम, छोटे वैद, क्या वही चीपड़ी (चिपटे नाकवाली) जुटी तुम्हें?" फिर सहसा विमलानन्द के उदास रुआँसे चेहरे को देख उसने

स्वयं बातों का पैंतरा बदल लिया, "कैसी मूर्ख हूँ मैं, देखो तो, न चाय के लिए पूछा, न हाथ-मुँह धोने के लिए। आओ, उठो, तुम हाथ-मुँह धो लो। मैं चाय बना लाऊँ।"

एक सरसरी दृष्टि से अतिथि के धूल-भरे चमरौंधों को देख वह अलमारी खोलने उठी तो विमलानन्द कटकर रह गया। अपने धूल-भरे जूतों पर पड़ी उस महिमामयी की पैनी दृष्टि उसे स्वयं अपने गाल पर खींचकर मारे गए झाँपड़-सी ही तिलमिला गई।

पिछले तीन वर्षों में न वह अपने दो पुत्रों के लिए गर्म कोट बनवा सका था, न पत्नी के लिए गर्म सलूका। उधर बेचारी को दूसरे पुत्र के जन्म के पश्चात् न मेवे ही खिला सका, न पँजीरी। इसी से इधर उसे बराबर मन्द ज्वर लगा रहता था। गाँव की बढ़ी-बूढ़ियों ने कहा था, 'बेटा विमलानन्द, इसका परसूत बिगड़ गया है, दशमूलारिष्ट बनाकर पिला इसे।' दोनों पुत्रों के लिए कोट का कपड़ा खरीद उसने दशमूल की सामग्री खरीदी, चाय के बंडल, रेवड़ी-गजक में ही पुरस्कार का वृहत् अंश निकल गया। इसी से चौराहे पर बैठे एक मोची से उसने पुराने जूतों में ही नया हाफसोल लगवा, उनका कायाकल्प कर लिया था। तब उसे क्या पता था कि क्षणिक सनक में उड़ता वह विस्मृत प्रेयसी को देखने दिल्ली पहुँच जाएगा!

उसके जाते ही इधर-उधर भीरु दृष्टि से देख, विमलानन्द ने अपने धूल-सने जूते पर्दे के पीछे खिसका दिए। गुसलखाने गया, तो उसकी आँखें चौंधिया गईं। हे भगवान्, यह गुसलखाना था या महल! बड़े-से दर्पण में अपना सहमा सफेद चेहरा देख वह धरती में गड़ गया। जल्दी-जल्दी हाथ-मुँह धोकर वह बाहर निकला तो वसंती रूमाल में चाय का गिलास लपेटे खड़ी थी। मेज पर न जाने कैसे-कैसे व्यंजन सजाकर रख दिए थे उसने। एक चाँदी की तश्तरी में मेवे, मिठाई, नमकीन और फलों के स्तूप के शिखर पर रसीले अंगूरों का गुच्छा। विमलानन्द की आँखों में नन्हे भोले पुत्र का चेहरा तैर गया। पंद्रह-बीस दिन पहले जब वह उसे गोद में बिठाकर ईसप की खट्टे अंगूरवाली कहानी सुना रहा था, तो अपने देवदूत-से चेहरे को उसने अपने पिता की ओर उठाकर पूछा था, 'अंगूर क्या बहुत मीठे होते हैं, बाबू? हमारे काफल से भी मीठे?' ठीक ही तो था, बेचारे की नन्ही जिह्वा का परिचय पहाड़ी फलों ही तक तो सीमित था!

आठ

"लो, चाय पीकर देखो, कैसी बढ़िया बनाई है!" मोटे लाल पर्दों को चीरती संध्या की प्रगाढ़ लालिमा पूरे कमरे को रँग चुकी थी। फुरफुर करती तीन-चार चिड़ियाँ झाड़फानूस के झुमकों पर बैठ उन्हें टुनटुन कर हिला गईं। चौंककर विमलानन्द ने पहली बार वसंती को ठीक से देखा। इसी बीच वह अपनी रेशमी साड़ी और गहने शायद उतार आयी थी। एक नीले रेशमी बाँहहीन झब्बे से निकली उसकी गोरी बाँहों पर विमल की दृष्टि नगीने-सी स्थिर हो गई।

"मनीऑर्डर पर तुम्हारी राइटिंग मैंने देखते ही पहचान ली थी...बेचारी बुबू..." उसने एक लम्बी साँस खींचकर कहा, "सोचती ही रही होगी कि मैं उसे एक दिन अपने पास बुला लूँगी, पर यहाँ कैसे उसे बुला सकती थी, कैसे?" वह जैसे स्वगत भाषण में एक पल को विमलानन्द की उपस्थिति को भी भूल-बिसर गई थी।

"क्या हुआ था? बीमार हुई थी क्या?" उसने फिर चौंककर पूछा।

"नहीं, बड़ी अच्छी मौत पाई। सुबह नहीं उठीं, तो हमने समझा, ठंड के मारे नहीं उठ रही हैं। उस दिन बेहद बर्फ गिरी थी। बड़ी देर बाद मैं ही गया तो देखा, ऐसी शांत पड़ी हैं, जैसे सो रही हों। बाद में तकिया उठाया गया तो भारी लगा और फिर गुदड़ी में भी कागज फड़फड़ाए। मुझे कुछ संदेह हुआ। पंचों के सामने ही सींवन उधेड़ी गई। पूरे दो हजार के नोट और रेजगारी निकली। उन्हीं के जेठ ने क्रिया करी और वे ही रुपया भी ले गए।"

"मुझे याद करती थी क्या?"

"बहुत। जब मैं जाता, तुझे ही याद करती थीं। कहती थीं, एक बार मुझे उसके पास पहुँचा दे।"

"अरे, तुमने तो कुछ खाया ही नहीं!" गीली आँखों को मुँह फेरकर पोंछ, वह एक बार फिर अपनी आनंदी मुद्रा में लौट आई।

"क्या मेरे घर में भी खाने का परहेज कर रहे हो छोटे वैद?"

"नहीं, नहीं, परहेज अब कहाँ रह गया! वह तो बाबू की बरसी के बाद ही छूट गया।"

"मुझे क्या याद नहीं है? कड़कती ठंड में भी बड़े वैदजी तुम्हें कैसे एक पतली धोती पहनाकर, संध्या की कवायद में गूँधकर रख देते थे?

उसी बीच मैं जानबूझकर चूरन माँगने पहुँच जाती, तो तुम अपने बकोध्यान के बीच अपना गायत्री जाप भूलभाल, कनखियों से मुझे ही देखते रहते। सब याद है मुझे।'' वह जोर से हँसी और उसमें वर्षों से दबी चिंगारी दप से सुलग उठी।

पूरे कमरे में अँधेरा रेंग आया था, फिर भी वसंती ने बत्ती नहीं जलाई। विमलानन्द के पैरों के पास बैठकर वह अपनी पूरी कहानी सुना चुकी तो स्तब्ध विमलानन्द का हाथ न जाने कब गहन सहानुभूति की प्रेरणा से खिंचा उसके कोमल केशों को सहलाने लगा था।

''तुम मुझे ऐसे न ठुकराते छोटे वैद, तो शायद मैं उस दिन अपना इतना बड़ा सर्वनाश न करती। जिस दिन मुझे बिच्छू ने काटा, उसी दिन से तुम मुझसे जानबूझकर खिंचे रहने लगे थे। मैं आती तो तुम अपनी संध्या के बीच एक बार भी आँखें खोलकर मुझे न देखते। मैं कितनी देर तक खड़ी रहती। आँसुओं से मेरी आँखें अंधी हो जाती थीं। मैं सोचती, हाय, क्या वह वही छोटे वैद हैं, जो मुझे बार-बार देखकर भी नहीं अघाते थे! एक हाथ से नाक के नथुने दाब, तुम दूसरे हाथ में जनेऊ लपेटे, पत्थर बने बैठे रहते। मुझे लगने लगा, मैं उस गाँव में रही तो कभी कुछ अनर्थ कर बैठूँगी। उधर बड़े वैदजी ने भी बुबू से साफ-साफ कह दिया, विमलानन्द का रिश्ता वसंती से कभी नहीं हो सकता। नाड़ी-वेद षडष्टक योग निकला था। विवाह हुआ, तो हम दोनों एक-दूसरे को विषैले नाग-नागिन के दंतक्षतों से निष्प्राण कर देंगे। काश, ऐसा ही हुआ होता छोटे वैद!'' उसकी उत्तप्त दीर्घ निःश्वास विमल के दोनों घुटनों को अवश कर गई। उसके सिर पर धरा विमल का हाथ पीपल के पत्ते-सा थरथर काँप रहा था।

नौ

''शेर-भालुओं के पिंजड़ों के बीच मुझे छिपाकर वह मद्रासी मैनेजर जानबूझकर ही बहुत दूर ले गया था। पहले कलकत्ता, फिर मद्रास, फिर बम्बई। पहले-पहल मुझे तंबू के भीतर ही सात तालों में बन्द कर रखा गया। कहीं पुलिस मेरे नाम का वारंट लेकर आ गई, तो उनकी प्रतिष्ठा धूल में मिल जाएगी। मैं नाबालिग न होने पर भी एकदम बच्ची लगती थी। इसी से उन्होंने मुझे रात

को कभी बाहर नहीं जाने दिया। सर्कस के मैनेजर मुत्थूस्वामी की पत्नी कृष्णम्मा मुझे अपनी तीन लड़कियों के कमरे में सुलाती थी। तीनों बहनें मुझे कमरे में ही बड़े धैर्य से अपनी सर्कस-विद्या सिखातीं। उनका कहना था कि मेरा शरीर रबर-सा लचीला था। काम सीख लेने पर मैं एक दिन उन सबको बहुत पीछे छोड़ जाऊँगी। हुआ भी ऐसा ही। मैं धीरे-धीरे गहन आत्मविश्वास से ऐसी घातक छलाँगें लगाने लगी कि हमारे गाँव के लंगूर भी मुझे देख लेते तो शायद लजा जाते।'' वह हँसकर पल-भर को रुकी, फिर उचककर विमलानन्द के पास बैठ उसने दोनों हाथों से उसे जकड़ लिया। शायद उस कठिन बाहुपाश के अभयदान के बिना वह अपने दुर्भाग्य का अगला परिच्छेद उसे सुना नहीं पा रही थी।

''जिस दिन मेरा खेल होता, उस दिन विशेष घोषणा की जाती : 'ईरान की जादुई प्लास्टिक गर्ल जिसका अंग-प्रत्यंग रबर के गुलेल की ही तरह खिंच, अपने अचूक निशाने के कंकड़ से आप सबके हृदय पर सीधी चोट करेगा। सावधान, कमजोर दिलवाले मेहरबान यह तमाशा न देखें!' मैं आती और दर्शक मेरे दुःसाहसी प्राणों की मनौतियाँ माँगने लगते। मैं हवा में उछलती-कूदती आग के छल्ले से सरसराकर निकल जाती, गरजते शेर की अयाल के साथ हँस-हँसकर अपनी चोटी गूँथती और प्रशंसा की तालियों से सर्कस का पूरा पंडाल गूँज उठता। मुत्थूस्वामी मुझे बेटी-बेटी कहकर पान के पत्ते-सा फेरते। उनकी पत्नी से मैं कहती थी, अम्माँ। अम्माँ मुझसे अपनी पुत्रियों से भी अधिक लाड़ लड़ाती। मैं अपने सरल पहाड़ी व्यंजनों का स्वाद भूल चुकी थी। तुम्हें तो पता ही है, मेरी बुबू की अँगुलियों से कैसा रस टपकता था, पर सच कहती हूँ छोटे वैद, मेरा अकृतज्ञ चित्त एक बार भी उनके बनाए सिंगल या डुबुक भात के लिए नहीं तरसा। चटपटे साँबर और इमली के रस में बने खट्टे रसम की नवीन महिमा ने ही मुझे मोह लिया। अम्माँ कहतीं, 'भगवान ने मुझे लड़का दिया होता वसंती, तो मैं तुझे अपनी बहू बना आँखों में मूँदकर रखती।'

'' मैं बड़े आनन्द से ही थी छोटे वैद, कि मेरी स्नेही अम्माँ को एक दिन सर्कस का शेर खा गया। नित्य की भाँति वे उसे दुलारने गईं, तो दुष्ट ने उन्हें दबोच लिया। उधर वह पालतू भेड़-सा शेर कई दिनों से विचित्र हरकतें करने लगा था। जैसे ही मैं दर्शकों का मनोरंजन करने उसके गले में बाँहें डालती, वह विचित्र भारी आवाज में गुर्राने लगता। एक दिन तो उसने मेरी बाँहों के अपने गले में पड़ते ही मुझे दबोचकर स्वयं अपनी बाँहों में ले लिया और उसी

अनचीन्ही आवाज में गुर्राने लगा। सच कहती हूँ छोटे वैद, मेरे हाथ-पैर भय से ठंडे पड़ गए, पर कृष्णम्मा उस खेल के समय निरंतर अपनी सुनहली जोधपुरी ब्रीचेस और अतलस का लाल चोगा पहने हंटर लिए खड़ी रहतीं। उनकी एक ही गर्जना उस नौ फुटे शेर को अचल बना देती थी। उस दिन भी उन्होंने गरजकर कहा, 'नक्को, नक्को' (नहीं, नहीं) और वह दुम दबाकर नित्य की भाँति मेरी चोटी के साथ अपनी सुनहली अयाल गुँथवाने लगा। पर उस दिन खेल खत्म होते ही अम्माँ ने मुझसे हँसकर कहा था, 'वसंती, तू जो रोज तीन-तीन शो में इसके गले में बाँहें डालकर इतराती है, उसी से हमारा यह वैरागी वनराज भी संसारी बनना चाहता है शायद। बचकर रहना वसंती! बहुत नक्शेबाजी मत दिखाना, कभी चट से उठाकर तुझे मुँह में धर लेगा...'

" पर मुझे नहीं धरा दुष्ट ने, धरा अम्माँ को। मुत्थूस्वामी तो जैसे पागल हो गए। अपनी बन्दूक उठाकर उन्होंने हत्यारे को स्वयं सजा दी, फिर अपने ही हाथों से बुलंदी पर चमक रहे अपने सर्कस का स्वयं विसर्जन कर दिया। अपनी तीनों पुत्रियों के साथ मुझे लेकर चले गए अपने जन्मस्थान वाल्टेयर। उनके सहसा कठोर बन गए अनुशासन में हम चारों बुरी तरह ऊबने लगी थीं। रात-रात जागरण के अभ्यस्त हमारे उत्साही हृदय सर्कस के बैंड-संगीत, दर्शकों की भीड़ और उनकी प्रशंसा में गूँज उठी तालियों की गगनभेदी गड़गड़ाहट के लिए तरसने लगे। स्नेही मुत्थूस्वामी का स्वभाव भी बेहद चिड़चिड़ा और शक्की हो गया था। न हमें कहीं उठने-बैठने देते, न स्वयं कहीं जाते। संध्या को हम चारों को लेकर समुद्र-तट पर घुमाने ले जाते और वहाँ घंटों चुपचाप बैठ समुद्र को ऐसे देखते रहते जैसे उसकी उदार तरंगें उनकी कृष्णम्मा को कभी उनके पैरों में डाल जाएँगी। इसी बीच उन्हें दूसरा धक्का लगभग निष्प्राण कर गया। उनकी बड़ी पुत्री डिंकी एक दिन उनके कठोर अनुशासन को अँगूठा दिखा अपनी दोनों जुड़वाँ बहनों मिंकी-पिंकी को साथ लेकर भाग गई। कभी हमारे सर्कस ने उसकी उन दो जुड़वाँ बहनों के अद्‌भुत व्यक्तित्व के मूल धन से पर्याप्त समृद्धि बटोरी थी। दोनों की सूरत-शक्ल, उठना-बैठना, आवाज एकदम एक-सी थी। एक को छिपा दो और दूसरी को निकाल लो। जब दोनों एक-से ऊँचे-ऊँचे रेशमी फ्रॉक और रेशमी जाँघिया पहनकर स्टेज पर आतीं, तो हमारा बौना जोकर हँस-हँसकर उछलने लगता— 'लेडीज एवं जेंटलमेन! इन अद्‌भुत स्वामी जुड़वाँ बहनों से मिलिए। जब पैदा हुईं तो दोनों की कमर-टाँगें एक-दूसरे से जुड़ी थीं, लाखों रुपया खर्च कर हमारे

मैनेजर साहब ने इन दोनों को इस खूबी से सेब की फाँक-सा कटवा अलग करवाया—अब देखिए इनका चमत्कार। मुझसे मत पूछिएगा मेहरबानो कौन मिंकी है, कौन पिंकी, क्योंकि...' फिर वह लड़कियों की तरह शरमाकर अपनी तीन फुटी देह को मोड़-मोड़कर दर्शकों को हँसा-हँसाकर लोटपोट कर देता—'क्योंकि मैं इन दोनों से प्रेम करने की मूर्खता कर बैठा हूँ श्रीमान्। पिंकी को बुलाता हूँ, तो मिंकी मेरी बाँहों में सिमट आती है और मिंकी को पुकारता हूँ तो पिंकी।' हम चारों साथ-साथ खाती, पीती, सोती, उठती थीं, फिर भी मुझे उनके षड्यन्त्र की कानोंकान खबर नहीं लगी। पागलों-से मुत्थूस्वामी ने मुझे पकड़कर ढोल-सा पीट दिया। कन्नड़ में न जाने कैसी-कैसी गालियाँ देता वह मुझे बीच-बीच में अपनी टूटी-फूटी हिंदी के चाबुक मारता, पूछता जाता, 'बोल साला, कहाँ गया हमारा डाटर्स?' पिटते-पिटते मेरी पीठ पर नीले निशान उभर आए, होंठ कट गया, पर उस जालिम को दया नहीं आई। फिर उसने मुझे मेरे कमरे में पटक ताला मार दिया। दो दिनों तक मैं भूखी-प्यासी बेसुध पड़ी रही। वह झाँकने भी नहीं आया। तीसरे दिन स्वयं उसी की बड़ी पुत्री के पत्र ने ही उनके पलायन का रहस्य खोल दिया, तीनों बहनों को एक प्रसिद्ध सर्कस-कम्पनी में नौकरी मिल गई थी। मैं समझ भी गई कि वे क्यों मुझे अपने साथ नहीं ले गईं। मेरी प्रतिभा से वे तीनों बेहद जलती थीं। उनके ईर्ष्या-दग्ध चित्त का परिचय मैं एक नहीं, अनेक बार पा चुकी थी। फिर छोटे वैद, छोटे वैद...'' वह काँपने लगी। उसकी आवाज भर्रा गई। आँखों की पुतलियाँ ऐसे फैल गईं जैसे एक बार फिर वह दुःस्वप्न-सी भयावह घटना विमलानन्द की उपस्थिति में ही घट रही हो। अपने अश्रुसिक्त कपोल उसने विमलानन्द के चेहरे से सटा लिए ''उसी रात को मुझे 'बेटी-बेटी' कहनेवाला वह काला त्रुजंग-सा मेरा रक्षक मेरा भक्षक बन गया। मैं जब सो रही थी, तब वह न जाने किस कुघड़ी में ताला खोल, भीतर चला आया। फिर...फिर तुम्हारे बाबूजी कालाढूँगी के कॉरबट साहब की कहानी सुनाते थे ना? मिहिल के पेड़ पर मचान लगा, दुनाली राइफल को साधकर बैठता था वह साहब, ठीक वही हुआ। बड़े वैद कहते थे ना—'पेड़ से बँधी उस पड़िया की करुण चीख सुनी नहीं जाती थी वसुली!' मेरी चीख सुननेवाला भी कोई नहीं था। उस बीहड़ जंगल में मैं पड़िया-सी ही चीखती रही।

दस

" तीन महीने तक मैं उसी जेल में बंदिनी बनी सिर धुनती रही। दिन-भर मेरा मुँह-हाथ-पैर बाँध वह राक्षस मुझे ताले में बंद कर पटक जाता। रात को उसके उग्र प्रणय-निवेदन की ज्वाला में झुलसती मैं पागल हो जाती। कभी-कभी वह शराब के नशे में चूर होकर आता, और एक दिन मैंने उसकी मदालस अवस्था को भाँप बंधनमुक्त होते ही उसकी लोमश काली छाती में ऐसी लात मारी कि गोंगियाकर औंधा हो गया। फिर मैं जो भागी हूँ छोटे वैद, मैंने मुड़कर पीछे नहीं देखा। तुम्हें तो पता ही है, मैं कितनी तेज भाग सकती हूँ। मिर्चों से लदी एक ट्रक खड़ी थी, उसी के बोरों के पीछे मैं सिमटकर दुबक गई। रात-भर ट्रक चलती और छीकों को प्राणांतक चेष्टा से रोकती मैं घुटनों में सिर छिपा साँस रोक लेती। आधी रात को जिस पहले शहर में ट्रक रुकी वहीं कूदकर मैं उतरी और सामने ही एक जगमगाती कोठी में घुस गई। द्वार बन्द थे, मैंने कुंडी खटखटाई तो बड़ी दूर से किसी ने कर्कश आवाज में पूछा, 'कौन है?'

" मेरा खून जम गया, क्या कहूँगी द्वार खुलने पर! द्वार खुला और फिर वही प्रश्न दुहराकर द्वार खोलनेवाली ने अपने हाथ की शिकारी टॉर्च का पूरा उजाला मेरे चेहरे पर डाल दिया, 'ओह गॉड, कौन है तुम, कीदर से आया?'

" 'मुझे बचा लो मेम साहब, मैं बड़ी दुखियारी हूँ!' मैं गिड़गिड़ाकर उस लंबतड़ंगी मेम के पैरों पर झुकी और वहीं ढेर हो गई।

" जब होश आया, तो एक सजे साफ कमरे में गुदगुदे बिस्तर पर लेटी थी। मेरे सिरहाने वही मेम बैठी थी। उसे देखते ही अपने विगत तीन महीनों का एक-एक दुःस्वप्न मुझे बौरा गया। मैं फूट-फूटकर रो पड़ी। लम्बी मेम ने मुझसे कुछ नहीं पूछा। बड़े स्नेह से मेरे सिर पर हाथ फेरती वह 'पुअर डियर', 'पुअर डियर' कहती रही।

" धीरे-धीरे मैं स्वस्थ हो गई। इस बीच हम दोनों एक-दूसरे का परिचय प्राप्त कर चुकी थीं। मेरी शरणदात्री का नाम मिसेज मैकेंजी था, नैली मैकेंजी। कभी पति कालिकट में गर्म मसालों का व्यापार करते थे, अब उनकी मृत्यु के पश्चात् स्वयं नैली मैकेंजी ने अपना स्वतंत्र व्यापार चला लिया था। अनेक फाइव स्टार होटलों में उसके शेयर थे। एक नाच का स्कूल भी था जहाँ पूर्व और पश्चिम के प्रख्यात नृत्य-गुरु नैली की शिष्याओं को नृत्य की शिक्षा देते थे।

" 'मेरे स्कूल में बड़ी प्यारी-प्यारी बच्चियाँ नाच सीखने आती हैं, इधर सब बड़े दिन की छुट्टियों में घर गई हैं। आ जाएँगी तो फिर हमारी कोठी गुलजार हो जाएगी। तुम भी मनचाहा नाच सीख सकती हो—कुचीपुड़ी, भरतनाट्यम, ओडिसी, कथकली या कथक। उधर एक ईरान की कैबरे नर्तकी को भी मैंने पेशेवर नृत्य सिखाने के लिए रख लिया है। एक रूसी वैलेरीना भी पार्टटाइम कोचिंग कर रही है। तुम वही नाच सीखना वसंती! एक बार सीख लोगी, तो अपने इस चेहरे और लचीली देह के सोने से किसी भी होटल में कैबरे नर्तकी बन एक रात में लाखों कमा लोगी।' नैली मैकेंजी की प्यारी-प्यारी बच्चियाँ नाच के साथ-साथ पुरुषों को भी तर्जनी पर नाचना सिखाती हैं यह मुझे एक महीने बाद पता लगा, छोटे वैद, दूर-दूर तक उनकी नृत्यांगनाएँ होटलों की कैबरे नर्तकी का मुजरा सँभालने रजिस्टर्ड पार्सलों-सी भेजी जातीं। मैं समझ गई कि खाई से निकलकर वसंती खंदक में गिरी है। एक वर्ष भी नहीं बीता था कि मैं नृत्यकला में पारंगत हो गई। मेरे दक्षिणी नृत्य-गुरु ने मुझे अलातचक्र नृत्य, इन्द्रजाल नृत्य, चक्र नृत्य, निष्क्रमण नृत्य, सबमें पटु बना दिया। अब कभी मैं नाचती-नाचती नन्हें बिंदु में विलीन हो जाती। कभी निकट आती, कभी आकाश में दिखाई पड़ती, यहाँ तक कि जिस सूची नृत्य को मेरी एंग्लोइण्डियन संगिनियाँ नहीं सीख पाईं, उसे मैंने इस कौशल से सीख लिया कि नाचती-नाचती मैं सचमुच ही सूई के रूप में सिमट जाती। मुँहमाँगे मोल माँगकर नैली मैकेंजी मुझे केवल बड़े-बड़े होटल ही में नाचने भेजती लेकिन मेरे पारिश्रमिक का बृहदांश वह अपने कमीशन के रूप में हड़प लेती है, यह मैं समझ गई।

ग्यारह

" 'एक दिन मैं बुढ़िया को भी अँगूठा दिखा गई। मेरी प्रतिभा ने अब स्वयं मेरे लिए ऐश्वर्य का सिंहद्वार खोल दिया था। मेरी पंगु टाँगों में अब स्वस्थ रक्त-संचार मुझे आश्वस्त कर उठा था। इसी से मैंने अपनी बदसूरत बैसाखियों को स्वयं लात मारकर दूर पटक दिया। जितने नये-नये शहरों में मैं जाती, उतने ही नये-नये नाम रखती चली जाती। कहीं थी मैं सिजलिंग शैबा, कहीं वासवदत्ता और यहाँ हूँ अग्निशिखा। मेरा समय दिन-प्रतिदिन अमूल्य होता

चला गया। ट्रेन या टैक्सी से सफर करना मैंने छोड़ दिया। हवाई यात्रा से मुझे कई बार कुवैत तक जाना पड़ा था, कभी बगदाद, कभी दमिश्क। पिछली बार दमिश्क गई, तो मेरे प्रशंसकों ने मुझे तराजू पर तौल, मेरे वजन के बड़े-बड़े गुलाबों से मुझे ढाँक दिया था। वह कालीन देख रहे हो? वह मुझे मेरे ईरानी प्रशंसकों ने भेंट किया। रूसी प्रशंसकों ने मुझे एक हीरे की अँगूठी भेंट की। ये गार्नेट मुझे एक शेख ने दिए। कहता था, 'मेरे हरम में चली आओ, हीरों से मढ़ दूँगा।' मैंने कहा, 'माफ करो, हमारे देश की औरतें आटे-चून की सौत को भी नहीं सह सकतीं। ऐसे ही सौतन बैठानी होती, तो अपने छोटे वैद के हरम में ही नहीं चली जाती?' '' फिर उसने मद-भरे कटाक्ष से विमलानन्द को बींध उसकी छाती में सिर छिपा लिया।

''अब मैं यहाँ अग्निशिखा बनकर नाचती हूँ, हाथ में जलती मशालें लेकर। जब नाचने लगती हूँ छोटे वैद, तो दर्शक साँस लेना भी भूल जाते हैं। कल रात तुम्हें ले चलूँगी।''

बारह

दूसरे दिन उठते ही फिर वह अकेली ही कार लेकर निकल गई थी। लौटी तो दोनों हाथ उपहारों से भरे थे। निखालिस चमड़े का चमकता सूटकेस भी था—प्रेमी के लाल कन्नी के थैले के दारिद्र्य को उसने देख लिया था। इतने सारे उपहार कैसे ले जाएगा उस थैले में? कितने सारे उपहार ले आई थी वसंती! छोटे वैद के लिए टसर का सिला-सिलाया कुर्ता, पाजामे; उसकी पत्नी के लिए रेशमी साड़ी; पुत्रों के लिए चाबी देकर लड़नेवाली मुर्गों की जोड़ी, रेल, मोटर, स्वेटर; छोटे वैद के लिए दर्जन-भर मुलायम रूमाल, नायलन के मोजे और नये जूते।

जूतों पर दाम की पुर्जी देखी, तो विमलानन्द का सिर चकरा गया था। उसके मासिक वेतन से भी दस रुपये अधिक चुकाकर बेकार ही खरीद लाई थी नादान वसंती। हे भगवान, क्या जूते भी इतने महँगे होते होंगे!

फिर दिन-भर वसंती ने उसे ऐसे यत्न से सजाया था, जैसे नौशे को सँवार रही हो। रात को जिद कर ही वह उसे फिर अपना नृत्य दिखाने साथ खींच ले गई थी। कैसी तेजी से मोटर चलाने लगी थी छोकरी! कई बार तो

विमलानन्द ने भय से आँखें ही बंद कर ली थीं। कुमाऊँ मोटर यूनियन का एक बस-ड्राइवर भी ऐसी ही तेजी के लिए कुख्यात था। न जाने कितनी बार गाड़ी लड़ा चुका था। लाइसेंस भी एक बार जब्त हो गया था उस लाल गाजर के-से बालोंवाले ड्राइवर जिंजर का। जब कभी वह बस चलाता, तो यात्रा कितनी ही आवश्यक क्यों न हो, भीरु विमलानन्द नैनीताल तक का दुर्गम पथ पैदल ही नाप देता। पर आज तो यह दुःसाहसी प्रेयसी उस चालक को भी मात कर रही थी।

"धीरे-धीरे वसंती, धीरे चला!" उसने एक बार उसके कंधे पर हाथ धर कर सहमे स्वर में कहा, तो अभागी ने उसे चिढ़ाने को स्पीड और बढ़ा दी। धक्के से उचककर विमलानन्द लगभग उसकी गोद में ही गिर गया।

"अभी नहीं, अभी नहीं छोटे वैद!" दुष्टा कहाँ से सीख गई थी ऐसी चुहल! "राह-चलते लोग भी तुम्हारे इस अधैर्य को देखकर हँस रहे हैं, ठीक से सँभलकर बैठो।"

लिफ्ट में पहली बार चढ़ रहे विमलानन्द की आँखें सरल शिशु की-सी ही चमक से चमक उठीं। पद-पद पर यह कैसे चमत्कार की महिमा से उसे अभिभूत कर रही थी बसुली! फिर वह उसे कोने की मेज पर शायद जानबूझकर भी बिठाकर नाचने चली गई थी। सरल प्रेमी को वह दिल्ली की उस मनचली तामसी भीड़ के घेरे से बचाने के लिए ही वहाँ बिठा गई थी, जिससे अतिथियों की बुभुक्षित दृष्टि से जब उसका नृत्य देख वासना की वीभत्स लपटें निकलें, तो वह न देख पाए। उस निर्जन कोने में भी उसका मनभावना पाहुना सहम-सिकुड़कर बैठा है, यह वह नहीं जानती थी। कैसी भीड़ थी, कैसा निर्लज्ज पहनावा था स्त्रियों का और कैसे संस्कारहीन ठहाके! फिर सहसा बत्ती बुझ गई। काले सूट में कलफ की गई फ्रिलदार, पहाड़ी औरतों के-से जंपर-सी, कड़ी कमीज पर रंगीन तितली का-सा फंदा गले में बाँधे एक मर्कटमुखी अंग्रेज आकर मंच पर खड़ा हो गया।

"लेडीज एण्ड जेंटलमेन, यह मेरा सौभाग्य है कि अपने होटल की ही नहीं—पूरे भारतवर्ष की इस अलौकिक नृत्यांगना अग्निशिखा से आप सबका परिचय कराने का सुअवसर मुझे प्राप्त हुआ है। मैं यह अपना परम कर्त्तव्य समझता हूँ कि आप सबको सावधान कर दूँ। अग्निशिखा की सर्वभक्षी लपटों से आप अपनी-अपनी रक्षा करें श्रीमान्..."

तेरह

फिर हँसी की एक मदिर गूँज उस विचित्र संगीत में डूब गई, जैसे पहाड़ के किसी प्राचीन मन्दिर में तुरह, ढोल, दमामे बज रहे हों। तब क्या यह संगीत-परिचालना भी वसंती की ही थी? निश्चय ही यह उसी के अद्‌भुत मस्तिष्क की सूझ थी, नहीं तो कुमाऊँ के छोलियाँ नर्तकों की यह अनोखी दमामे की हुड़क-भरी धुन कैसे स्वयं उसके पैरों को ताल देने को बाध्य कर रही थी :

'जाग जा भुतंणी
झगुलै चिथड़ी'

अरी भुतनी, जाग, जाग तेरी झगुली नाचते-नाचते चीथड़ा हो गई है। मयूर पंखों का विजना डुलाते देवता के आह्वान में काँपते-थरथराते जागेश्वर के जगरिया ऐसीं ही सम्मोहित मुद्रा में तो झूमते थे। अंधकार को चीरती, हाथ में ज्वलंत मशाल लिये झूमती वसंती मंच पर खड़ी हो गई। कैसी विचित्र छटा थी! प्राचीनकाल की नर्तकियों की ही भाँति वसंती के वस्त्र धारण करने का प्रधान लक्ष्य अंग-सौष्ठव को उघाड़ना था, ढँकना नहीं। नाभि, त्रिवलय, वक्ष की महिमा को किसी भी परिधान ने म्लान नहीं किया था, किमखाब जैसे दर्शनीय अंशुक की भाँजों में कटि के नीचे की सुडौल बनावट किसी मूर्ति पर लिपटे रेशमी थान-सी मोहक लग रही थी। कंठ में था स्वर्ण और प्रबाल निर्मित ग्रैवेयक कंठा। तब क्या छोकरी बुबू की यह मोहनमाला भी तिड़ी कर लाई थी? पतली कमर में रत्नजटित मेखला प्रत्येक पदचाप के साथ छन-छनकर बज उठती। और विमलानन्द को लगता, काव्यों में जो रानियों का अपनी मेखला द्वारा राजाओं को बाँधने का चित्रण है, वह कपोल-कल्पित नहीं हो सकता।

अग्निशिखा की लपटों को अपनी मोहनमाला के सुवर्ण मनकों में प्रतिबिंबित करती वह किस तीव्रता से घूम रही थी, जैसे आतिशबाजी की फिरकी हो! सहसा संगीत तीव्रतर हुआ और उसी की जैसी अनेक नृत्यांगनाएँ मशाल लिये उसे घेरकर नाचने लगीं। सचमुच ही स्तब्ध दर्शक साँस थामे उस अपूर्व नृत्य को देख रहे थे। झिलमिलाती लपटों में चमकती ताम्रवर्णी नर्तकियों के बीच वसुली की तप्त कांचनिभ देहयष्टि सहसा स्थिर होकर खड़ी हो गई। कैसा देखा-देखा-सा दृश्य लग रहा था! फिर उसे स्वयं ही अतीत की स्मृति उस दृश्य का परिचय दे गई। बहुत पहले एक बार स्याही देवी के पहाड़ में

ऐसी ही दावाग्नि देखकर वह भयमिश्रित आश्चर्य से जड़ हो गया था। पहले एक लपट, फिर दूसरी, फिर तीसरी और फिर धू-धू कर एक लम्बी अग्निरेखा पूरे जंगल को कौंधा गई थी।

'अरे, कुछ नहीं यार!' उसके मित्र सदानन्द ने उसके कंधे पर हाथ धर उसे चौंका दिया था, 'पितरौलों ने आग की लाइन काटी है। जानबूझकर यह आग लगाते हैं जंगलात के अफसर।' आज भी उसे लगा, जैसे स्याही देवी का जंगल एक बार फिर उसी दावाग्नि में धधक रहा है। किंतु इस बार वैसी ही दावाग्नि उसके हृदय को भी दग्ध कर रही थी। जी में आ रहा था, भागकर नादान वसुली को उन लपेटों से बाहर खींच लाए और गोद में लिये कहीं दूर निकल जाए। बड़ी देर बाद जब वसंती उसे कार में बिठाकर घर लौट रही थी, तो वह मार्ग-भर निःशब्द बैठा रहा। बिजली के किसी नंगे तार ने जैसे उसे जोरदार झटका दे, उसकी चेतना को ही अवश कर दिया था। उस रात को भी वसंती पहली रात की ही भाँति उसके गले में बाँहें डाल लिपट गई।

चौदह

"छोटे वैद, इतने गुमसुम क्यों हो गए हो? क्या मेरा नाच पसंद नहीं आया तुम्हें?"

"वसंती!" विलंबित मौन को विमलानन्द के निष्कपट हृदय के सरल निवेदन ने स्वयं भंग कर दिया, "तू ये सब छोड़ वसुली, मेरे साथ गाँव चल।"

"क्या?" वसंती उठकर बैठ गई—बड़ी-बड़ी विस्फारित आँखों की कर्णचुंबी कज्जल रेखा अभी भी वैसी ही प्रगाढ़ बनी रह गई थी। जोर से हँसकर उसने अपने करपुट में विमलानन्द का गम्भीर चेहरा थाम लिया।

"यह क्या सुन रही हूँ मैं—मेरे साथ गाँव चल—क्या मुझसे दूसरा ब्याह करोगे छोटे वैद। रामदत्त की चीपड़ी सुरसती मुझे झाड़ू लेकर खदेड़ देगी..."

"नहीं," उस सरल गंभीर चेहरे पर परिहास की क्षीण रेखा भी नहीं उभरी, "तू उसे नहीं जानती। मैं उससे कहूँगा, मैं वसंती के बिना जी नहीं सकता सुरसती, तू इसे अपनी सौत मानकर नहीं, छोटी बहन मानकर स्वीकार कर, तो उसे कभी आपत्ति नहीं होगी। हमारे पहाड़ में कितने ही बड़े-बड़े आदमियों की दो पत्नियाँ हैं।"

वसंती इस बार 'हो-हो' कर हँस पड़ी। "हाय रे मेरे गोबर गणेश! संसार की कौन-सी स्त्री आज तक सौत को छोटी बहन मानकर स्वीकार कर सकी है? सगी छोटी बहन भी अगर सौत बन जाए, तो भी वह फिर सगी बहन के रूप में नहीं स्वीकार की जाती भोलेनाथ! एक यह ही ऐसा रिश्ता है छोटे वैद, जिसमें हिस्सा-बाँट नहीं चलता, समझे?"

"मैं जानता हूँ, तू क्यों नहीं आना चाहती–" विमलानन्द का पराजित कंठस्वर रुआँसा हो गया, "जिस गाँव में अभी भी लोटा लेकर दिशा-जंगल जाना पड़ता है, वहाँ भला तू ऐसी राजरानी बनकर कैसे रह सकती है! पर इस पापकुंड में तू एक दिन स्वयं ही घुट-घुटकर मर जाएगी वसुली! क्या तुझे परलोक की चिंता भी नहीं है?"

पन्द्रह

"नहीं!" वसंती का स्वर किसी सिरचढ़ी जिद्दी अबोध बालिका की भाँति दृढ़ता से गूँज उठा, "परलोक की चिंता में अपना इहलोक भी बिगड़े, ऐसी मूर्ख नहीं है वसंती। तुम्हीं बताओ, परलोक की चिंता करते-करते तुम्हें इस लोक में कौन-सा सुख मिला है? आओ छोटे वैद, आज हमारी आखिरी रात है, कल तुम चले जाओगे, अब अपना यह गरुड़ पुराण मत खोलो। यह रात क्या विधाता ने परलोक-चिंतन के लिए बनाई है? आओ–"

उस मधुर आह्वान में डूबा विमलानन्द फिर असहाय तिनके-सा बहकर बड़ी दूर निकल गया था। आधी रात को एक बार नींद टूटी तो पास में सोई गहन निद्रामग्न सहचरी के शांत-निरुद्वेग चेहरे को देखते ही आँखें छलछला उठीं। बड़ी ममता से उसे खींचकर उसने छाती से चिपटा लिया। ललाट पर मत्त प्रणयी के होंठों के तप्त स्पर्श से एक पल को वह जगी, फिर नींद में ही 'छोटे वैद', 'छोटे वैद' बड़बड़ाती, अलस बिल्ली-सी उसकी छाती में सिमट गई। नित्य के अभ्यास से विमलानन्द की आँखें सूर्य का प्रथम स्पर्श पाते ही खुल गईं।

क्लांत अग्निशिखा बेखबर सो रही थी। रेशमी चादर से उसके उघड़े तन को ढँककर वह बरामदे में चला आया और बड़ी देर तक झूलनेवाली कुर्सी में झूलता रहा। न जाने कब वह उठकर आई और दूसरी कुर्सी खींच उसके पास

बैठ गई।

"इतनी जल्दी मुझे छोड़कर क्यों उठ गए छोटे वैद? क्या आज सचमुच जा रहे हो?"

"हाँ, छुट्टी नहीं है वसंती, फिर इधर नंदन की माँ की भी तबीयत ठीक नहीं है।"

"ओह, कल रात तो बेचारी नंदन की माँ की तबीयत की ऐसी चिंता नहीं सता रही थी तुम्हें, क्यों?" दुष्टता से हँसकर उसने कुर्सी पर धरे गौर करपृष्ठ पर तीखी चुटकी काटी।

"ओह, क्या बचपना कर रही है वसुली! देख, मांस उभर आया। बाप रे बाप, नाखून हैं या गोरखाली खुखरी! मैं पत्थर का बना हूँ क्या?"

"वही तो देख रही थी—बड़ी खुशी हुई छोटे वैद, कम-से-कम विश्वास तो हो गया कि पत्थर के बने नहीं हो। बस से जाओगे या ट्रेन से? वैसा ही इंतजाम करवा दूँ?"

"मैं खुद कर लूँगा।" विमलानन्द का स्वर एक बार फिर अभिमान की प्रत्यंचा में चढ़ गया।

"देखो छोटे वैद! जाने से पहले एक काम करते जाओ। वह पतली-सी सड़क देख रहे हो, जो मेरे घर तक आती है, अभी कच्ची है, पक्की बनवा रही हूँ। महीने-भर में तैयार हो जाएगी। अगली बार आओगे तो यहीं तक अपनी मोटर में लाऊँगी तुम्हें। बड़ी इच्छा है--पक्की बनते ही एक संगमरमर की सफेद पट्टी में इसका अच्छा-सा नाम लिखकर लगा दूँ। तुम्हीं को यह नाम रखना है—एक अच्छा-सा नाम बता जाओ इसके लिए।"

"नाम?" उसकी गूढ़ हँसी में जैसे दबी सिसकी बिफर गई, "मैं क्या नाम रखूँ वसुली, इसका नाम तो विधाता ही ने रखा है—"

"क्या?" आश्चर्यमिश्रित झल्लाहट से वसंती का स्वर तीखा हो गया, जैसे वह मन-ही-मन जान गई थी कि उसका नृत्य देखकर रूठे उस दंभी अतिथि का प्रतिशोध किसी घातक व्यंग्योक्ति का प्रहार कर उसे निष्प्राण कर देगा।

"रथ्या। रथ्या कहते हैं ऐसी सड़क को।" वह हँसकर उठ गया।

"मतलब?"

"मतलब यह है वसंती, वेश्याओं के मुहल्ले तक जानेवाली पतली सड़क को रथ्या ही कहते हैं।"

वसंती का चेहरा जिस तेजी से तमतमाया, उसी तेजी से एकदम निस्तेज

होकर रक्तहीन को उठा।

तेजी से उठकर वह भीतर चली गई। खिसियाया-सा विमलानन्द उसके पीछे-पीछे चला आया, पर वह एक शब्द भी नहीं बोली। उसके आतिथ्य की सरस रसधार जैसे उसी क्षण उसके छोटे वैद के अग्निवाण ने सोख ली थी। न फिर उसने विमलानन्द से खाने के लिए पूछा, न स्वयं खाया। वह दीवानखाने में मूर्ख-सा बैठा रहा, उधर मानिनी कमरे में चिटखनी चढ़ाकर बैठ गई।

सोलह

संध्या होने पर ही वह बाहर निकली, तो विमलानन्द उसी मुद्रा में बैठा था। उसकी ओर देखे बिना ही वह फिर तैयार होने लगी थी।

विमलानन्द ने हँसकर उसे मनाने की चेष्टा भी की।

"क्या आज भी नाचने जा रही हो अग्निशिखा?" पर उसने कुछ नहीं कहा। तमतमाए चेहरे पर प्रलेप करती वह अपनी प्रत्यंचा-सी भृकुटियाँ ही सँवारती रही।

"मैंने कहा, आज मत जा वसु, कल सुबह की बस से तो मैं लौट जाऊँगा। न जाने फिर कब मिलेंगे। वहाँ जाना क्या इतना जरूरी है?"

"जी हाँ।" इस बार उसका स्वर पैनी छुरी-सा तीखा था, "न जाऊँ तो खाऊँ क्या? तुम खिलाओगे मुझे?"

"हाँ, तू चल तो सही वसंती, गायत्री की सौं, मैंने तेरा अँगूठा पकड़ तुझे जिंदगी-भर न खिलाया तो मुझे दस जूते मारना। तू इस ऐश्वर्य के मिथ्या मोह को त्याग दे वसुली!"

"छिपकर जूठन खाना सहज है छोटे वैद, भाई-बिरादरी के सामने जूठी पत्तल में खा पाओगे? बोलो?" उत्तेजित वसंती का प्रश्न उसके कंठ में पड़ी गार्नेट की माला को तीव्र गति से उठा-गिरा रहा था।

"पाप-पुण्य की चिंता मुझे अब नहीं है छोटे वैद," वह फिर स्वयं ही शांत होकर कहने लगी, "मैं बड़े सुख से हूँ और इसी सुख में रहना चाहती हूँ। तुम्हें मेरा अँगूठा पकड़ने की बात बड़ी देर में सूझी छोटे वैद! अब तुम्हारा-हमारा रास्ता अलग-अलग है।"

विमलानन्द ने फिर कुछ नहीं कहा। उसका उत्तर उसे मिल चुका था।

तब क्या वह उसके लिए क्षणिक चटोरी-क्षुधा बुझाने का साधनमात्र था? और इसी छोकरी के लिए वह क्षण-भर पूर्व धरती-सी सहिष्णु पत्नी और अबोध पुत्रों की निरीह गर्दनों पर स्वयं छुरी रखने को तत्पर था। पितरों के पूर्वकृत पुण्य ही शायद उसे उस अन्धे कुएँ में गिरने से बचा गए थे। तैयार होकर वह जाने लगी तो स्वयं ही ठिठककर खड़ी हो गई।

"तुम मेरे लिए खाने को मत रुकना, मुझे लौटने में शायद कुछ देर होगी। तुम्हारे लिए सैंडविच बनाकर रख गई हूँ, मेवे हैं, फल हैं, फ्रिज में दूध है।"

सत्रह

वह चली गई तो विमलानन्द ने बत्ती भी नहीं जलाई। क्या यह वही वसंती थी? यह जानकर भी कि वह दिन-भर भूखा-प्यासा बैठा रहा है, उल्टा-सीधा खाना मेज पर पटककर वह चली गई थी। पिछले ही इतवार की तो बात है, पेट में हल्का-सा दर्द था, इसी से उसने दिन-भर कुछ नहीं खाया और सुरसती बौरा-सी गई थी। कभी काली मिर्च डली चाय बना लाई थी, कभी आग में भुने मुनक्के। अपने भी दिन-भर बिना कुछ खाए-पिए वह पति के पीछे छाया-सी डोलती रही थी। पतिव्रता पत्नी से वह कितनी बड़ी प्रवंचना कर गया था! सहसा वसंती का दिया एक-एक उपहार उसे डंक-सा दे उठा। जेब में लगा नया फाउंटेनपेन, टसर का कुर्ता, पाजामा, पैरों में कीमती जूते, नायलन के मोजे, सबकुछ उसने यत्न से तहाकर मेज पर धर दिए। उपहारों से भरे सूटकेस का तो उसने स्पर्श भी नहीं किया था। पत्नी की साड़ी की लाल कन्नी के थैले से उसने अपने फटे मोजे निकालकर पहने। फटी एड़ियों पर बड़ी ममता से हाथ फेरा, पर्दे के पीछे से धूल-भरे चमरौधे निकालकर पहने, द्वार पर ताला लगा, चाबी दरार से भीतर सरका दी। उसकी दूसरी चाबी गृहस्वामिनी अपने बटुए में रखती है, यह वह जानता था। अंतिम सीढ़ी से नीचे कदम रखा तो ताजी हवा के झोंके ने उसके बिखरे बालों का स्पर्श किया। धूल-भरी पतली सड़क पर वह अपनी लम्बी टाँगों के तेज कदम रखता चलने लगा।

बीच-बीच में रोड़े-कंकड़ों पर उसके नये फूहड़ हाफसोल फिर वही विचित्र ध्वनि कर उठे—भटाम, भटाम! पहाड़ी कांकड़ मृग जैसे स्वयं ही अपनी पदचाप

से चौंककर इधर-उधर देखने लगता है, ऐसे ही उसने भी चौंककर एक-आध बार इधर-उधर देखा फिर हाथ के थैले को कसकर पकड़े वह धूल-भरी रथ्या को अपने चमरौधों की कड़ी कड़क से रौंदता तीर-सा निकल गया।

शर्त

"मुर्ग रोस्ट होगा, सरकार?" खानसामे ने पर्दे से झाँककर पूछा।

"हाँ, और सब बन गया, अली?" रमा ने फूलदान ठीक करते-करते पूछा।

"जी सरकार, बिरयानी तैयारी पर है, फिश मैकेरुनी बनाकर 'फ्रिज' में धर दिया है और कोफ्ता, कोरमा सब तैयार है, बस सींकची बनने को है।"

अली की फ्रेंच-कट सफेद दाढ़ी के बाल भी आज विशेष करीने से सँवरे थे।

"ठीक है।" रमा ने फूलदान उसे थमाकर कहा, "इसे खाने की मेज पर लगा देना, और देखो मुर्ग वैसा ही बने, जैसा लार्ड ऐशले की दावत पर बना था, तुम्हारी तारीफ पंडितजी तक पहुँच गई है अली, अब लगता है, तुम हमारे हाथ से छिटक जाओगे।"

"नहीं, सरकार।" कत्थे से सनी बत्तीसी दिखाकर अली ने कहा, "वैसे खुदा झूठ न बुलवाए, रोज अमेरिकी अम्बेसीवाले बुलावा भेज रहे हैं, पर आपका नमक खाया है, मजाल है जो कोई पहुँचा पकड़ ले—आप आराम से तैयार हो लीजिए, मुर्ग ऐसा बनेगा—इंशाअल्ला—कभी बना नहीं होगा।"

अली की जिन्दगी ही बावर्जीखानों में गुजरी थी। अंग्रेज, इतालवी और जर्मन फौजी अफसर, रियासत के रजवाड़े, उनके शौकीन रेजिडेंट, सबकी ऊँची-ऊँची पसन्दों को उसने चुटकियों में जिमा दिया था। मुर्ग बनाने की हर बारीकियाँ उसके जर्जर हाथों में सध गई थीं, कई 'सर्टिफिकेटों' से उसका बक्सा भरा पड़ा था पर हिन्दुस्तान आज़ाद हुआ तो उसकी आज़ादी चली गई। खुदा बचाए इन हिंन्दुस्तानी मेम साहबों से। पहले एक कमिश्नर साहब के यहाँ नौकरी की, सुना था आई.सी.एस. साहब है पूरे डिवीजन का शहंशाह और वह भी अपने ही मुल्क का, चट से अली ने नौकरी कर ली। दूसरे ही

दिन से मेम साहब आलू गिन-गिनकर देने लगीं और एक दावत के दिन एक सिगरेट के डिब्बे में डालडा देकर बोलीं, "खानसामा, बढ़िया मुर्ग बनाना, समझे और इसी घी में कोफ्ते भी बना लेना।" अली से नहीं रहा गया, अकड़कर बोला, "गुस्ताखी माफ हो, गरीबपरवर, मुर्ग तो बादशाही तबीयत का होता है, इत्ते-से घी में तड़पकर रह जाएगा।" बस उसी दिन उसे जवाब मिल गया, फिर गया एक डिप्टी सेक्रेटरी के यहाँ, जहाँ उसकी लाई चीज़ें, मेम साहब फिर तराजू पर तोलतीं और हर छटाँक पर उसका ईमान तौला जाता। अली वहाँ भी छोड़ आया और अन्त में उसकी नाव किनारे लग ही गई।

उसकी इन मेम साहब ने जैसी चाँद-सी सूरत पाई थी, वैसी ही मीठे चश्मे-सी तबीयत भी। दिन-रात दावतें होतीं, प्राइम मिनिस्टर से लेकर राजदूतों तक की भीड़ लग जाती पर आज की दावत सबसे बढ़िया होगी, अली समझे? मेम साहब ने कहा और वह जी-जान से जुट गया था। सच, आज की दावत में रमा बाजी मार ले जाना चाहती थी। अपने ड्राइंगरूम के वैभव को उसकी मुग्धा दृष्टि बार-बार चूम रही थी। एक-एक पेंटिंग चार-चार हजार से कम की नहीं थी। कहीं दीवार पर उसका प्रधानमन्त्री के साथ चित्र टँगा था, कहीं वह महारानी एलिज़ाबेथ से हाथ मिला रही थी और किसी चित्र में वह धूप का चश्मा लगाए पोलो के विजेताओं को पुरस्कार के कप वितरित कर रही थी। विदेश-यात्रा से लाए गए उसके सोविनेयर यत्र-तत्र बिखरे थे। देखकर ही लगता था कि किसी डिप्लोमेट की सुरुचिपूर्ण बैठक का कक्ष है। आज आएगी लीला, वही लीला जिससे वह अपने जीवन की सबसे बड़ी शर्त हार गई थी, ठीक बीस वर्ष पहले। आज उसी हार का बदला लेना होगा, लीला का चित्र उसने कल ही 'ईव्स वीकली' में देखा था, कितनी मोटी और बेडौल होकर फूल गई थी बेचारी! लीला, आज तुम देख लोगी कि तुम्हारा आनन्द मुझे देखकर फिर वैसे ही उन्मत हो उठेगा, अपनी नासमझी पर मन-ही-मन झुँझलाएगा, खीझेगा और बाहर-भीतर जाते मुझे ही देखेगा, केवल मुझे, तुम्हें नहीं—तुम्हारे यौवन ने तुम्हें दगाबाज मित्र की भाँति छोड़ दिया है और मैं? हा-हा-हा कर जोर से हँसने को जी हो आया रमा का। दो साल में वह पूरे चालीस की हो जाएगी पर क्या उस चिकने-से भोले चेहरे पर एक भी झुर्री उभरी थी? उन मस्तानी आँखों का जादू रत्ती मात्र भी कम हो पाया था?

उसकी मन्दोदरी देहवल्लरी क्या अभी भी वन्यलता-सी लचीली नहीं थी? बीस वर्ष पहले उसके जी में आया था कि इसी नागिन-सी लीला की छाती

को चीरकर उसका खून पी ले और आज कितने आग्रह से उसने उसी लीला को 'डिनर' पर बुलाया था! अपने पति से उसने कभी नहीं कहा और कहती भी क्या! यही आनन्द पांडे जब आई.सी.एस. में सर्वप्रथम निकलकर कटी पतंग-सा विवाह की मार्केट में आ गिरा तो समृद्ध जनकवर्ग दल बाँधकर उसकी कटी डोर पकड़ने टूट पड़ा था। जूट के व्यवसायी श्रीकान्त जोशी, जिनकी मेम-सी गोरी दुहिता के लिए कितने ही पर्वतीय रससिद्ध कवीश्वरों ने कविता के पोथे-के-पोथे लिख मारे थे, सिविल-सर्जन राघव पन्त जिन्होंने अपनी श्यामा पुत्री के द्वाराचार में ही एक चीनी की मिल देने की घोषणा कर पूरे कुमाऊँ समाज में खलबली मचा दी थी और भोलेश्वर जोशी, जिन्हें कुमाऊँ के उच्च गोत्रीय ब्राह्मणों ने बहुत नीच कुल के जोशियों से सम्बन्धित सिद्ध कर दिया था, अपने अपमान का बदला लेना चाहते थे, मुँहमाँगे दामों आनन्द को जामाता रूप में खरीदकर! किन्तु रमा उन सब मूर्खों की महत्त्वाकांक्षा की व्यर्थता जानती थी। उसके पिता की स्कूल-मास्टरी ने उनके दस प्राणियों के परिवार को मध्यवर्गीय स्तर से भी बहुत नीचे पटक दिया था। वह जानती थी कि उनके अभावग्रस्त गृह में केवल तीन नीग्रो होंठवाले मोटे-मोटे प्याले और पाँच बदरंग तश्तरियाँ थीं, कभी कोई सम्मानित अतिथि आ जाता तो पिछवाड़े का द्वार खोलकर वह अपने छोटे भाई-बहनों में से किसी को दौड़ाकर पड़ोस से चम्मच मँगवाने भेज देती, एक तश्तरी में आध पाद मिठाई बिखेर-बिखेरकर ऐसे सजा देती, जैसे ढेर-सी दिखने लगे। भाई-बहनों को सिखाना-पढ़ाना भी पड़ता, 'देखो, मेहमानों का मुँह मत ताकना, खबरदार जो टुकड़ा भी लिया, कह देना हमने अभी खाना खाया है।' अतिथि के जाते ही उसका अनुशासन भंग हो जाता और भाई-बहनों का जत्थे-का-जत्था टूट पड़ता, मिनटों ही में तश्तरी साफ हो जाती। माँ की फटी साड़ियों का आवरण ओढ़ते-ओढ़ते घर की एकमात्र रजाई अपना अस्तित्व खो बैठी थी पर फिर भी चिरदारिद्र्य से पूरी तरह निगले जाने पर भी स्कूली मास्टर रामदत्त पन्त का काठ का पहाड़ी मकान, सदा द्युतिमान तारे-सा ही चमकता। भुनिया बुआ जब कभी मायके आती, अपनी भाभी से यही कहती, "जो भी हो नानबोज्यू, बच्चे तो तुम्हारे खरे कुन्दन के टुकड़े हैं। एक-से-एक गन्धरब किन्नर! देख लेना अपनी यही रमुली लाखों की भीड़ में भी चमककर ही रहेगी। क्यों नहीं माँगती आनन्द की कुंडली?" बुआ के छेड़े गए इसी प्रसंग ने रमा की दुनिया बदल दी। बार-बार वह आईने में अपना चेहरा देखती और लाल पड़ जाती।

"तुम भी लली हो लली। कहाँ राजा भोज, कहाँ गँगुआ तेली! कैसे-कैसे लाट कमिश्नर रुक्मी को पान-सा फेर रहे हैं–मुझे क्या पूछेगी!" एक लम्बी साँस खींचकर उसकी माँ फिर उधड़े ऊन का मोजा बुनने लगी थी। कितनी खीझ उठी थी उसे अम्मा पर उस दिन। लेकिन वह जानती थी कि उसका सौन्दर्य ही, पिता के कुल के वैभव का द्योतक नहीं है? गर्व से, उसने घर के एकमात्र दर्पण में, घूम-घूमकर हर कोण से कितनी बार अपना चेहरा देख डाला था। एक तुक का आईना भी तो नहीं था घर में! एकमात्र दर्पण में बड़ी-सी काली दरार थी, रंग-बिरंगे नाना प्रकार के बिनाका के ट्रांसफर, छोटे भाई ने इधर-उधर चिपका दिए थे। एकसाथ पूरा चेहरा देखने का कोई उपाय ही नहीं था, कभी एक जोड़ा रसीली चितवन दिख जाती तो कभी एक फाँक मूँगिया अधर! अपने अंग-प्रत्यंग पर रमा को गर्व था, एक तो वह वयःसन्धि की उस ऊँची सीढ़ी पर खड़ी थी, जहाँ से अपने सद्यःप्राप्त यौवन-धन की श्रेष्ठता सबसे प्यारी लगती है। अपने दरिद्र गृह की भी वह राजरानी थी, अपने अज्ञात काल्पनिक वर के हृदय की एकछत्र सम्राज्ञी। किन्तु बुआ के प्रस्ताव ने, अज्ञात वर को सहसा उजाले में खींचकर रख दिया था। अब उसे आनन्द के हर कोट और स्वेटर का रंग कंठस्थ था। आनन्द की माता रुक्मा उसके पिता के बाल्यसखा की पत्नी थी। इसी रिश्ते से वह उससे कहती थी रुक्मा चाची। आनन्द के पिता सेक्रेटेरियट में क्लर्क थे किन्तु पुत्र की महिमा ने उनके क्लर्की जीवन का समस्त कलुष धो-पोंछकर रख दिया था। नजरबाग़ में उनके दुमंजिले मकान का नक्शा ही बदल गया था, पहले कायापलट हुई थी बैठक की, सब तिब्बती आसन और पहाड़ी चुटके, जिनसे सदा पानी में भीगे कुत्ते की-सी बदबू आती थी, उठाकर गोदाम में फेंक दिए गए थे। उनका स्थान एक झकाझक करते मिर्जापुरी कालीन ने ले लिया था, एक सोफासेट भी आ गया था और आनन्द की दोनों बहनों को अंग्रेजी स्कूलों में दाखिल करवा दिया गया था। किसी भी अतिथि के आते ही वे दोनों अपनी नई सीखी अंग्रेजी कविता की आवृत्ति कर बेचारे अतिथि का खोपड़ा ही चाटकर रख देतीं। बाईस वर्ष में पहली बार उन्हें लखनऊ की गरमी असह्य लगी और पूरा परिवार अल्मोड़ा आ गया। अल्मोड़ा का शान्त नगर भी एक बिसरे दरिद्र स्नेही आत्मीय-सा है, जो अपने राजसी प्रवासी स्वजनों द्वारा वर्षों से निरादर से भुलाए जाने पर भी, मिलते ही अवहेलना की कसक को भूलकर, बाँहों में भर लेता है। आनन्द के पिता भुवनचन्द्र को भी अल्मोड़ा ने गले लगा लिया। पूरा आँगन महिलाओं से

भर गया, किसी ने रुक्मा की छठी की पूड़ियाँ खाई थीं, किसी ने उसके विवाह के दिन उसकी लटी गूँथी थी। अधिकांश व्यवहार-चतुर महिलाएँ अपनी विवाह-योग्य कन्याओं को भी लेती आई थीं, न जाने कब कौन रुक्मा के वांछनीय कुँअर को हथिया ले। रुक्मा सबके स्नेह और लाड़ में हाथों ही हाथों उछलती जा रही थी, बाईस वर्ष पश्चात् मिली आत्मीय स्वजनों की भीड़ में वह सरस डुबकियाँ लगा रही थी कि दिख गई रमा की अम्मा।

"हाय दिज्यू, उमर हो गई पर तुम्हारे निगोड़े रूप ने हार नहीं मानी। हाय, मैं कहाँ जाऊँ—एक बाल भी तो सफेद नहीं हुआ तुम्हारा! और मुझे देखो!" कहकर उसने अपने खिचड़ी बालों से आँचल हटा लिया—सचमुच वह अधेड़ हो गई थी। माँ के पीछे संकोच से सिमटी रमा को खींचकर रुक्मा ने गले लगा लिया—"आहा, क्या कुमंय्या रंग पाया है दिज्यू तुम्हारी छोकरी ने, जी में आ रहा है, चन्दन के धोखे में माथे पर घिस लूँ!" क्षण भर में ही रुक्मा ने सैकड़ों बातें पूछ लीं। रमा की माँ घर लौटी तो हवा में उड़ी जा रही थी। और रमा? उसके लिए उस दिन अपने आँगन में खड़ी काँठी अखरोट की हर डाल सोने की बन गई थी और डाल से झूलते सारे अखरोट नीलम पुखराज और पन्नों में बदल गए थे। वह नित्य ही रुक्मा के यहाँ जाती—कभी स्वेटरों का गला बनाने, कभी मुँगौड़ी तुड़वाने! और एक दिन भी ऐसा नहीं जाता जब किसी-न-किसी बहाने, आनन्द अम्मा के कमरे का एकाध चक्कर न लगा जाता। इतनी ऊँची परीक्षा में 'टॉप' करनेवाला मेधावी छात्र, उस गम्भीर सामान्य-सी लड़की के सम्मुख सर्वदा अपने को बहुत छोटा ही महसूस करता। वह जानता था कि रमा के पिता दरिद्र होने पर भी बड़े ही महत्त्वाकांक्षी थे और इसी से आधा पेट, रूखा भोजन पाकर भी रमा को इलाहाबाद से अंग्रेजी साहित्य में एम.ए. करवा रहे थे। कमरे से ही कभी किंग लियर और कभी ब्राउनिंग की सस्वर आवृत्ति करने पर भी, रुक्मा के पास बैठकर चावल बीनती रमा की गर्दन, बेचारा आनन्द उठवा नहीं पाता, कभी-कभी उसे झुँझलाहट भी उठती—'हद दर्जे की गुमशुम लड़की है, आँख ही नहीं उठाती, एक लीला भी है, कितनी आनन्दी लड़की।' किन्तु आनन्द मन-ही-मन जानता था कि रमा की उन नशीली आँखों का जादू ही उसकी झुकी पलकों में छिपा था, कभी भी वह उसकी ओर आँख उठाती तो वह सबकुछ भूल जाता। पहाड़ी ताल के जादुई रंग की भाँति ही उन आँखों का रंग बदलता रहता, कभी भूरा, कभी काला और कभी हरा।

एक दिन आनन्द के साथ रुक्मा आँगन में बैठी अखबार पढ़ रही थी कि हाथ में धोती के किनारों की बनी थैली लटकाए रमा की माँ आ गई, "अरे, बड़ी धूप में आई दिज्यू, यह क्या? कुछ खजूर सिंगल पका लाई हो क्या मेरे लिए?" इतना कह बड़े स्नेह से रुक्मा ने थैली छीन ली। रमा की माँ पसीने-पसीने होकर ज़मीन में गड़-सी गई। हाय, क्यों आ गई वह भुनिया लली के कहने में! कहाँ रुक्मा का वैभव और कहाँ उसकी दरिद्र कन्या! रमा की थैली खुली और रमा की जन्मकुंडली ज़मीन पर गिर पड़ी। "ओह, तुम आनन्द के लिए लाई हो। अच्छा-अच्छा, रख आऊँ ठाकुरजी के कमरे में, मिलान करके देखूँगी।" आनन्द लजाकर बाहर चला गया और रमा की कुंडली असंख्य जन्मकुंडलियों के अम्बार में दबकर रह गई। रुक्मा अपनी सरल-सी दिज्यू से जबान खोलकर कुछ कह नहीं पाई थी। असल में आनन्द का रिश्ता उसके वश की बात नहीं थी। बड़े-बड़े अफसरों की फाइलों को ताश के पत्तों की-सी चाल में चल देनेवाले, उसके पति का क्लर्की विवेक ही पुत्र का भावी रिश्ता तय करेगा। क्या वे एक साधारण मास्टर की पुत्री को बहू बनाकर ला सकेंगे? असली और नकली का भेद क्या बता सकने का साहस होगा उसे? रुक्मा के पास ही के मकान में रहते थे डिप्टी मिनिस्टर भोलेश्वर जोशी। दिन-रात पास-पड़ोस के खेत की ककड़ी की फलियाँ चुरानेवाला ककड़ीचोर भोलिया न जाने कब देश का कर्णधार बन गया था। खल्वाट चमकते सिर पर सफेद खादी की तिरछी टोपी, नाव-सी तिरती, दमकते ललाट पर चन्दन की छोटी-सी बिन्दी, चिकने-चुपड़े चेहरे पर पवित्रता का केतन-सा फहरा देती। भोलेश्वरजी की एक ही कन्या थी लीला। लीला बचपन से ही रमा के साथ स्थानीय स्कूल-कॉलेज में पढ़कर बड़ी हुई थी किन्तु पिता के सिर की खादी टोपी जब से टोपी न होकर लक्ष्मी का वरदहस्त बन गई, वह पढ़ने लखनऊ चली गई। रूप-रंग में अत्यन्त साधारण ही थी लीला, साँवला रंग, मोटी नाक और सिकुड़ा-सिमटा-सा ललाट किन्तु रूप-रंग ही तो सबकुछ नहीं होता। होंठों पर, आँखों पर भिन्न-भिन्न तूलिकाएँ फेरकर वह विधाता की कुशलता में त्रुटियाँ निकालती रहती। रमा प्रायः ही उससे सुनती—"आज बाबूजी ने आनन्दजी को चाय पर बुलाया था, परसों उन्हें खाने पर बुलाया है। पहाड़ी रस भात बहुत पसन्द है ना उन्हें। हमारे नये महाराज गजब का रस पकाते हैं, रमा।" वह चटखारे लेकर कहती।

मन-ही-मन पेट की आँतें तक जल जातीं पर रमा चुपचाप सब सुनती

रहती। उसे एक ही बात का सन्तोष था, भोलेश्वर की रत्नजड़ित कन्या को रुक्मा चाची कभी पसन्द नहीं करेंगी, मैसूर चन्दनवन की सबसे श्रेष्ठ चन्दन की बिन्दी भी, कुल के कलुष को नहीं धो सकती थी। बहुत पहले भोलेश्वर की विधवा भाभी को लेकर पूरे अल्मोड़ा में बड़ी गन्दी-गन्दी बातें चल पड़ी थीं। कोई कहता था, उनकी भाभी डूबी नहीं थीं, स्वयं उन्होंने ही हरिद्वार में तीर्थ कराने के बहाने ले जाकर उन्हें गंगा में धक्का दे दिया था। बात जो कुछ भी हो, सर्वथा निर्मूल नहीं थी। विधुर भोलेश्वर के वैभव ने उनका कलंक थोड़ा-बहुत ढँक दिया था किन्तु कुमाऊँ की प्रसिद्ध होली के बेजोड़ गानों के रसिया नायक रहते भोलेश्वर। लड़कों की शैतान टोली, झूम-झूमकर उनके द्वार पर होली गाती और प्रत्येक वर्ष उनके पापों की स्मृति ताजी कर जाती, उनकी प्रेमकथा को गानों में गूँथ-गूँथकर! इधर भोलेश्वर जोशी ने अपना रहन-सहन बदल दिया था, बदन पर रहता आन्ध्रखादी का मिट्टीदाने का कुर्ता और खद्दर की अहिंसात्मक भटके की धोती। ब्राह्ममुहूर्त से ही उनका भजन-पूजन आरम्भ हो जाता। एक ही समय भोजन करते थे, वह भी सूक्ष्म फलाहार। आनन्द का जन्मदिन पड़ता था वैशाखी पूर्णिमा को। उसी दिन भोलेश्वरजी के यहाँ सत्यनारायण की कथा भी थी। लीला ने कई बार रमा को बुलवा भेजा और उसे जाना ही पड़ा। कथा चल रही थी कि लीला उसे अपने कमरे में खींच ले गई, "चल, आ ही गई! मुझे लग रहा था आज तू यहाँ नहीं आएगी। आज तो आनन्द का जन्मदिन है न! नहीं गई अपनी चाची के यहाँ बड़े खाने?"

रमा तिलमिला उठी—ओह, समझ गई। कल लीला ने अपनी खिड़की से देखा होगा, आनन्द के नए स्वेटर को उसके कन्धे से लगाकर नाप रही थी। चाची किसी काम से बाहर गई और आनन्द ने शायद जान-बूझकर ही बड़ी जोर से छींक दिया था। सिर टकराते-टकराते बच गया था और रमा को बड़ी जोर से हँसी भी आ गई थी पर उस क्षणिक मधुर हास-परिहास की रसधारा अचानक सूखकर ही रह गई थी! पास की खिड़की से एक साँवले निर्मम चेहरे की क्रूर दृष्टि दोनों को देख रही थी।

"बुरा मान गई, रमा?" लीला ने उसे खींचकर अपने पलँग पर बिठा लिया। "कुछ कहने को ही बुलाया था तुझे, तेरे इन्हीं मनमोहन से मेरे रिश्ते की बात चल रही है पगली। इसी से सोचा तुझे आगाह कर दूँ। बेकार में स्वेटर मत बुनना, सब मेहनत मिट्टी में मिल जाएगी।" ही-ही कर वह

निर्लज्जता से हँसने लगी।

रमा का चेहरा क्षण-भर को सफेद पड़ गया, फिर आश्वस्त होकर वह खड़ी हो गई, निर्भीक दृष्टि से लीला की ओर देखकर उसने कहा, ''बात चलने में और रिश्ता पक्का होने में बड़ा अन्तर है, लीला! मैं शर्त रख सकती हूँ कि चाची तेरा रिश्ता कभी नहीं लेंगी।''

उसे ऐसा नहीं कहना चाहिए था, बार-बार उसे अपनी अल्पबुद्धि और आवेश पर क्रोध आने लगा।

''उस साली चाची को पूछेगा ही कौन? और तेरी शर्त!'' ही-ही-ही कर वह फिर हँसने लगी। रमा जाने लगी तो लेटे-लेटे ही लीला ने उसे अँगूठा दिखा दिया, ''तू शर्त जीत गई लाडो, तो मैं तेरी बाँदी, नहीं तो यह तेरा इनाम।'' कहकर उसने मोटा काला अँगूठा फिर नचा दिया। रमा की आँखों में अपमान के आँसू छलक गए और वह धड़धड़ाती सीढ़ियाँ उतरती घर की ओर भागने लगी। ''सँभल के, सँभल के!'' कहकर उसे सँकरी-सी गली में किसी की टक्कर लगी, देखा तो आनन्द था। उसका आँसुओं से सना लाल पड़ा चेहरा और उड़े-उड़े बाल देखकर आनन्द खड़ा ही रह गया, ''क्या बात हो गई, रमा? क्या लीला ने कुछ कहा है?'' कितने लाड़ और दुलार से उसने पूछा था पर रमा का जितना क्रोध लीला पर था, सब आनन्द पर बरस पड़ा, ''आपका ब्याह उसी शाहजादी से हो रहा है तो हुआ करे, किसी को अपने घर बुलाकर अपमान करवाके जी नहीं भरा क्या?'' बेचारा भौंचक्का-सा उसे देखता रहा—कह क्या रही थी वह! उस दिन जरा-सी समझ से काम लिया होता रमा ने! डूबते सूर्य की अरुण रश्मियों से रंजित अल्मोड़ा की उस सँकरी-सी गली ही में उसका भविष्य बन सकता था, जब आनन्द ने उसका हाथ पकड़कर कुछ कहने की चेष्टा की तो वह हाथ छुड़ाकर रोती-रोती भाग क्यों गई थी? चीड़ के उस ऊँचे पेड़ के नीचे, जहाँ से छन-छनकर पड़ती किरणों का रंगीन जाल उसे देवांगना-सी सुन्दरी बना रहा था, क्या वह एक लम्बी साँस छोड़कर उस प्रेमोन्मत्त तरुण को अपना नहीं बना सकती थी? जाने से पहले रुक्मा चाची ने बुलवा भेजा तो उसने रजाई में मुँह लपेटकर बीमारी का बहाना बना लिया, उसकी माँ ही जाकर मिल आई थी। अम्मा और बाबूजी की बातें भी जीर्ण रजाई का आवरण चीरकर, उसका हृदय विदीर्ण कर गई थीं। ''मैंने तो पहले ही कह दिया था, वह हमें क्या पूछेंगे! तुमने ही तिकतिक लगाई थी। लीला से ही रिश्ता पक्का हो गया है, आग लगे इस रुक्मा के

तीरथ-बरत को, आखिर लाई भौजी के यार की बिटिया को!'' अम्मा का स्वर रुलाई और खीझ में डूबकर रह गया था। धुँधली आँखों पर टूटी कमानी का चश्मा लगाए, उसके बाबूजी जब बोर्ड के नीरस टेबुलेशन में डूबे थे, भोलेश्वर की पैनी राजनीतिक चालों ने आनन्द को बाँध लिया।

कुछ दिनों तक रमा अधमरी-सी खटिया पर ही पड़ी रही थी और फिर भुनिया बुआ उसे अपनी ससुराल लेती गई थीं। बुआ के ही पड़ोस में एक लाल छत की ऊँची-सी हवेली थी, तराई की सब कोठियों में अधिक ही चमकती थी वह कोठी, ऊँची मेहराबें आकाश छूती थीं और खिड़कियों पर लकड़ी के बने हाथी-घोड़े और पहाड़ी नक्काशी में खुदे द्वारपाल वार्निश से चम-चम चमक रहते थे। बुआ कहती थीं कि इसी को कहते हैं भाग्य, उम्र भर शनीचर का दान ले-लेकर बुद्धिवल्लभ पंडित ने आलीशान कोठी खड़ी कर ली और लड़का आई.सी.एस. में बैठा है—क्या पता निकल भी आए! सचमुच ही गिरीन्द्र जोशी निकल ही आया। यही नहीं, एक दिन सफेद अँगरखा पहनकर पगड़ीधारी पंडितजी, रमा का चिह्न माँगने भी आ गए। रमा रोई, धोई, खाना-पीना छोड़ा पर बुआ की एक कर्कश धमकी ने ही उसका गुमान नशे की तरह उतारकर रख दिया, ''उल्लू की पट्ठी और किसे कहते हैं! क्या अब दान का तेल लड़के के बदन से चिपका है! थोड़े सम्बन्ध के ही तो नीचे हैं, आग लगे यह कुमाऊँ की मान-मर्यादा, अब कहाँ से लाएँ तेरे लिए सेलाखोला के जोशी और सिमल्टी के पांडे! खबरदार जो रोई-धोई।'' धूलि-अर्घ के समय पति के कुल के शांखोच्चार ने घूँघट के नीचे ही उसकी आँखें भिगो दी थीं। ''छिः-छिः, आई.सी.एस. है तो क्या, है तो शनीचर के दान लेनेवाले जोशियों का ही बेटा!'' किन्तु विवाह के बीस वर्षों में वह श्वसुर कुल द्वारा लिए गए तेल के दान को धीरे-धीरे भूल गई। पति के ऊँचे ओहदे ने उसके पितृकुल के दारिद्र्य को धो-पोंछकर एकदम ही साफ कर दिया था, सब भाई-बहन ठिकाने लग गए थे। उसकी सरल-सी अम्मा अब गांधी आश्रम की श्वेत रेशमी साड़ी पहनकर समाज-सेविका बन गई थी। उसके पति का कद ठिगना और नाक मोटी थी। नाटे कद की महिमा को उसकी बढ़ती तोंद ने और भी बढ़ा दिया था। अपनी सुन्दरी पत्नी के बगल में वह सचमुच में ही नहीं जँचता था किन्तु उसकी 'फॉरेन सर्विस' ने उसके शील-सौजन्य को और भी निखार दिया था, निष्कपट हृदय का सौन्दर्य जो पानी में तैरते तिनके की भाँति स्वयं ही चेहरे पर उभरकर उसे आकर्षक बना डालता है, ऐसा ही आकर्षण था गिरीन्द्र

जोशी के चेहरे का। रमा, वास्तव में लक्ष्मीपति की ही अंकशायिनी थी, रूखी रोटी खाने पर भी जो गौरवर्ण आँखों में लगता था, वह अब स्वास्थ्य की लालिमा से दमकने लगा था, अंग-अंग पर सुख-सन्तोष की आभा थी। दो राम-लक्ष्मण-से पुत्र, गौरमोहन और श्यामल कैम्ब्रिज में पढ़ रहे थे। विदेश से आई दोनों बेटों की तसवीर को, उसने ऐसे कोने में सजाकर रख दिया, जैसे आते ही लीला को डँस ले! वह सुन चुकी थी कि विदेश के चरक भी लीला का बाँझपन दूर नहीं कर सके थे। आज उसने विशेष परिश्रम से ही घंटों लगाकर केश-विन्यास किया। देख लेगी लीला कि मास्टर की कन्या भी लेटेस्ट ब्रिगेटी बरडॉट स्टाइल के उन्मादिनी-से बिखरे बाल बना सकती है। दामी 'रॉ सिल्क' की चँदनियाँ साड़ी में उसका चम्पई रंग और भी खिलता है वह यह जानती थी, इसी से उसने वही साड़ी निकाली जिसे पहनने पर लोग श्रीमती कैनेडी को देखना भूलकर उसे ही देखते रहे थे! बिना बाँहों की मयूरकंठी चोली जिसे उसने आदिवासी नर्तकियों की टोली से नमूना लेकर सिलवाया था, उसके रंग से ही घुल-मिल गई थी। पलकों को बिना मोड़े ही छोड़कर, विधाता ने जो सामान्य-सी भूल कर दी थी, उसे भी उसने सुधार लिया ट्विस्टर से उन्हें घुँघराला बनाकर। मैसेकरा का जाल बिछाकर उसने दर्पण पर दृष्टि डाली। उसके स्ट्राबरी-से रसीले होंठों को कभी लिपस्टिक से माधुर्य-याचना नहीं करनी पड़ी थी, आज भी उसने केवल पानों की लाली से ही उन्हें विलासी बनाकर छोड़ दिया। आज क्या पछतावे से सिर नहीं धुनेगा आनन्द?

''अच्छा हनी, मैं उन लोगों को जाकर ले आऊँ अपनी कार में?'' गिरीन्द्र कमरे में कहता ही आया और रमा की साज-सज्जा को देखकर ठिठक गया, ''बाईजान रमा—यह कौन-सी साड़ी निकाली तुमने? बेचारे आनन्द की बदसूरत लीला का तो कुछ ध्यान किया होता! कटकर रह जाएगी, तुम्हें देखकर आज वह मन-ही-मन कहेगा...'' वह वाक्य भी पूरा नहीं कर पाया था कि कार का हॉर्न सुनाई दिया। ''लगता है वे लोग आ गए।'' गिरीन्द्र हड़बड़ाकर बाहर गया और रमा का कलेजा इतनी जोर से धड़कने लगा, जैसे बाहर आकर ही मानेगा। क्या कह गया था गिरीन्द्र! बेचारे को क्या पता कि आज ही नहीं बीस बरस पहले ही उसका सौन्दर्य, आनन्द से मन-ही-नन बहुत-कुछ कहलवा चुका था। ''ओह नमस्कार, नमस्कार, मिसेज जोशी! वाह, आप तो जरा भी नहीं बदलीं। अरे ये क्या, ये आपके बेटों की तसवीर है? देखो तो लीला, कितने बड़े बेटे भी हो गए मिसेज जोशी के।'' बड़े उत्साह से आनन्द ने रमा

के पुत्रों की तसवीर उठा ली और चश्मा ठीक कर देखने लगा—गिरीन्द्र और रमा का चेहरा पुत्रों की प्रशंसा सुनकर गर्व से खिल उठा। रमा ने कनखियों से देखा, लीला का स्याह चेहरा और भी स्याह-सा पड़ गया। फिर पति के उत्साह में कोई दिलचस्पी नहीं लेकर, वह धम से सोफे पर ही बैठ गई—"कितनी गर्म हवा चल रही है—आनी, आज कुछ ज्यादा ही उमस है क्यों है ना, मिस्टर जोशी?" चौड़े पर्स से आईना निकालकर उसने चेहरे पर पफ फेरा—"हाँ, हाँ, बेहद गरमी है। क्या बात है अपने अल्मोड़ा की हवा की।" कहकर गिरीन्द्र आनन्द के पास ही बैठ गया। रमा के हाथ-पैर क्रोध से ठंडे पड़ गए। हद है बेहूदगी की!

सरल पति को तो उसका अपमान छू भी नहीं गया। एक अक्षर भी उससे नहीं बोली लीला। सचमुच लीला बहुत ही फूल गई थी, रंग विदेशों की हवा भी नहीं निखार सकी थी, सन्तान-वंचिता अधिकांश नारियों की ही भाँति उसका चेहरा जेल की किसी क्रूर महिला वार्डन-सा बन गया था। आनन्द की हँसी, उसके स्वर की परिचित झंकार ने रमा को चुपचाप-सा बना दिया। लीला ही धाराप्रवाह बोलती जा रही थी। साहित्य, राजनीति, डिप्लोमेसी और विदेशी शराब, कोई भी विषय ऐसा नहीं था, जिस पर बहस नहीं चली। अकेली रमा ही सिर झुकाए चुपचाप बैठी रही। आनन्द और गिरीन्द्र, दोनों को लीला ने अपने वाणी-विन्यास के जाल में पूर्णतया लपेट लिया था।

खाना लगा तो लीला बिना प्रशंसा किए ही झकोरने लगी। रमा के डिनर की ख्याति राजधानी के ओर-छोर तक फैली थी। कंगली-सी लीला मुर्ग का सीना तक चिंचोड़कर खा गई पर फूटे मुँह से यह नहीं निकला कि मुर्ग क्या लाजवाब बना है! लीला तो लीला, आनन्द भी पत्नी की ओर बार-बार देख रहा था, जैसे किसी बहुत बड़ी दावत में पहली बार गया, सहमा-सा कोई बच्चा आँखों ही आँखों में अपनी माँ से पूछता है, 'यह खा लूँ—वह खा लूँ' और सबकी आँखें बचाकर, आँखें दिखाकर माँ उसे डपट देती है—'खबरदार जो अब कुछ लिया।' ऐसे ही कुछ इशारा कर दिया शायद लीला ने, रमा ने देखा, सहमकर आनन्द ने प्लेट खिसका दी। स्त्रियों को विधाता ने बड़ी ही सूक्ष्म दृष्टि दी है, कौन पति अपने गृह का स्वामी है और कौन अपनी पत्नी की शासन की डोर से जकड़ा क्लीव है, वे एक क्षण में पता लगा लेती हैं। रमा ने देखते ही ताड़ लिया था कि आनन्द सदा उसी जंजीर से बँधा रहेगा। डिनर के बाद, अली एक अद्वितीय जापानी सेट में अरबी कहवा ले आया। रमा

जानती थी कि कॉफी की ऐसी अनमोल क्रीम-डली घूँट लीला के ककड़ीचोर बाप को भी नसीब नहीं हुई होगी। आधा ही प्याला पीकर लीला ने मुँह पोंछ लिया, "अब चलो आनी, बड़ी देर हो गई।" उसके कहते ही, आनन्द उसके आदेश की प्रत्यंचा में तीर-सा सधकर, उठ खड़ा हुआ। कुशल पी.टी. मास्टर की भाँति लीला उसे उठा-गिरा रही थी। अब आँखों ही आँखों में जैसे उसने कहा, 'दाहिने देख!' 'धन्यवाद, मिसेज जोशी!' आनन्द ने कहा किन्तु उसकी आँखें स्वतः ही गिरीन्द्र के चेहरे की ओर मुड़ गईं। 'बड़ा ही अच्छा समय कटा, भाई जोशी, धन्यवाद।' कहकर उसने गिरीन्द्र के मांसल गुदगुदे हाथों को पकड़कर जोर से हिलाया।

अतिथियों को विदा देने रमा बरसाती तक चली आई। गिरीन्द्र और आनन्द आगे-आगे चलने लगे। लीला जान-बूझकर ही पिछड़कर रमा के साथ हो गई। रमा का माथा ठनका, अचानक यह चलते-चलते कैसा स्नेह! क्या अपने रूखे दुर्व्यवहार के लिए क्षमा माँगने तो नहीं पिछड़ गई! लीला ने रमा का हाथ बड़े लाड़ से पकड़ लिया, और कहा, "अपने मियाँ को तनिक सँभलकर खिलाया कर। डिप्लोमेट की पत्नी को, अपने पति के व्यक्तित्व को ताँगे के घोड़े की भाँति ही सँवारना पड़ता है। देखती नहीं, कितनी तोंद निकल आई है जोशी की?" रमा का सुन्दर चेहरा व्यथा से नीला पड़ गया—उसका पति क्या ताँगे का घोड़ा है! लीला ने स्पष्ट ही तो कर दिया कि देख ले आनन्द के छँटे शरीर को और फिर देख अपने पति के बेडौल मुटापे को। लीला भी समझ गई कि उसके विषबुझे तीर का वार खाली नहीं गया।

"देखो तो, रमा!" उसकी जहरीली हँसी ने रमा को फिर डँसा—"यह अँगूठी कैसी है? अनकट डॉयमंट की है, कल ही आनी ने मुझे जन्मदिन पर दी। सोचा, तुझे दिखाने को कहा था न—चलते-चलते दिखा ही दूँ।"

पहले रमा स्तब्ध रह गई, कैसी अँगूठी दिखाने को कहा था—क्या कह रही है लीला?

"ओह पगली, भूल गई? नहीं, भूली नहीं होगी—हम औरतें कभी शर्त नहीं भूलतीं।" वह फिर हँसी। रमा का सिर चकरा गया। बीस वर्ष की शर्त को रमा भूल गई थी पर लीला नहीं भूली थी। रमा ने देखा, वह उसे अनकट डॉयमंट की अँगूठी नहीं—अपना स्याह मोटा अँगूठा दिखा रही थी!

●●●